新무협 판타지 소설

[금강金剛 作]

대풍운연의

大風雲演義

8

대풍운연의 8

금강 新무협 판타지 소설

초판 1쇄 찍은 날 § 2002년 7월 1일
초판 1쇄 펴낸 날 § 2002년 7월 10일

지은이 § 금강
펴낸이 § 서경석

편집장 § 문혜영
편집 § 장상수 · 박영주 · 김회정 · 권민정 · 이종민
마케팅 § 정필 · 강양원 · 김규진 · 안진원

펴낸곳 § 도서출판 청어람
등록번호 § 제1081-1-89호
등록일자 § 1999. 5. 31
어람번호 § 제2-0108호

주소 § 경기도 부천시 원미구 심곡1동 350-1 남성B/D 3F (우) 420-011
전화 § 032-656-4452 팩스 § 032-656-4453
E-mail § eoram99@chollian.net

값 7,500원

ISBN 89-5505-228-6 (SET)
ISBN 89-5505-404-1 04810

※ 파본은 본사나 구입하신 서점에서 교환하여 드립니다.
※ 저자와 협의하여 인지를 붙이지 않습니다.

新무협 판타지 소설

[금강金剛 作]

대풍운연의

大風雲演義

원흉(元兇) 나타나다 □ 8

도서출판 청어람

목차

황사번승(荒寺番僧)

—부해옥을 만나다
폐찰에는 라마(喇嘛)가 때를 기다리다

황사번승(荒寺番僧)

"멈춰라!"

"갈 수 없다!"

다급한 호통 소리가 여기저기에서 뒤를 이었다.

하지만 그것이 다였다. 그 외침이 의미가 없었음을 증명하듯 한 사람이 허공을 가로질러 그들의 머리 위로 모습을 드러냈다.

백의를 펄럭이면서 날아든 사람은 바로 한효월이있다.

한효월은 갈대를 밟으며 바람처럼 날아들었다.

그는 저지하는 자들을 뚫고 날아들다가 배 위에 있는 두 사람을 발견하고는 대경실색했다.

바지를 내린 채 등을 보인 자 하나.

그리고 그 밑에 깔린 나신의 여인. 놀란 빛으로 자신을 올려다보는 그 얼굴은 바로 독고경의 것이 아닌가!

"감히! 비키지 못할까!"

노성과 함께 한효월은 먹이를 보고 덮치는 매와 같이 밑으로 떨어져 내리면서 일장을 쳐냈다.

나타난 것이 누군지는 알지 못한다.

하지만 약자가 아닌 부해교는 장소성에 이어 강력한 기운이 자신을 엄습해 오자 다급한 소리를 토해내면서 독고경을 끌어안고 있던 손으로 뱃전을 쳤다. 아주 간단한 반동이지만 순간 그의 신형이 바람처럼 일 장여 옆으로 비스듬히 날아갔다.

남은 것은 독고경.

다리를 벌리고 누운 그녀의 눈부신 나신이 달빛 아래 적나라하게 드러났다.

한효월의 얼굴에 당황한 빛이 스쳐 갔다.

허공에서 그의 신형이 빙글 선회하는 순간, 그의 손짓에 따라 배에 떨어져 있던 부해교의 금삼이 날아들어 독고경을 덮었다.

그것과 함께 한효월은 지풍을 쏘아내어 독고경의 전신을 제압했다.

독고경은 놀란 눈으로 그를 보고 있었다.

그런 그를 향해 섬뜩한 기운이 소리도 없이 엄습한다.

파앙!

한효월이 빙글 돌면서 소매를 젓자 그 공세는 옆으로 튕겨졌다.

"너, 너는!"

경악한 외침이 들려왔다.

한효월을 공격했던 부해교가 놀라 눈을 부릅뜨고 있었다.

"명가의 자제가 여인을 간(姦)하려 하다니……."

그를 알아본 한효월이 뜻밖이라는 듯 미간을 찡그렸다.

"닥쳐라! 네놈이 무엇을 안다고 감히……."

그렇지 않아도 한효월을 백방으로 찾고 있던 그였다.

눈에 핏발을 세운 그는 이를 갈면서 만보풍운선을 휘둘러 한효월에게로 덮쳐 갔다. 하지만 엉거주춤 바지를 겨우 추켜 올린 상태에서의 공격이 제대로 위력을 발휘할 수 있을 리 없다.

"물러가라!"

한효월이 소매로 그의 만보풍운선을 감아 떨쳐 버리자 그는 중심을 잃고 그대로 물속으로 풍덩! 빠져 버렸다.

육지라면 달랐겠지만 물 위에서는 중심을 잃으면 제아무리 고수라도 재간이 없는 법이다. 제아무리 물에서 살아온 소용왕 부해교라 할지라도.

그때 한효월은 뭔가 괴이한 느낌에 흠칫, 뒤를 돌아보았다.

찰나 그는 세상에서 가장 아름다운 손을 보게 되었다. 마치 명장(名匠)이 옥을 깎아 만든 듯 투명한 빛을 뿌리는 너무도 아름다운 손을.

"명옥수!"

한효월은 다급하게 외치며 손을 들었다.

분명히 혈도를 제압했음에도 불구하고 독고경이 일어나 그를 공격하고 있었다. 그 눈부신 나신을 드러내 놓고 명옥(明玉)과 같이 빛나는 손을 휘둘러 그를 쳐오고 있는 것이다.

한효월이 손을 들어 가슴을 막자 독고경의 일장이 그와 맞부딪쳤다.

팡!

강렬한 파장이 일며 배가 뒤집힐 듯 흔들렸다.

물보라가 하늘을 가릴 듯 일었다. 한효월이 천근추의 신법으로 배를 안정시키지 않았다면 배가 뒤집힐 정도가 아니라 아예 산산조각이 나

버릴 충격이었다.

"경아……."

흔들거리는 배 위에서 한효월이 신음을 흘렸다.

놀랍게도 독고경은 그 경풍(勁風)을 타고 둥실 하늘로 떠올라 있었다. 나신에 걸친 침의를 펄럭이면서. 달빛을 등지고 날아오른 그 모습은 실로 괴이하기 이를 데 없어 사람의 넋을 뽑아놓기에 충분했다.

한효월과 그녀의 시선이 허공을 두고 맞부딪쳤다.

"……."

일순 그녀의 눈 속에 괴이한 빛이 한데 어우러져 굴러갔다.

묘한 웃음과 일그러진 얼굴이 한데 뒤섞이는 듯싶더니 갑자기 그녀가 미친 듯 세차게 머리를 흔들었다. 한 가닥 괴로운 빛이 스쳐 갔다. 풀어헤쳐진 머리카락이 흩날리는 가운데 그녀가 돌연 양팔을 휘저으며 날아올라 찰나간에 그 자리를 벗어났다.

"어딜 가는 거냐? 게 섯거라!"

일순간 멈칫했던 한효월이 그녀의 뒤를 따라 신형을 뽑아 올렸다.

바로 그 순간이다.

촤아악!

물기둥이 치솟아오르면서 한효월을 공격했다.

파앙!

물보라가 사방으로 튀는 가운데 한효월은 그 물기둥과 한차례 격돌하는 힘을 빌어 오히려 더욱 빠르게 독고경을 쫓아 사라졌다.

"이, 이런……!"

일그러진 얼굴로 출렁이는 배 위로 내려서는 것은 바로 소용왕 부해교였다. 그는 평생을 바다에서 살면서 수공(水功)을 단련했으니 물속이야 제 집과 같았다. 그는 독고경에게 홀려 반쯤 제정신이 아니었었다. 그러던 그는 물속에 처박히고 나서야 정신이 번쩍 들었다.

하지만 상황을 깨닫자마자 생각난 것은 바로 한효월.

어떻게 된 것인지는 모르겠지만 그의 필생 소원인 독고경을 품에 안았다. 그런데 그것을 훼방놓다니! 천참만륙(千斬萬戮)을 해도 분이 풀리지 않을 터였다. 그래서 그는 동해용궁의 절기인 수룡경(水龍勁)을 일으켜 물속으로 한효월을 끌어들이려고 했다.

그러나 한효월이 그를 상대하지 않고 그대로 가버리자 그마저 허탕.

"내 네놈과 하늘을 같이 이지 않겠다!"

소용왕 부해교는 이를 갈면서 그 뒤를 따랐다.

그것은 한 폭의 신선도(神仙圖)를 방불(彷佛)케 했다.

수많은 사람들이 그 광경을 보고 벌린 입을 다물지 못했다.

고기잡이를 끝낸 어부들은 평생을 두고 용녀(龍女)의 이야기를 했고, 그 이야기는 살에 살을 더해 이야깃거리를 만들어갔다.

거대한 물줄기가 하늘을 꿰뚫으며 날아오르는 가운데, 선녀 하나가 날개옷을 날리며 강물을 밟고 날아간 그 광경을 모태로 하여 전설은 그렇게 뒤를 이어갈 터이다.

'놀랍군!'

한효월은 놀라 내심 신음했다.

소용왕 부해교의 공격을 이용했다고는 하지만 잠시 주춤한 사이에 독고경은 이미 강물 위를 십 장여 앞으로 날아가고 있었던 것이다.

달마(達摩)의 일위도강(一葦渡江)은 강호의 전설이다.

그러나 한효월의 경지에 이른 고수라면 갈대 잎이 아니라 강물을 차면서 강을 건널 수가 있었다. 일신 무공이 부력을 이용할 수 있는 경지에 이르러 있기 때문이다.

하나 누구라도 계속 강물 위에 머무르기는 힘들었다.

독고경은 등평도수(登萍渡水)의 절정경공을 연성하지 못했다. 그러므로 경공을 전개하여 강을 건너는 것 자체가 불가능하다. 그런데도 그녀는 물을 차면서 강을 건너가는 정도가 아니라 아예 강물을 밟고서 강 위를 날아가고 있었다. 그것은 마치 유령이 바람을 타고 너울너울 날아가는 것만 같았다.

상궤(常軌)를 벗어나는 경공신법이라 하지 않을 수가 없다.

"저럴 수가?"

이를 갈면서 한효월의 뒤를 쫓아 나선 부해교의 입이 딱 벌어졌다.

남해에서 그녀를 따라다닌 세월이 얼마였던가!

그는 독고경의 무공 수위를 익히 알고 있었다. 물론 약하다고는 할 수 없었지만 저런 경공이라니! 아무리 기연을 만났더라도 그사이에 저렇게 가공할 신법을 전개할 수 있단 말인가?

그러고 보니 그처럼 쌀쌀맞던 그녀가 자신을 유혹한 것 또한 괴이하다.

하나 방금까지 자신의 품속에 있던 그녀의 그 느낌…… 그 순간을 어찌 꿈에서라도 잊을 수 있으랴.

그는 그 순간을 방해한 한효월의 삼대(三代)를 저주하면서 달려오던 배 위로 올라섰다.

"소주(少主)!"

몇몇 회의인이 다급히 달려왔다.

"저들을 쫓아간다! 모두 출발시켜, 지금 당장!"

부해교가 고함쳤다.

　　　　　*　　　　　　*　　　　　　*

　한효월은 눈을 빛내고 있었다.

　그가 선 곳은 호변(湖邊) 갈대밭.

　전력을 다해서 독고경을 쫓았지만 호수를 가로지른 그녀는 밤 안개 속으로 자취를 감추어 버렸다. 갈대밭은 머리를 넘는 크기로 호변을 뒤덮고 있어서 누가 숨어 있다면 찾는 것이 불가능할 정도였다.

　한효월은 사람의 눈을 감안하지 않고 몸을 날려 하늘거리는 갈대의 끝에 선 채로 주위를 살폈다.

　제아무리 은밀히 움직인다 할지라도 움직이기만 하면 찾아낼 자신이 있었지만 밤바람에 갈대가 서로 부딪는 소리가 요란하니 마음처럼 그 일이 쉬울 리가 없다.

　이미 일대를 돌아보았지만 그 찰나간에 독고경의 모습은 깊은 물에 빠진 듯이 사라져 버리고 없었다.

　'괴이하군! 왜 나를 보자마자 도주해 버린 걸까?'

　그녀의 지금 성정으로 보자면 이해하기 어렵다.

　제정신을 가지고 있다면 그를 피하지 않을 것이요, 아니라면 살심이 가득한 상태일 그녀가 아직까지는 큰 낭패를 당하지 않았던 한효월을 이처럼 피해 달아날 리가 없기 때문이다.

　그러나 그에 대한 연심(戀心)과 살심(殺心)의 충돌로 곤혹스러워진 독고경이 그를 피해 도주했음을 한효월은 미처 생각하지 못했다. 제아무리 천재라도 여심(女心)까지 헤아릴 수는 없는 것이기에.

　정신을 모아 주위를 살피고 있던 한효월이 문득 미간을 찡그렸다.

어디선가 묘한 소리가 들려오고 있음을 경각한 것이다.

얼핏 들으면 피리 소리인 듯했지만 자세히 귀를 기울여 보면 단순한 피리 소리가 아니다. 마치 안개 속에서 흐느적거리는 것 같은 어떤 기괴(奇怪)한 느낌이 머리 속에다 속삭이는 것 같은, 뭐라고 말하기 힘든 정말 기이한 피리 소리였다.

그것이 단순한 피리 소리가 아님은 분명했다.

'설마 호혼지곡(呼魂之曲)?'

한효월의 얼굴이 굳어졌다.

언제인가 들어본 적이 있는 듯한 그 소리…….

지금 이 자리에서 그 소리가 들려온다는 것은? 납덩이 같은 얼굴로 한효월이 그 소리가 들려오는 곳을 가늠하고 있을 때였다.

"으악!"

밤하늘을 찢는 날카로운 비명 소리가 들려왔다.

그 소리는 뜻밖에도 한효월의 뒤쪽이었다.

"그새 그쪽으로 돌아갔단 말인가?"

잠시 방향을 가늠한 한효월은 괴이한 빛으로 중얼거렸다.

그 비명이 호혼지곡이 들리는 방향과 전혀 다른 쪽이었기 때문이다. 하지만 머뭇거릴 여가가 있을 리 없다.

휙!

한효월이 바람처럼 갈대를 차고 날아올랐다.

갈대 숲을 지나 20여 장가량 떨어진 호변.

거기에 어부인 듯 보이는 사람 하나가 엎어져 있다.

30대 후반의 중년인. 그는 공포로 눈을 부릅뜬 채인데, 목이 반쯤 뜯겨서 쏟아져 나오는 피가 호수로 흘러들고 있었다. 그로 인해 어둠 속에서 호수 물은 무심한 달빛 아래 검붉은 핏빛으로 물들고 있어 괴기하다. 살펴보니 아직 피를 빤 것 같지는 않았다. 하지만 흡혈을 하는 것도 아닌데…….

"사람을 마구 해친단 말인가?"

한효월의 얼굴이 일그러졌다.

사람의 목숨에 존귀(尊貴)가 어찌 따로 있을 것인가.

그런데 이렇게 수많은 사람이 그녀의 손에 이슬처럼 헛되이 스러져 간다면, 그녀를 빨리 찾지 못한다면 어쩌면…… 그는 그의 손으로 그녀를 없애야만 할는지도 몰랐다.

한효월은 굳은 눈길로 주위를 돌아보았다.

이대로 그녀를 방치할 수는 없었기 때문이다. 지금 이 순간에 그녀를 놓친다면 천추의 한이 될는지도 몰랐다.

시체의 주변을 살피던 한효월은 미미한 흔적을 발견해 냈다. 보통의 땅이었다면 없었을 미세한 흔적. 그것은 경공이 높은 자가 그 자리를 떠나면서 남긴 듯 보였다.

흔적은 갈대밭 속으로 이어져 있었다.

그 흔적을 따라가려던 한효월은 갑자기 땅을 박차고 날아올랐다. 땅을 박찬 그는 번개처럼 허공에서 서꾸로 곤두박질쳐 뒤쪽에 있던 갈대밭을 덮쳐 갔다.

"나오너라!"

말과 함께 그의 손에서는 막대한 잠경(潛勁)이 일어났다.

상대가 독고경이라면 이미 경시할 수 있는 상대가 아니기 때문이다. 그가 쏟아낸 경력의 위세는 실로 대단하여 태풍이 갈대밭을 휘저어놓는 것만 같았다.

찰나.

"멈춰요!"

갈대 속에서 다급한 외침이 터져 나왔다.

그 외침과 함께 여인 한 사람이 갈대밭에서 튀어나왔다.

"누구요?"

한효월은 손을 거두며 물었다.

그 찰나간에 그처럼 강력하게 뿜어내던 경기를 거두어내는 것을 보고 여인은 놀란 빛을 떠올렸다.

'이 사람은 듣던 것보다 더 고수로구나!'

그녀는 영롱한 눈망울로 한효월을 이리저리 살펴보았다.

급박한 순간에 나타난 것이 독고경이 아님을 알고 겨우 힘을 분산시킨 한효월은 나타난 여인이 자신의 물음에는 대답하지 않고 눈을 굴리면서 자신을 살펴보고 있자 미간을 굳혔다.

"누군지 답하지 않는다면 부득이 손을 쓸 수밖에 없소."

그의 말에 불타는 듯한 홍의를 입은 여인. 나이가 제법 된 듯도 하고 20대 초반인 듯도 하지만 생글거리는 눈에는 풍정(風情)이 가득하여 교태롭기 그지없는 모습이다. 하지만 등 뒤로 삐죽 고개를 내민 두 자루의 보검은 그녀가 강호의 여인임을 보여준다. 하긴 보통 여인이라면 어찌 한효월의 일장을 피해 갈대밭 밖으로 튀어나올 수가 있었을까.

홍의여인은 한효월의 말에 피식, 눈웃음을 쳤다.

"세상에 전하기를 백의유협 한효월은 군자요, 여인을 아낄 줄 아는 영웅이라고 하던데…… 이제 보니 세상의 소문은 잘못 전해진 모양이죠?"

"나를 아시오?"

그녀의 말에 한효월이 되물었다.

"호호호…… 당금 천하의 가장 풍운아(風雲兒)인 한 공자를 모른다면 말이 되지 않죠!"

"……"

잠시 말없이 그녀를 쏘아본 한효월은 굳은 표정으로 입을 열었다.

"세상이 어떻게 전하건, 그건 소생이 알 바 아니오. 소저께서 누군지 신분을 밝히지 않는다면 사정이 사정인만큼, 부득이 손을 쓸 수밖에 없소!"

한효월의 안색이 굳어졌다.

그가 자신을 쏘아보자 강력한 기세가 바람벽처럼 형성됨을 홍의여인은 대번에 느낄 수 있었다. 그 기세는 마치 거대한 암벽과 같이 일어나 그녀의 숨을 막히게 했다.

'정말 강하군! 어쩌면 할아버지만큼이나 강할런지도 모르겠다……'

그녀는 다시 한 번 한효월을 바라보았지만, 여전히 안색 하나 변하지 않았다.

"그런가요? 천하의 한 공자께서 여인을 이렇듯 윽박지르다니…… 힘없는 여인이니 어씨하리! 죽인다면 원혼(冤魂)이 될지인정, 치분에 맡길 수밖에."

말과 함께 그녀는 오히려 한 걸음을 나서면서 어디 죽여보라는 듯 가슴을 불쑥 내밀었다.

그 태도에 한효월은 어이가 없어졌다.

그가 강호에 나온 이래, 이처럼 당돌한 여인은 만난 적이 없다.

얼핏 보기에는 천박한 하오문(下午門)의 사람 같지만, 자세히 보면

전혀 다르게 어딘지 묘한 기품이 서려 있어 필시 명가(名家)의 훈도(訓導)를 받았음을 알아볼 수 있으니 더욱 기이했다.

명가의 자제라면 여자로서 저 나이에 저런 태도를 보일 수가 없을 것이기 때문이다.

"후우……."

그는 길게 한숨을 내쉬고는 한 발을 굴렀다.

순간, 그의 신형은 누가 잡아당긴 듯 불쑥! 하늘로 솟구쳐 올랐다.

그가 이처럼 갑자기 그 자리를 떠날 줄 몰랐던 홍의여인은 일순 멍청한 빛이었다가 다급하게 소리쳤다.

"독고경을 쫓는다면, 그쪽이 아니에요!"

그녀의 말에는 가공할 흡력이 있었다.

이미 저만치 갈대밭을 날아가고 있던 한효월이 휘청, 하는 듯하더니 그대로 되짚어 제자리로 돌아왔던 것이다.

고무줄이 튕겼다가 돌아오는 것 같았다.

"당신은 누구요?"

그녀의 앞으로 돌아온 한효월은 굳은 얼굴로 물었다.

단순한 물음이 아니었다.

이젠 그냥 돌아가지 않겠다는 강렬한 의지를 그 물음을 통해 여인에게로 쏟아내고 있었던 것이다.

평범한 사람이라면 이러한 기세에 이미 압도당하여 얼굴빛이 질리고 다리의 힘이 풀어지고 말았을 터이다.

그러나 홍의여인은 흠칫, 했을 뿐 이내 다시 웃음을 떠올렸다.

"나는 부해옥이라고 해요. 사람들은 운중연(雲中燕)이라고도 하죠."

그 말만으로는 그녀가 누군지 알 수 있을 리 없다.

'부씨라면…….'

얼핏 생각을 굴린 한효월은 한 생각에 뜻밖인 듯 되물었다.

"혹 남해용왕 부 선배와 관련이 있으시오?"

그의 물음에 부해옥은 활짝, 웃었다.

"맞아요! 그분은 제 할아버지 되시죠. 그리고 지금 열받아서 이쪽으로 달려오고 있는 부해교가 제 동생이죠!"

운중연 부해옥.

그녀가 여기에 나타난 것이다.

"그렇군요. 몰라뵙고 실례를!"

가벼이 고개를 끄덕여 보인 한효월은 굳은 표정을 풀지 않은 채 다시 물었다.

"그런데 좀 전에 한 말은?"

그의 물음에 부해옥은 조금 전까지와는 달리 정색을 했다.

"우연히 이곳에서 한 공자에게 쫓기는 그녀를 보게 되었어요. 하지만 저 사람을 죽인 것은 경아가 아니에요. 아! 우린 서로 아는 사이에요. 남해에서 몇 번 만난 적이 있었죠. 저 어부를 죽인 자는 한 공자가 쫓아가려는 쪽으로 흔적을 남겨두고서 배를 타고 떠났어요."

"배를 타고?"

그사이에 배를 타고 한효월의 시야에서 벗어날 수 있다면 어불성설이다.

"그래요. 그는 어부를 죽이고 배를 띄우자마자 그대로 물속으로 자맥질을 해서 사라졌어요. 바로 저 배예요."

갈대밭에서 조금 떨어진 호숫가에 주인없는 배 하나가 떠 있었다. 작은 어선이었다. 한효월도 그것을 보았었지만 죽은 어부의 배라고 생각하여 더 조사해 보지 않았었다.

그런데 그녀의 말대로라면 상황이 다르다.

'누군가가 내 주의를 끌기 위해서 이곳에서 사람을 죽였단 말인가?

누가?

왜 그런 일을?

지금 이 순간에 생각할 수 있는 것은 단 하나뿐. 한효월이 독고경을 쫓지 못하도록 하기 위해서다.

누가 그런 짓을 했는지 궁금하지만 그것 때문에 독고경을 쫓는 것을 포기할 수는 없는 일이었다.

"경아가 어디로 갔는지 봤습니까?"

"한 공자께 쫓겨오는 것은 봤지만, 저 어부를 죽이는 자를 보는 사이에 저 갈대 숲 쪽으로 사라져 버렸어요. 정말 빠르더군요. 대체 어떤 경공이길래 그런 모습인 건지……."

그녀가 가리킨 곳은 한효월이 있던 갈대 숲 쪽이다.

암중의 흉수가 한효월의 주의를 돌리려고 했다면 그것은 성공한 셈이라 할 것이었다.

"부탁을 하나 해도 되겠습니까?"

"부탁이라면?"

얼떨떨한 빛으로 그녀가 한효월을 바라보았다.

"누가 한 짓인지 좀 알아봐 주실 수 있겠습니까? 제가 지금 시간이 없어서……."

"그건……."

"부탁드립니다. 그럼!"

그녀를 향해 포권을 해 보인 한효월은 바람처럼 그 자리를 떠나갔다.

"하, 한 공…… 자아……."

그가 이렇듯 불쑥 떠날 것은 생각도 하지 못했던 그녀는 얼떨떨해 그를 부르다가 씨익, 쓴웃음을 짓고 말았다.

한효월의 신형은 이미 달빛 속에, 안개 속으로 묻혀들고 있었다.

"따라가려고 했더니……."

그녀는 묘한 눈빛으로 사라지는 그의 뒷모습을 본다.

세간에 이름 높은 사람이라 흥미롭게 생각했더니 이건 느낌이 다르다. 한 번도 남자를 제대로 눈여겨보지 않았던 그녀였다. 그렇기에 오히려 남자들을 우습게 대할 수가 있었다. 그런데 정작 그를 앞에서 보자 뭔가 다른 것을 느낀 것이다.

그것은 그녀의 호기심을 동하게 만들기에 충분했다.

"좋아! 결정했어."

무슨 의미인지 그녀는 손바닥을 짝, 치더니 활짝 웃었다.

그리고는 버려진 배 쪽으로 몸을 날렸다.

호수 면 저 멀리에서 수많은 배들이 벌 떼처럼 몰려오고 있었다. 부해교의 배들이 뒤늦게 모습을 나타내고 있는 것이다.

*   *   *

달빛은 무심히 강물을 비춘다.

그 달빛 아래, 강변에 한 사람이 엎어져 있었다. 의관은 뭉개지고 전신이 괴이하게 비틀려 있어 그 모습은 심히 괴이하다. 살아 있다면 그런 모양일 수가 없기 때문이다.

"후우……."

한효월은 길게 한숨을 내쉬었다.

바로 독고경을 쫓아왔건만 결국 그녀를 찾아내지 못했다.

그리고는 그녀 대신 이 자리에서 발견한 것은 또 하나의 시신이다.

이곳은 호수로 흘러드는 강변. 이 사람의 모습 또한 저녁 호수 면을 바라보면서 한 수 시(詩)라도 읊조리며 거닐었던 것 같은 선비. 30대가 되었을까 말까 한 그는 공포의 빛이 역력한 눈을 부릅뜨고서 죽어 있었다.

'대체 이 일을 어떻게 해야 한다는 것인가?'

한효월은 다시금 길게 입술을 물었다.

근래에 들어서는 중조산에 있을 때와는 달리 심기가 안정되지 못하여 천기(天機)를 읽는 것도 그리 만만하지 않다. 천기를 읽는다는 것은 말처럼 그렇게 간단한 일이 아니다. 심신(心身)이 안정되어야 하며 때와 장소에 구애를 받기도 하고 막대한 심력(心力)을 필요로 했다. 그러나 지금의 한효월은 그러한 투자를 할 만한 여력이 없었다.

아니, 시간이 없다는 것이 옳은 말일까.

그때였다.

"경아는? 경아는 어디 있어요?"

다급한 외침과 함께 한 사람이 날아들었다.

나타난 것은 주자미였다. 그가 보낸 신호를 보고 여기에 이른 것이다.

그녀의 뒤로는 용천성을 비롯한 시위들이 뒤따르고 있었다.

"놓쳤습니다."

한효월이 몸을 일으키면서 답했다.

"노, 놓치다니……."

주자미가 주위를 두리번거리면서 발을 동동 굴렀다.

"바람을 타고 날아가는 바람에 이 부근에서 놓치고 말았습니다. 이 시체를 보건대, 아직 멀리 가지는 않은 듯한데 발견하기는 쉽지 않은 듯합니다."

"이 시체는?"

주자미의 안색이 창백해졌다.

한효월의 앞에 엎어져 죽은 시신은 선비의 차림인데, 목에서 피를 쏟아내고서 죽은 상태였다.

"서, 설마 경아가 흡혈(吸血)을?"

"목을 물어뜯은 것 같긴 하지만 피가 흐른 양을 봐서는 빨아먹은 것 같지는 않습니다. 결정적인 순간에 뭔가가 방해를 한 듯하기도 하고……."

"방해를 하다니 뭐가 말인가요?"

"모르겠습니다. 스스로가 제어를 한 것인지, 다른 어떤 일이 있었는지……. 하지만 저에게 쫓기고 있는 와중에도 사람을 살해한 것을 보면 심성(心性)은 이미 변해 버린 것이 분명합니다. 스스로가 제어를 한 것이라면 일말의 희망이라도 남아 있을 것이지만……."

말끝을 흐리던 한효월은 정색을 했다.

"어떤 대가를 치르더라도 최선을 다해서 경아를 찾아야만 합니다. 그녀가 완전한 명옥마녀가 된다면 그 자신의 불행일 뿐만 아니라 세상은 끔찍한 공포를 맞이하게 될 겁니다."

"차, 찾으면? 찾으면 그 아이를 돌려놓을 방법이 있겠어요?"

"최선을 다해봐야지요."

잠시 머뭇거리던 한효월은 무거운 표정으로 입을 열었다.

"경아를 찾는 대로 개방을 통해 저에게 연락을 해주십시오."

주자미의 안색이 달라졌다.

"설마, 여길…… 떠나려는 건가요?"

"그렇습니다."

"그건 안 돼요! 한 대협이 없으면 누구도 그 아이에게 손을 쓸 수 있는 사람이 없어요. 절대로 그건 안 돼요!"

한효월은 강경한 그녀의 태도에 길게 한숨을 내쉬었다.

"저도 떠나고 싶지 않지만……."

한효월이 전음으로 제천교주에 대한 이야기를 하자 주자미의 얼굴이 곤혹으로 일그러졌다.

당금 천하 분란의 원흉이라고 할 수 있는 제천교주.

그를 만날 수 있는 기회라면 어떤 대가를 치르고서라도 가야만 했다. 그녀도 그것을 잘 알고 있었다.

그렇기에 이러지도 저러지도 못하는 것이다.

그때 정화가 당도했다.

그의 움직임은 예사롭지 않아 일신에 평범하지 않은 무공을 익히고 있음이 분명했다. 그를 따르는 사람들은 모두 정예고수들이라 스스로 알아서 바람처럼 흩어졌다. 수색을 시작한 것이다.

한효월은 정화와 주자미에게 자신을 유인하려던 자들에 대하여 이야기하고 유의를 부탁했다. 그리고는 두 사람에게 포권을 해 보인 다음 그는 바로 그 자리를 떠났다.

그가 떠나는 것을 보고 있던 정화는 납덩이 같은 주자미의 얼굴을 보면서 입을 떼었다.

"그와 아무런 이야기도 하지 못했습니까?"

"할 여가가 없었어요. 그는……."

주자미는 전음지성으로 한효월이 지금 제천교주를 찾아가고 있음을 설명했다.

"그자가 나타난다면……."

잠시 미간을 찡그리고 있던 그는 주자미를 바라보았다.

"소관(小官)도 그쪽으로 가봐야 할 듯싶습니다. 우리가 조사한 대로 놈들이 적당(賊黨)과 관계가 있다면……."

$$* \qquad * \qquad *$$

호남(湖南)과 호북(湖北)이라는 말 자체가 동정호의 남쪽과 북쪽이라는 것에서 의미하듯이 동정호는 실로 광대한 면적을 자랑한다. 말 그대로 바다와 같은 호수다. 일단 호북성에 도달하면 사방으로 뻗은 물길과 계속해서 연이어진 호수들을 볼 수 있게 된다. 다만 그 호수의 거대함이 보통 호수를 보듯 원형이 아니라 초승달과 같은 형상으로 길게 누워 있어 동동정호(東洞庭湖), 서동정호(西洞庭湖), 남동정호(南洞庭湖), 이런 식으로 이름할 정도로 그다는 점이 디를 뿐.

갈수기에 500리, 만수가 되면 그 너비가 800여 리라고 하니 더 말해 무엇 할까? 바다와 같은 호수라는 말이 가장 잘 어울리는 곳.

그 거대한 호수에 한효월이 도달한 것은 다음날 정오 무렵.

사람들의 눈을 피하면서 경공을 전개하였기에 가능한 일이다.

한효월은 악양성 외곽에서 그를 기다리고 있던 사람을 만났다. 평범한 차림의 농부인 그는 한효월을 한 농가로 안내했다.

거기서 그를 기다리고 있는 것은 뜻밖에도 옥면무영 호일랑이었다.

"방주님은?"

그가 자신을 기다리고 있을 것임을 미리 알고 있었던 것처럼 한효월은 조금도 놀라지 않고 그에게 물었다. 원래 그곳에서 만나기로 약속이 되어 있었기 때문이다.

창밖으로 바깥을 살핀 호일랑이 답했다.

"오고 계시는 중입니다. 중간에 일이 생기는 바람에……."

"일이라면?"

"정체불명인 자들과 충돌이 일어 지체가 되었습니다."

그의 말에 한효월의 안색이 조금 달라졌다.

"전력에 타격이 있는 겁니까?"

"뜻밖의 일이라서……."

호일랑이 말끝을 흐리자 한효월의 안색이 조금 굳어졌다.

정체불명이라면 제천교가 아니라는 의미일 것이다. 그런데 그런 자들과 부딪친 다음, 일정에 차질이 빚어질 정도라면 상당히 심한 타격을 입었다는 의미인 것이다.

"방주께서 움직인 이유를 알고 있습니까?"

"저도 잘 모르겠습니다. 무슨 비밀이 걸린 일이라고만 들었습니다."

'비밀…….'

한효월은 내심 미간을 찡그린다.

"그보다, 부탁하신 향적사란 곳이 어디 있는지 알아보다가 심상치 않은 것을 발견했습니다."

"심상치 않다면?"

　　　　　*　　　　　*　　　　　*

　개방의 제자들이 동원되어 조사한 결과, 동정호 일대에서 향적사(香積寺)라는 이름을 가진 절은 모두 세 개가 있었다.

　한효월은 지금 그중 한곳을 바라보고 있는 중이었다.

　호변 외딴 숲 속에 자리한 그 사찰의 규모는 대단히 컸다.

　그러나 돌림병으로 수십 년 전에 절에 있던 승려들이 모두 죽고, 그 뒤로는 버려진 절이 된 곳이다. 승려들의 원혼이 떠돈다 하여 귀신 나오는 절로 알려진 다음부터 인적이 끊어졌다고 하였다. 인적이 끊어지니 잡초가 우거지고 곳곳에 담장이 허물어져 짐승들의 놀이터가 되어버렸다.

　개방 분타의 고수들은 세 군데의 절을 살펴보다 이곳에서 출몰하는 자들을 발견하고는 더 이상 접근하지 않았다고 했다.

　그들로서는 건드리기 어려운 고수라는 것이 그 이유.

　'정말 말씀대로 놈들의 교주가 이곳에 나타난다면, 놈을 호위하기 위해서 교중의 고수들이 깔릴 테니 고수들이 출몰하는 건 당연하겠지요. 그 보고를 듣고 모두 철수시키고 멀리서 감시만 하고 있습니다.'

　한효월의 곁에서 옥면무영 호일랑이 전음으로 설명한다.

　나머지 다른 곳도 은밀히 조사를 해봤으나 의심 가는 곳은 찾을 수 없었다고 했다.

　'묘한 지세로군…….'

　절 주위를 살펴본 한효월은 고개를 갸웃거렸다.

　단순한 폐찰인 듯 보이지만 실제로 주변을 훑어보면 그 규모가 제법 굉대(宏大)하였고 뒤쪽으로는 벌판과 숲이 한데 어울렸고 앞으로는 멀리 동정호를 바라보고 있지만 좌우에서 솟은 야산이 기운을 지탱하고 있는 형국이었다.

소위 말하는 명당의 모습이었지만 군사적으로 보자면 고립된 곳과 같았다.

왜 하필이면 저런 곳에다 절을 지었을까?

의문이 일었다. 하긴 그러니 절이 저처럼 무너져 버리고 만 것일지도 모르지……

내심 의혹을 떨쳐 버린 한효월은 시선을 돌려 하늘을 바라보았다.

아직 해가 지려면 시간이 좀 남아 있었다.

가능하면 개방의 고수들로 멀리서 일대를 감시하도록 호일랑에게 부탁한 한효월은 그가 떠난 후, 나무 위에 숨어 해가 지기를 기다리면서 운기조식에 들어갔다.

어두워지면 은밀히 안으로 들어가 조사를 해볼 심산이었다.

저곳에 무엇인가가 있다면 분명히 살피는 눈이 있을 것이기 때문이다.

운기조식에 들었던 한효월은 무엇인가 괴이한 소리에 눈을 떴다.

무엇인지 알 수 없는, 처음 듣는 소리였다.

숨을 죽이고 소리의 근원을 찾던 한효월의 안색이 조금 달라졌다. 그 소리는 바로 향적사 내부에서 들려오고 있었다.

한효월은 잠신둔형(潛身遁形)의 경공술을 전개하여 소리없이 향적사의 담을 넘어 안으로 들어갔다.

이미 이경 무렵이라 어둠이 세상을 덮은 다음이었다.

향적사 안은 쥐 죽은 듯 조용했다.

담장 안은 겉에서 보기보다 더욱 황량하였다. 잡초가 무성한데다 얽

히고설킨 갈대와 덩굴들이 무너진 담장과 건물을 덮었다. 웅장했을 전각 지붕까지도 잡초가 무성하여 초가를 연상시킬 정도였다.

한효월은 조용히 숨을 골랐다.

괴괴한 달빛 아래 석탑과 잡초들의 틈으로 석등이 보인다. 대웅전이 옛날의 영화를 말하듯 우뚝하고 그 좌우로 몇 채의 전각들이 괴물처럼 웅크린 채 숨을 죽이고 있다.

'괴이하군……'

주위를 돌아보는 한효월의 미간은 굳어 있었다.

좀 전에 그가 들었던 소리는 더 이상 나지 않았다.

소리 정도가 아니라 이처럼 잡초가 우거졌음에도 풀벌레의 울음소리마저 들리지 않는 것이다.

너무도 고요하여 소름이 끼칠 정도였다.

그러니 함부로 움직일 수도 없었다.

문득 잡초들이 미친 듯 온몸을 흔들며 춤을 춘다. 여기저기에서 요란한 소리가 들려오기 시작했다. 문이 덜컹거리는 소리, 무엇인지 알 수 없는 것이 굴러 떨어지는 소리…… 한바탕 굿사위가 벌어진 듯 요란한 소리가 찰나간에 모든 정적을 산산조각으로 부숴 버리고 말았다.

하늘이 온통 먹구름으로 가득 찼다.

일진 광풍(狂風)이 무서운 기세로 구름을 밀고 왔다. 그것은 지상의 모든 것들을 날려 버릴 듯 그렇게도 사납게 향적사를 휘감았다.

번쩍!

새파란 번갯불이 어둠을 찢으며 암천(暗天)을 갈랐다.

꽝! 콰콰콰…… 쾅!

천둥이 고막을 쳤다.

방금까지도 멀쩡하던 날은 삽시간에 사납게 일그러졌다.

빗줄기가 후두둑, 후두둑 떨어지기 시작했다.

한효월의 눈이 빛났다.

어둠 속에서 대웅전 안쪽으로 무엇인가가 빠르게 사라지는 것을 발견했던 것이다. 그것은 너무도 은밀하였다. 때마침 전광(電光)으로 인해 사위(四圍)가 순간적으로 밝아지지 않았더라면 발견하기 힘들었을 것이었다.

한효월은 대웅전으로 몸을 날렸다.

벽과 어둠을 타고 이동하는 그의 신형은 바람과 같아 누가 옆에서 보고 있었더라도 제대로 알아보기 어려울 정도였다.

대웅전은 보기보다 더욱 지독하게 퇴락해 있었다.

거미줄에다 안쪽까지 무성한 잡초, 쓰러진 불상(佛像)…….

"……."

한효월이 주위를 살폈다.

바람 소리 때문에 어떤 기척을 찾아내기는 불가능한 상황이었다. 그런데 바로 그 순간, 그 기괴(奇怪)한 소리가 들려왔다.

대웅전 안쪽이었다.

마음대로 자란 잡초에 은신한 채로 살펴보니 무너진 대웅전 안에서 무엇인가가 움직이고 있음을 볼 수 있었다. 그 움직임은 극도로 은밀한데다 어둠 속이라 그가 소리를 내지 않았다면 거의 발견할 수 없었을 정도였다.

'라마(喇嘛)?'

잠시 그 움직임을 살피고 있던 한효월이 묘한 빛을 떠올렸다.

뜻밖에도 움직이고 있는 사람은 라마의 복색을 하고 있었던 것이다.

라마교는 원대(元代)에서부터 성한 종교다. 하지만 원대에 나타난 심한 폐해로 인해 명대에 들어서는 그 세가 급격히 위축되어 그들의 모습을 보기 힘들었다. 더더구나 이쪽 지방에서는.

그런데 제천교도가 아닌 라마가 여기 있다니?

하지만 라마라고 하여 다 서역(西域)의 사람은 아니다. 이쪽 사람들도 있어 과연 그가 어디서 온 것인지는 단정하기 어려운 일이었다.

'제천교가 라마와도 손을 잡았단 말인가?'

한효월은 굳은 표정으로 그를 지켜보았다.

라마는 어둠 속에서 묘하게 움직인다.

잠시 그를 살펴보니 그는 연신 단순히 움직이고 있는 것이 아니라 대웅전 구석구석을 세심히 살피고 심지어는 벽에서 바닥까지 뜯어보고 있어 무엇인가를 찾고 있는 것이 분명했다.

'무엇을 찾는 것이지?'

어둠 속.

그것도 불도 켜지 않고서 이 악천후 속에서 무엇을 찾는다는 것은 결코 간단한 일이 아니다. 더구나 제천교의 교주가 나타날 것이라던 곳에 있는 라마들이 찾는 것이라면?

'제천교주와 관계가 있는 것일까? 개방에서 발견했다는 자들이 저들이란 말일까?'

잠시 그들의 움직임을 보고 있던 한효월은 문득 숨을 죽였다.

그의 뒤쪽에서 또 한 사람의 라마가 나타났던 것이다.

그는 대웅전 안에 있는 라마와 일행인 듯 서슴없이 안으로 들어섰다. 그들은 장어(藏語:티베트 어)로 뭔가를 이야기하는데 한효월은 간신히 몇 마디를 알아들을 수 있었다. 중조산에서 수행할 때 장어도 배웠지만 혼자 글을 깨친 것이라 악천후 속에서 낮게 이야기하는 것을 제대로 알아듣기는 힘들었다.

그가 들은 장어는 곧 도착이라는 것이었는데 그 말대로라면 누군가가 이곳으로 온다는 의미인 듯했다.

'정말 서역에서 온 라마란 건가?'

한효월은 다시금 곤혹스러운 빛이 되었다.

그 순간, 어디선가 기괴한 음향이 들려왔다.

무엇인가 웅얼거리는 듯한 심혼(心魂)을 흔드는 묘한 소리. 바로 조금 전에 한효월이 들었던 그 소리였다.

그런데 괴이하게도 그 소리는 절 바깥에서 들려오고 있었다.

'좀 전에는 잘못 들었었단 말인가?'

아무리 생각을 해봐도 그런 것 같지는 않았다.

하지만 그런 소리를 비웃기라도 하듯이 그 소리는 악천후를 뚫고 끊어졌다 이어졌다 하면서 절을 향해 다가오고 있었다.

대웅전에 있던 라마들이 밖으로 나왔다.

그리고는 그들도 괴이한 소리를 흘려내기 시작했다.

바로 한효월이 좀 전에 들었던 그 소리였다.

"옴마니반메훔(唵꣡ꣳ嚩ꣳꣴ)…… 옴마니반메훔……."

'저 소리였었…….'

한효월은 그제서야 그가 들었던 것이 무슨 소리인지를 알게 되었다.

가장 유력하다는 육자진언(六字眞言).

라마교에서 신성시하여 밤낮으로 읊조리는 바로 그 관세음보살의 육자대명왕진언이었다. 저들이 라마인 이상, 그 진언을 외는 것은 너무도 당연한 일인 것이다. 그 음조(音調)가 중원의 것과 다른 것 또한 너무 당연한 일일 수밖에 없다. 말 자체가 다르니까.

쏴아아…….

쏟아지는 빗줄기는 더 굵어졌고 바람은 거세 빗발이 사방으로 소용돌이치며 날았다.

하지만 그들의 진언은 끊이지 않았고 그 소리에 끌리듯 한 무리의 사람들이 악천후를 뚫고서 모습을 드러냈다. 붉은빛 가사를 걸친 그들은 중원에서는 쉽게 보기 힘든 모습의 불구(佛具)를 들고서 미끄러지듯이 대웅전을 향해 다가왔다.

바라(哱羅)를 든 자도 있지만 소리를 울리지는 않았다.

옴마니반메훔…… 진언을 외면서 그저 조용히 대웅전을 향해 다가오고 있을 따름이다.

십여 명의 무리를 이룬 그들은 나와 있던 라마들을 지나쳐 대웅전 안으로 소리도 없이 들어갔다. 그들을 기다리던 라마도 그들의 뒤를 따라 들어갔음은 물론이다. 그리고는 진언 소리가 잦아들었다.

…….

'뭘 하는 건지 모르겠군?'

잠시 숨을 죽이고 있던 한효월은 그들이 대웅전 안으로 들어선 다음에 아무런 움직임도 없음을 보고 의혹에 잠겼다. 저들의 행색으로 보아 가까운 곳에서 온 것은 아니었다.

그런데 와서는 저렇듯 꼼짝도 하지 않는다는 건가.

그때 낮은 음성이 들려왔다.

한효월이 공력을 극도로 돋우고 있지 않았다면 듣기 힘들 정도로 낮은 소리였다.

"……내일 도착……."

들려온 장어는 그것뿐이었다. 낮은데다가 빨리 말을 해서 장어에 익숙지 않은 한효월로서는 더 이상 들을 방법이 없었다.

'내일…… 누군가 여기로 내일 온다는 것인가?

잠시 생각에 잠겼던 한효월은 그 자리를 떠났다.

저들의 움직임을 살피는 것은 의미가 없다고 느꼈기 때문이다. 내일 누군가가 온다면 그때를 대비하는 것이 옳을 듯했다. 어쩌면 개방에서 이들과 관련한 어떤 소식을 알고 있는지도 모를 일이었다.

요광애사(瑤光哀死)

―다시 요광을 만나다

죽음으로 사랑을 전하나, 음모(陰謀)는 쉽이 없

요광애사(瑤光哀死)

날씨는 험악했다.

어둠 속에서 폭우가 쏟아지고 바람까지 불었다.

"학학……."

참으려 해도 가쁜 숨은 참을 수 없도록 입을 박차고 흘러나온다. 하지만 참지 않으면 안 될 일이었다.

요광성주는 잠시 그 자리에 묵묵히 서서 숨을 가다듬었다.

바로 뒤, 조금만 힘을 풀면 등을 기댈 수 있는 나무와 바위들이 늘어서 있었다. 그러나 그녀는 감히 거기에 몸을 기댈 수 없었다. 그랬다가는 추적자들에게 흔적이 남을 것이기 때문이다.

갑자기 돌변한 악천후가 그나마 그녀를 돕고 있었다.

그런 마당에 흔적을 남기는 행동은 할 수가 없는 것이다.

그녀의 형상은 참혹했다.

전신이 피투성이였다. 엉망으로 찢겨진 옷자락은 피로 얼룩져 쏟아지는 빗줄기에 씻겨 내린다. 머리카락도 제멋대로 흩어졌다. 늘 쓰고 다니던, 얼굴을 가린 복면도 쓰지 않았다. 그렇게 드러난 그녀의 얼굴은 창백을 넘어 바싹 말라 있어 다른 사람을 보는 것만 같았다.

'피……'

눈을 감고 숨을 가다듬던 그녀는 급격히 뛰던 호흡이 조금 가라앉자 눈을 뜨다가 자신의 발 아래로 흘러내리는 핏줄기를 보고는 안색이 달라졌다.

생각지도 못한 일이 생긴 것이다.

그들은 어떤 악천후에서도 흔적을 찾아낼 것이 분명했다.

"후우……."

요광성주는 길게 숨을 들이켰다.

동시에 그녀의 신형이 그 자리에서 훌쩍 떠올랐다.

이 장여 허공으로 떠오른 그녀는 곁에 있던 나뭇가지를 살짝 밟았다. 청정점수(蜻蜓點水)의 일식으로 몇 개의 나뭇가지를 밟고서 그 반동으로 십여 장을 날아간 그녀는 갑자기 쏟아진 폭우로 물살이 급해진 작은 시내 위에 내려섰다.

금세 물을 따라 핏물이 번져 갔다.

물 위에서 한번 호흡을 가다듬은 그녀는 물을 차면서 몸을 날렸다.

사방으로 물방울이 파도처럼 튀었다.

평소라면 물을 튀길 리 없는 그녀였지만 지금은 달랐다. 거의 몸을 추스르기도 힘든 상태이니 물을 차면서 몸을 날리는 것 자체가 무리였다. 한 가지 소망이 없었다면 이렇게 움직일 수조차 없었을 것이었다.

눈앞이 희미해졌다.

그러나 여기서 주저앉을 수는 없는 일이었다.

악천후가 그녀의 종적을 지워주니 어쩌면 그를 만날 수 있을런지도 몰랐다.

이대로 쓰러질 수는 없었다.

그녀는 물을 밟으면서 계속해서 앞으로 내달렸다.

그를 만나야 해!

그녀의 뇌리에서 끊임없는 외침이 흘러나왔다.

어둠 속에서 대충 방향만 잡고 달렸다. 목적지까지는 그리 먼 것 같지 않았지만 얼마나 더 가야 할는지 알 수 없다.

하지만 채 십여 장을 가지 못해 소리도 없이 검이 날아들었다.

"흥!"

그녀는 코웃음 치면서 손을 뒤집었다.

번개 같은 손놀림.

그녀의 신형이 버들가지처럼 휘어지는 가운데 그녀를 공격했던 자의 눈에서 놀람의 빛이 떠올랐다. 요광성주가 달려오던 속도를 줄이지 않고 그대로 달려들었던 것이다. 그가 채 다음 행동을 취하기도 전에 요광의 손이 번뜩였고 그의 입에서는 '욱!' 신음이 터져 나왔다.

단 일수로 그의 사혈을 친 요광은 뒤집은 손으로 그의 손에 들렸던 검을 빼앗아 옆으로 휘둘렀다.

쨍!

날카로운 음향이 터져 나오며 신음이 흘렀다.

휘청이는 요광.

그녀의 앞에는 흑의인 하나가 어깨를 움켜쥐고서 놀란 빛으로 멈칫 뒤로 물러나고 있었다. 그녀를 공격했던 것은 둘이었던 것이다.

'공력이 따르질 못해…….'

그녀가 입술을 물었다.

평소의 그녀라면 이 한 수로 이미 둘을 처리했었어야 했다.

그러나 적의 심장을 찔렀어야 할 검은 빗나가 어깨를 치고 말았다.

하나 신호를 보내게 할 수는 없는 일.

그녀는 물러나는 자에게 뺏은 검을 던져 버렸다.

"크옥!"

그 일련의 동작은 너무도 빨라 일검에 어깨를 찔리고 물러나던 자는 채 정신을 차리기도 전에 가슴을 꿰뚫은 검을 움켜잡으며 눈을 부릅떴다. 그 다음 그는 그 자리에 무릎을 꿇으며 앞으로 고꾸라졌다.

검이 그의 등을 뚫고 솟아 나왔다.

"왹……."

요광성주가 선혈을 토해냈다. 억지로 공력을 끌어올린 바람에 눌러 두었던 내상이 발작을 한 것이다.

"학학…… 빨리 이 자리를 벗어나야……."

그녀는 비틀거리는 걸음으로 옆에 있던 나무를 짚으며 신형을 가누었다. 마음과는 달리 손가락 하나도 움직이기 힘들었다.

바로 그때 차가운 웃음소리가 들려왔다.

"아직 힘이 남았나 했더니…… 그게 단가?"

마치 한겨울에 찬물을 뒤집어쓴 느낌.

요광성주는 정신이 번쩍 들어서 고개를 들었다.

한 사람이 등을 나뭇등걸에 기댄 채로 그녀를 보고 있었다. 복면 속의 눈은 차갑게 웃음을 짓고 있는 것처럼 보였다.

'옥형…….'

그녀의 눈에 절망의 빛이 어렸다.

그가 얼마나 사갈(蛇蝎)과 같은 심사를 가진 자인지를 잘 아는 까닭이다.

"몸이 많이 망가졌을 텐데도 아직 그처럼 힘을 낼 수 있다니, 네가 평소에 무공을 숨기고 있었던 게로구나?"

말과 함께 그의 손에서 번갯불 같은 검빛이 일었다.

"악!"

참지 못하고 요광성주의 입에서 신음이 터져 나왔다.

옥형성주가 전광무영검을 펼쳐 번개처럼 그녀의 양쪽 어깨를 찔러 버렸던 것이다.

"여전히…… 잔인하군요……."

요광은 지독한 고통에 얼굴을 일그러뜨린 채로 이를 갈았다. 비에 젖어 독기를 드러낸 미녀의 얼굴에는 한이 서려 있었다. 옥형성주는 단순히 그녀의 어깨를 찌른 것이 아니었다. 검기를 발출하여 아예 그녀의 어깻죽지 근육을 잘라 버렸던 것이다. 그것은 그녀가 다시는 손을 쓸 수 없을런지도 모른다는 의미였다.

"잔인이라고?"

한 수로 그녀를 무력화시킨 옥형성주는 차가운 웃음을 흘리며 그녀에게로 다가왔다.

요광성주는 주춤거리며 뒤로 물러났다.

하지만 이내 그녀는 멈추어야 했다.

그녀의 등 뒤에 딱딱한 바위가 버티고 서서 그녀를 막았기 때문이다.

"오 사형, 나를…… 나를 보내줘요. 그간의 정리를 봐서……."

"보내달라?"

옥형성주가 미간을 찡그렸다.

"그래요. 제발……."

"교를 배신해 갔었다가 탈출까지 한 너를 보내달란 말이냐? 그랬다가 그 책임을 누가 지라고?"

"사형……!"

말을 하려던 요광성주가 말을 멈추었다.

옥형성주가 다시 손을 썼던 것이다.

섬광과도 같은 빛줄기가 요광성주의 눈앞에서 작렬했다.

선뜻한 느낌, 그러나 고통이 뒤따르지 않자 요광성주는 괴이한 빛으로 눈앞의 옥형성주를 바라보았다.

그녀를 바라보면서 옥형성주가 기이한 웃음을 떠올렸다.

"난 늘 궁금했었다."

"……?"

"네년의 그 도도한 얼굴 뒤에 감추어진 몸뚱이가 어떨지……."

"무, 무슨……."

그녀의 말은 채 이어지지 못했다.

그의 눈초리가 음산한 빛으로 번들거리면서 자신의 가슴을 훑고 있음을 경각했기 때문이다.

"악!"

그녀의 얼굴이 참혹하게 일그러졌다.

그녀의 옷이 마치 가위로 도려낸 듯이 밑으로 흘러내리고 있었다. 방금 그가 쳐낸 일검은 전광무영검의 정수(精髓)로서 피부는 다치지 않고 그녀가 입고 있는 옷을 모두 잘라 버린 것이다.

옷자락은 그녀의 무릎까지 흘러내렸고, 그녀의 나신이 빗속에 그대로 드러났다.

옥형성주는 서슴없이 손을 내밀어 요광성주의 앞가슴을 움켜쥐었다. 그리곤 씨익 웃음.

"제법 고생을 심하게 했을 텐데…… 그러고도 쓸 만하군?"

사정없는 손짓에 요광성주는 고통에 겨운 신음을 흘려냈다. 이미 혈도가 점혈되어 움직일 수가 없어 몸을 가릴 수도 없었다.

"가, 감히 네가……."

"네가? 하하……!"

짝!

"앗!"

요광성주는 눈앞에 별똥이 번쩍임을 느끼곤 비명을 질렀다. 공력을 쓸 수 없는 그녀는 보통 여인과 조금도 다를 바가 없었다. 옥형과 맞서기에 그녀의 몸은 이미 너무 피폐한 상태였다.

사정없이 그녀의 따귀를 후려갈긴 옥형성주는 손을 뻗어 그녀의 턱을 치켜 올렸다.

그녀의 입에서는 핏줄기가 흘러내리고 있었다.

"아직도 모르겠나? 넌…… 이제 아무것도 아니야. 그저 맨살을 드러낸 한낱 계집일 뿐이란 걸?"

그는 쿡쿡 웃으며 손가락으로 그녀의 젖꼭지를 희롱했다.

요광성주의 얼굴이 참혹하게 일그러졌다.

"아, 안 되지…… 난 죽은 계집을 희롱하는 취미는 없어."

옥형성주는 번쩍 요광성주의 아혈을 점했다.

그녀가 혀를 깨물려는 것을 미리 알고 방비한 것이다.

등을 바위에 기댄 채로 굳어진 요광성주는 피눈물을 흘렸다. 자존심 하나만은 누구보다 높던 그녀였다. 이까짓 몸뚱이가 어떻게 되는 것은 별게 아니라고 생각한 적도 많았었다. 하지만 그를 생각하면서 그 생각이 달라졌었다.

그런데, 이제 와서……

눈물이 빗물에 씻겨 내린다.

끔찍한 옥형성주의 손길의 움직임이 하체에서 느껴진다.

평소부터 사갈과 같던 자였다.

그가 자신을 곱게 놔주지 않을 것은 너무도 자명하다. 그의 눈에 떠오른 저 욕정의 빛을 보라.

'조금만 더 가면 그를 찾을 수 있었을 텐데…… 어찌 이렇듯 가혹한…….'

입술을 깨물던 요광성주는 눈을 부릅떴다.

하체에 느껴지는, 그녀의 가슴을 물고 있는 옥형성주의 징그러운 행태 때문만은 아니었다.

한효월이 그녀를 향해 다가오고 있었던 것이다. 어둠을 뚫고서 그녀를 향해…….

'그래…… 그가 오는군. 죽기 전에 그를 만나보고 싶어 그처럼 염원했더니 헛것이나마 그의 모습이 보이네…….'

요광성주는 그를 향해 웃어 보이고자 했다.

뭔가 말을 하고 싶었다.

그러나 아무 말도 할 수 없었다.

말을 할 수 없는 처지에 어떻게 소리가 날 것인가?

그때 그녀의 귀에 소리가 들려왔다.

"하, 한효월……!"

경악과 불신에 가득 찬 옥형성주의 음성이었다.

요광성주는 눈을 깜박거렸다. 희미하게 가라앉던 눈이 밝아졌다.

그리고 만면에 분노의 빛을 머금은 한효월의 모습이 눈에 들어왔다. 방금 전에 희미하게 보이던 그 모습이 아니라 뚜렷한 모습으로.

그는 멀리 있지 않았다.

바로 요광성주의 앞에 있었고 방금까지도 그녀를 희롱하던 옥형성주는 낭패한 빛으로 두어 장 밖에 처박혀 있었다.

헛것이 아니라 현실이었다.

한효월은 향적사를 떠나 옥면무영 호일랑에게로 돌아가던 중, 묘한 소리를 들었다. 그간의 경험으로 그는 그것이 제천교의 신호임을 알고 그 소리를 쫓았다.

그리고 요광성주를 능멸하고 있는 옥형성주를 보게 된 것이다.

다른 무엇이 필요할 것인가?

그는 사정없이 일격을 가해 옥형성주를 날려 보냈다.

고양이가 쥐를 놀리듯 요광성주를 놀리고 있던 옥형성주는 쏟아지는 빗소리에 한효월의 출현을 미처 알지 못했었다. 뭔가 심상치 않은 느낌을 받았을 때는 이미 한효월의 일장이 그를 치고 있어 그는 외마디 비명과 함께 나동그라지고 말았다.

휴지 조각처럼 땅바닥에 처박힌 그는 고개를 들고서야 나타난 사람이 한효월임을 알아보고는 가슴이 철렁했다. 유난히 한효월과 많이 마주친 사람이 그였다. 그의 능력이 어떤지를 누구보다 잘 알고 있으니 혼비백산함도 무리가 아니었다.

더구나 요광성주의 모습을 일별한 한효월이 무서운 눈으로 그를 바라보자 그는 다급하게 소리쳤다.

"쳐, 쳐라!"

그가 소리치는 순간에 한효월이 그를 향해 다가왔다.

옥형성주는 개구리가 튀듯 펄쩍 뒤로 뒹굴어 물러났다.

그리고는 좌우에서 흑의인 대여섯 명이 한효월을 향해 달려들었다. 늘 그의 곁을 떠나지 않는 수신호위들.

"흥!"

한효월은 망설이지 않고 손을 썼다.

그의 양손이 떨쳐지는 가운데 처절한 비명이 그들에게서 터져 나왔다.

"으악!"

"으아악—!"

비명이 합창하듯 이어지는 가운데 그들 모두는 거의 일거수에 모조리 피를 뿜어내면서 튕겨져 나갔다.

겨우 몸을 일으키던 옥형성주는 그 광경을 보고 놀라 간담이 서늘해졌다. 머리끝이 곤두선 그는 벼락같이 신형을 돌려 숲 속으로 몸을 날렸다.

"너를 돌려보낸다면 내 어찌 강호에 나온 보람이 있으리!"

한효월의 차가운 웃음소리가 이어졌다.

그리고 그는 손을 쫙 뻗었다.

옥형성주의 수하가 떨어뜨린 검이 그의 손으로 쭈욱 빨려들었다.

그리곤 그 검은 가공할 섬광으로 화해서 옥형성주를 향해 날아갔다.

쐐아앙!

'이게 무슨 소리……?

심상치 않음을 느낀 옥형성주는 번쩍 뒤를 돌아보았다.

그리곤 그를 덮치는 섬광을 보곤 대경실색해 비명을 질렀다.

순간적으로 몸을 옆으로 날리면서 검을 휘둘렀다. 어떻게든 저 가공할 일격을 피해볼 요량이었다. 보는 순간에 단순한 탈수비검(脫手飛劍), 검을 던진 것이 아니라 공포의 이기어검술이 발휘된 것을 알았기 때문이다.

"으악!"

처절한 비명이 그의 입을 비집고 튀어나왔다.

검은 사정없이 그를 꿰어찬 채로 날았다. 그리고는 그를 일 장여 앞에 있는 바위에다 못 박아버렸다. 피가 튀면서 잡아 올린 생선처럼 떨리던 그의 몸이 떨구어진 목과 함께 모든 움직임을 멎은 것은 긴 시간이 필요치 않았다.

놀라운 신위로서 찰나간에 모든 것을 마무리한 한효월은 몸을 돌렸다.

거기에 쭈그리고 앉은 요광성주가 있었다. 빗줄기 속에 드러난 어깨의 선은 아직도 아름답기만 하다.

웅크린 몸짓으로 가슴을 싸안은 그녀는 떨리는 시선으로 한효월을 올려다보고 있었다.

"일어설 수 있겠소?"

한효월이 그녀의 나신을 보고 고개를 돌리며 물었다.

"……."

요광성주는 미미하게 고개를 저었다.

답을 듣지 않아도 그녀의 몸짓에서 그 느낌을 느낀 한효월은 미간을 찡그렸다. 그녀의 나신을 자신이 어떻게 할 수야 없지 않은가. 그는 자신이 걸친 단삼(單杉)을 벗어 그녀의 몸 위에 걸쳐 주었다.

"우선 이 자리를 벗어나서 치료를 하도록 합시다."

"그럴 시간이…… 없어요."

요광성주가 앉은 채로 힘겹게 말했다.

"그게 무슨 소리요? 상처야 치료를 하면 될 것이고 당신을 모욕한 자는 이미 내가……."

"난…… 이미 기름이 다한 등잔과 같아요……."

그녀의 음성이 심상치 않음을 깨달은 한효월은 급히 그녀의 앞에 한쪽 무릎을 꿇고 앉았다. 나신이 되어 제대로 보지 않았더니 그녀의 모습은 분명히 이상했다.

혈도를 풀어주었음에도 자신의 몸조차 제대로 가리지 않았다.

서기는커녕, 그 자리에 무너지듯 쭈그리고 앉아 있는 것도 이상했다. 아무리 호되게 당했다고 할지라도 그녀의 능력이라면 이 정도로 힘들어할 리가 없었기 때문이다.

한효월은 급히 그녀의 맥을 짚어보고는 안색이 돌변했다.

"대체 어떻게 이런? 안 되겠소! 어서 이곳을 벗어나서 치료를……."

"그만."

요광성주가 머리를 저었다.

그녀의 얼굴에 쓸쓸한 미소가 떠오르는 듯했다.

"당신의…… 능력이라면 내 몸이 어떤지 이미 알았겠죠. 다른 곳으로 옮길 때까지…… 난 버틸 수 없을 거예요…… 그렇죠?"

그녀가 가쁜 숨을 몰아쉬면서 말했다.

"대체 무슨 일이 있었던 것이오?"

한효월이 미간을 굳힌 채로 물었다.

그녀의 상태는 뜻밖에도 심각했던 것이다. 본신의 내력은 이미 바닥 났고 그도 모자라 아예 진원지기조차 흩어졌다. 본래 치명적인 타격을 입었던 것으로 보였고 계속해서 무리를 해 지금은 돌이킬 수 없는 지경에 이르러 있었다.

대체 무슨 일이 있었기에?

"화산에서…… 당신과 만났던 것이 발각되어…… 하아……."

그녀의 입에서 가쁜 숨이 흘러나왔다. 빗물이 세차게 그녀의 얼굴을 두드렸다. 그녀는 눈조차 뜨기 힘들었다.

한효월이 소매를 들었다.

강기의 막이 무형 중에 형성되면서 그녀의 주변에서 빗물이 튕겨 나 가기 시작했다.

"그럼 그들에게 잡혔었더란 말이오?"

"그래요. 심한 고문을…… 받다가…… 끝까지 부인하자…… 석방 이……."

"그런데 왜 또 이렇게 쫓기고 있는 것이오?"

"우연히 당신에 관한…… 음모를 알게 되어…… 그, 그대로 있으면 당신…… 당신이 죽을지도 모른다는 생각이 들어서…… 그래서……."

한효월의 얼굴이 달라졌다.

"나 때문에? 나 때문에 이런 무리를 했단 말이오?"

묘한 웃음이 그녀의 얼굴 위로 환하게 스쳐 갔다.

"죽어도…… 당신을 위해서라면 죽어도 좋다고 생각했어요."

"왜 그런!"

한효월은 말이 막혔다.

그는 그녀를 좋아한 적이 없었다. 그저 필요에 따라 그녀와의 관계를 유지했었을 따름인 것이다. 그런데 자신을 위해서라면 죽어도 좋다고 생각했었다니!

요광성주는 머리를 저었다.

"나도…… 몰라요. 왜 갑자기 그런 생각이 들었는지…… 그 일을 알게 되자, 내 머리 속에는 아무것도 남지 않게 되었어요. 어떤 일이 있어도 당신에게 달려가야 한다는 생각뿐, 다른 아무것도……."

그렇게 그녀는 연금된 곳에서 탈출했고 마침내 그를 만날 수 있게 되었다.

하지만 그 대가는 실로 작지 않았다.

가쁜 숨을 내쉬던 요광성주가 힘겹게 말을 이었다.

"비가…… 비가 그쳤나 보죠? 빗소리가 들리지 않는군요. 조용해졌어요. 빗물도…… 떨어지지 않고……."

말소리가 잦아든다.

눈에서 빛이 흐려진다. 눈을 뜨기 힘든 모습이다.

"성주!"

한효월은 황급히 그녀를 감싸듯 안으며 명문혈에다 손을 대었다. 뜨거운 진원지기가 그녀의 명문으로 흘러들자 그녀의 눈에 빛이 돌아왔다.

"향적사…… 알죠?"

그녀의 말에 한효월은 놀란 빛을 드러냈다.

"그걸 어떻게?"

"역시…… 가면 안 돼요. 그곳은 함정이에요……."

"나도 알고 있소."

일순, 그녀의 눈이 커졌다.

"알고…… 있다구요?"

"그렇소. 하지만 교주가 온다면 위험을 무릅쓰더라도 해야 할 일이라고 생각해서 여기에 온 것이오."

"너, 너무 무모하군요. 당신은 늘……."

"……."

한효월은 그녀에게 미미하게 웃어 보일 따름이다. 그녀에게 무슨 말을 할 수 있을 것인가? 나의 생이 얼마 남지 않았다고, 시간이 얼마 남아 있지 않아서 위험을 무릅쓰더라도 모험을 할 수밖에 없다고 말을 할 수야 없기 때문이다.

"향적사에는 봉신지비를 풀 수 있는 물건이…… 있대요. 그것을 찾아 서역에서 법왕(法王)이 오고 있고……."

"법왕? 천하십왕 중 한 사람인 서역법왕(西域法王)이란 말이오?"

"아마도……. 그는 봉신지비를 찾으러 중원으로 들어왔고…… 조만간 향적사에 당도할 거라는군요."

한효월의 뇌리에 방금 라마들에게서 들은 내일…… 이라는 단어가 떠올랐다. 그들이 기다리는 사람이 바로 서역법왕이었단 말인가?

"교주는…… 향적사에서 당신과 서역법왕을 충돌시킬 작정이었다고 해요. 그런데, 오는 도중에 뜻밖에 개방과 충돌하여 차질이 생겨서 교중의 고수를 파견하고 교주는 수습이 되는 대로 올 거라고……."

그 말에 한효월은 놀라지 않을 수가 없었다.

옥면무영은 개방의 방주가 정체불명인 자들과 충돌했다고 했다.

그런데 그 정체불명인 자가 바로 제천교의 교주라니, 만약 그렇다면 옥면무영은 왜 자신에게 그것을 숨긴 것일까?

"비밀을…… 먼저 알아낸 사람은 서역법왕이라고…… 그에 앞서서 물건을 찾아야 한다는 소리를 듣고…… 물건은…… 거기……."

요광성주는 신음을 흘렸다.

가슴이 답답한지 손으로 가슴을 쓸어낸다. 그 바람에 그녀의 가슴을 가렸던 한효월의 단삼이 흩어지면서 그녀의 풍요한 가슴이 드러났다. 하지만 그녀는 이미 그것을 감안할 상태가 아니었다. 쿨럭이는 가운데 입에서 핏물이 올라왔던 것이다. 붉은 피가 그녀의 입에서 뭉클뭉클 쏟아져 나왔다.

"그만, 그만 말하시오."

한효월이 보다 못해서 그녀를 말렸다.

쓸쓸한 웃음이 그녀의 눈에 떠올랐다.

"어차피 난…… 오래…… 쉬게 되겠죠……."

한효월은 암중에 길게 한숨을 내쉬었다.

그녀의 상태는 누구도 되돌릴 수가 없었다. 그가 끊임없이 주입하고 있는 순양진기가 아니라면 그녀는 이미 숨을 거두었을 것임을 누구보다 그가 잘 알고 있는 것이다.

"……."

요광성주는 물끄러미 한효월의 얼굴을 바라보았다.

그렇게 그리던, 그 고통 속에서도 그처럼 그리던 그의 얼굴이 바로 손에 잡힐 듯 그렇게 눈앞에 있었다. 왜 그의 얼굴이 갑자기 그처럼 미치도록 그리웠던 것인지 그녀는 지금도 잘 알지 못한다.

하지만 잡혀 들어가 고문을 받게 되면서 그녀는 알게 되었었다.

그처럼 그를 깊고 깊게 자신의 가슴속에다 담아두고 있었음을.

한효월의 눈빛이 출렁 흔들렸다.

요광성주가 피에 젖은 손을 뻗어 차갑게 식은 손가락으로 자신의 뺨을 더듬었기 때문이다.

그녀는 떨리는 손으로 한효월의 얼굴을 어루만지면서 웃었다.

"그렇군요…… 당신…… 내 앞에 있군요……."

의미를 알기 힘든 소리였지만 그 마음은 절절하게 한효월의 가슴을 파고들고 남음이 있었다.

"한 가지…… 하나만 부탁을 해도 되겠어요?"

"뭐든."

"나를…… 나를 한 번만 안아주세요……."

창백한 그녀의 얼굴에 미미한 홍조가 떠올랐다.

한효월은 암중에 길게 숨을 내쉬고는 조용히 그녀를 안았다.

차가운 여체가 그의 품에 안겨들었다.

…….

쏟아지는 빗소리조차 숨을 죽였다.

어느 순간이다.

그녀가 한효월의 목을 감싸 안았다.

그리고는 격렬하게 그의 입술을 빨았다.

격정(激情)!

그녀의 혀가 그의 입을 비집고 들어왔다.

격렬하고 긴 듯한, 그러나 실제로는 짧았던 입맞춤은 그렇게 시작되었고 끝이 났다.

그녀는 환한 얼굴로 눈을 감고 있었다.

더 이상 숨을 쉬지 않으면서.

"후우……."

한효월은 길게 한숨을 내쉬었다.

그녀는 자신을 위해서 목숨을 내놓았다.

하지만 자신은 그녀를 위해 무엇을 해줄 수 있는가.

그녀를 이 빗속에서 보듬어 안아줄 수밖에는 없었다.

가슴을, 저 가슴 깊은 곳을 치는 아픔이 그를 괴롭게 했다.

찝찔한 마지막 입맞춤의 여운이 더욱 그러했다. 피를 토하던 그녀와 입맞춤을 했으니 핏물이 그의 입 안에서 도는 건 너무도 당연한 일이었다. 그것이 꺼려지는 것이 아니라 그 처절한 마지막의 몸짓이 절규가 되어 가슴을 두드리는 것만 같아서 더 괴롭기만 하다.

단속적인 말이었지만 그녀는 그녀가 본 것을 모두 전했다.

어떻게 그 일을 알게 되었는지는 모르겠으되, 한효월의 짐작대로 제천교주는 함정을 파고 그를 기다리고자 했었던 것이 분명하였다. 하지만 그 일은 개방과의 충돌로 인해 차질이 발생한 것 같았다.

여기서의 의문은 개방의 능력이다.

그간 보여준 개방의 능력은 단독으로 제천교의 교주를 저지할 만한 것이 아니었다. 그런데 개방이 제천교의 교주 일행을 저지할 만한, 그들과 자웅을 겨루고도 버틸 만한 그런 엄청난 힘이었다는 것인가?

그렇다면 그간 개방은 자신의 능력을 다 보이지 않았다는 것일까?

갑자기 머리가 복잡해졌다.

개방주 황엽의 성품은 대인(大人)의 것이었다.

그런데 자신에게 숨기는 것이 있었다는 말인가!

그랬다는 건가?

'알 수 없군!'

한효월은 깊게 미간을 찡그렸다.

그리고 그는 깊은 숨을 내쉬고는 그녀를 안은 채 빗속으로 사라져
갔다.

쏴아아……

쏟아지는 빗소리만이 그 자리에 남았다.

그 정적 속에 잠시 시간이 흐른 뒤, 한 사람이 어둠 속에서 몸을 일
으켰다. 한효월이 있던 곳에서 십여 장이나 떨어진 곳이었다.

전신을 검은빛으로 둘러쓴 그는 무표정한 눈빛으로 한효월이 사라
진 곳을 바라보다가 나직이 중얼거렸다.

"가서 보고해. 모든 게 계획대로 되었다고."

그의 말에 대답이라도 하듯이 기척 하나가 조용히 그의 뒤에서 사라
졌다. 그는 십여 리 떨어진 접선 지점에서 보고를 하게 될 것이고 그
보고는 접점을 통해 한 시진 이내에 삼백 리 밖으로 전달될 것이었다.

그가 사라진 후, 명을 내렸던 검은빛 그림자(黑影)의 모습도 사라졌
다. 다른 점이 있다면 그의 움직인 곳은 한효월 쪽이라는 것.

                    *   *   *

배 한 척이 폭우를 뚫고서 움직이고 있었다.

강에서는 보기 힘든 엄청나게 큰 범선이었다. 이런 폭우 속에서도
그 범선이 움직이는 것은 놀랍도록 빨랐다. 하지만 그 범선은 모습을
드러낸 후, 이내 움직임을 멈추었다.

호변을 서너 장 남겨놓고 멈춘 범선.

그 범선이 정박하자 기다렸다는 듯이 뭍에서 사람들이 날아들었다.

폭우가 쏟아지고 바람까지 몰아쳐 눈앞을 분간하기도 힘든 악천후였지만 그들은 바람처럼 빗속을 뚫고 범선 위로 날아올랐다.

방갓과 도롱이로 무장한 그들 중 한 사람이 선창 안으로 들어갔다. 나머지 두 사람은 시선을 돌려 방금 그들이 날아온 곳 주위를 쓸어본다. 그 폭우 속에서 마치 석상이 되어버린 듯 움직이지 않았다. 절도있는 그 움직임은 그들이 평범한 훈련을 거친 사람들이 아님을 알게 하기에 충분했다.

쏴아아—

빗소리는 여전히 요란하다.

배 어디에도 불빛은 보이지 않았다. 마치 버려진 유령선처럼. 하지만 선창의 내부는 그렇지 않았다. 대낮처럼 환했다. 불빛이 새 나가지 않도록 두터운 휘장을 치고 있어서다.

뚝뚝 빗물이 떨어지는 도롱이를 걸친 채 선실로 들어선 그는 방갓을 벗고는 앞을 향해 한쪽 무릎을 꿇었다. 방금까지 보여주던 당당한 모습과는 또 다른 움직임이다.

앞에서 낮은 음성이 들려왔다.

"찾았나?"

"아직……."

그가 고개를 숙였다.

"아직이라니, 그러고도 당세를 주름잡는 금의위의 천호라 할 수 있나!"

앞에서 질타가 터져 나왔다.

고개를 숙였던 그가 머리를 들었다.

눈에 익은 얼굴이었다. 화산에 나타났던 금의위 천호인 공자기의 얼굴.

"백방으로 수소문을 하고 있었습니다만, 뜻하지 않은 사태가 발생하여…… 죄송합니다."

"뜻하지 않은 사태라니?"

그의 앞, 태사의에 버티고 앉은 사람이 물었다.

날카로운 눈빛으로 금의위 천호를 압도하고 있는 그는 바로 정화였다. 한효월의 뒤미처 떠난 그가 드디어 이곳에 당도한 것이다.

"개방이 제천교와 충돌했습니다."

"그 일과 이 일이 무슨 상관이 있나?"

"개방과 충돌한 제천교의 세력이 교주 일행이었던 것 같습니다. 그로 인해 그자들이 퇴각하고 그 바람에 우리가 예측했던 진로를 벗어나 종적을 놓쳐 버렸습니다. 하지만 지금 전력을 다해 수색을……."

"개방이 제천교주를 격퇴했단 말이냐?"

무슨 소리냐는 듯 정화가 되물었다.

"지금까지의 정황을 종합해 보면 그런 듯합니다."

"개방이 무슨 힘으로? 제천교주가 움직이고 있었다면 교중의 고수들이 동행하고 있었을 것이고, 그자의 수신호위만 하나라도 흰새 개방의 전력으로는 건드릴 수 없었을 텐데? 설마…… 개방 전체가 달려들기라도 했더란 말이냐?"

"황엽 혼자 움직인 것으로 들었습니다."

"황엽 혼자라고?"

어이없는 듯 정화가 입을 벌렸다.

"지금 그걸 말이라고 하나? 황엽이 무슨 힘으로 제천교주는 물론이고 그 수행고수들까지 격퇴할 수 있단 말이냐!"

"그걸 조사하고 있습니다."

공자기는 굳은 얼굴로 말을 이었다.

"지금까지 알려진 것으로는 황엽과 수신고수들이 움직이다가 우연히 제천교주와 부딪쳤는데, 그때 정체를 알지 못할 고수들이 끼어들어서 제천교주 일행이 패퇴하고 말았다고 합니다."

"그럼 개방이 아니지 않나!"

"그런데…… 그 정체 모를 자들이 개방의 일원이라고 합니다."

"도대체 무슨 소리를 하고 있는 게냐?"

"죄송합니다. 지금은 그것밖에는 알아내지 못했습니다. 전력을 기울이고 있으니 곧 내용을 알 수 있을 것입니다. 그 바람에 제천교주도 놀라서 후퇴한 모양입니다."

"으음……."

정화가 신음을 흘렸다.

보고대로라면 정말 괴이한 일이 일어난 것이다.

개방의 힘이 지난날보다 강해진 것은 누구도 부인하지 못한다.

하지만 그렇다고 해서 그 힘이 제천교, 더구나 그 신비로 점철된 제천교의 교주를 압도하여 그를 패퇴시킬 정도가 아님은 이미 알려진 바였다. 개방 혼자서 감당하기에는 너무 거대하고 강력한 힘이 바로 제천교였다.

그런데 그런 제천교를 개방이 홀로?

'이해하기 어렵군…….'

정화는 미간을 찡그렸다.

"모든 병력을 풀어라. 그리고 지원을 요청해. 여기에 걸린 것은 간단하지 않으니 한 치의 실수라도 저지른다면 책임을 면키 어려울 것이다!"

"존명(尊命)!"

공자기가 복창했다.

'뭔가가 시작되고 있다. 자칫하면 제국에 문제가 생길는지도 모를 어떤 것이……. 우리가 의심하고 있는 것이 사실이라면……!'

공자기가 나간 후, 정화는 잠시 눈을 감고 있다가 입을 열었다.

"공주마마의 행적은?"

어디선가 음성이 들려왔다.

"계속해서 따님의 행방을 쫓고 있는 듯합니다."

"큰일이군……."

정화가 미간을 찡그렸다.

그녀의 비중은 작은 것이 아니었다.

그런데 이 와중에 다른 곳에다 시간을 뺏겨야 하다니…….

정화는 그렇게 생각했다. 아직까지 그 일로 인해서 어떤 사태가 발생할는지 짐작조차 할 수 없기 때문이다.

*   *   *

동정호는 드넓다.

그 바다와 같은 호수의 주변에 사는 사람들은 대부분 어업으로 생계를 유지한다. 그러니 주변 곳곳에는 여기저기에 어촌이 자생했다. 사조촌(飼鳥村) 또한 그런 곳 중 하나였다.

서른 호 성노의 어촌인 사조촌은 유난히 물새들이 많은 곳이다. 오

죽하면 새를 키우는 곳이라는 이름이 붙었을까. 그 사조촌 외곽에는 두어 채가량의 초가집이 있는데 앞으로는 촌을 두고 뒤로는 숲을 등져 한적한 곳이었다.

널린 어구(漁具)와 그것을 손보고 있는 촌노. 겉보기로는 다른 집과 전혀 다름이 없었다. 하지만 그 집에는 고기잡이와는 전혀 다른 사람이 자리하고 있었다.

옥면무영 호일랑.

그가 거기에 있었다.

그의 앞에는 괴이한 생김의 사내 한 사람이 있다.

나무 의자에 앉은 그는 외눈이다. 팔도 하나밖에 없어 외팔이였다. 머리는 봉두난발. 하지만 덩치는 커서 앉아 있음에도 옥면무영보다 머리 하나는 더 커 보였다. 그런 그의 등에는 커다란 칼(大刀) 하나가 메어져 있다. 얼핏 보기에는 막 산속에 뛰쳐나온 산적과 같았다.

하지만 그 외눈에서 쏟아지고 있는 무지막지할 만큼 강렬한 안광은 그가 평범한 산적이 아님을 웅변하고 남았다.

"놈들이 어디로 사라졌는지 반드시 알아내야만 하오."

그가 말했다.

"조사하고 있습니다."

호일랑이 마주 앉은 사내에게 고개를 끄덕였다.

"그럼."

사내가 몸을 일으켰다.

"가시겠습니까?"

사내는 말없이 뒷문으로 향했다.

"방주께서는?"

"내가 말할 성질의 물음이 아니오."

말과 함께 사내는 문밖으로 사라졌다.

'과연 지옥도(地獄島)에서 나온 사람답군. 화인지 복인지 알 순 없지만…… 이 난국에서야 어쩔 수 없는 선택이었겠지!'

호일랑은 닫힌 문을 바라보면서 내심 중얼거렸다.

외눈의 사내는 문득 미간을 찡그렸다.

옥면무영 호일랑이 있던 곳에서 백여 장가량을 벗어난 지점이었다. 그는 옥면무영 호일랑이 있던 장소를 떠나자마자 전력으로 몸을 움직이고 있었다.

그런데, 무엇인가가 느껴진 것이다.

"……."

그의 앞으로 내딛던 발이 흠칫했다.

갑자기 주위가 물을 끼얹은 듯 조용해졌다.

그의 눈빛이 침잠하게 가라앉았다.

자연스럽게 들리던 숲의 소리가 사라졌다.

쏟아지는 빗줄기로 인해서 평소 들리던 새들의 울음소리, 벌레들의 움직임 등은 듣기 힘들지만 그래도 숲에서 느껴지는 것은 또 있는 법이다. 그것이 자연이기에. 고수라면 느낄 수 있는 그 소리들이, 느낌들이 삽시간에 사라져 버린 듯했기에 그의 신경이 곤두선 것이다.

하지만 발끝을 멈칫했을 뿐, 그대로 걸음을 옮기는 듯하던 그는 나무 하나를 휘도는 순간에 폭발하듯 사오 장 뒤로 되짚어 날았다.

그리고는 섬광이 번쩍였다.

칠컥!

그의 손이 등에 멘 대도에서 천천히 떨어졌다.

찰나간의 순간에 이미 대도를 뽑아 휘두르고 등에 멘 도갑에다 대도를 갈무리하고 있는 것이다.

손을 떼는 듯 마는 듯 대도의 손잡이에 댄 그의 눈은 먹이를 노리는 매의 눈보다 더 날카로운 듯했다.

"……."

하지만 아무런 기척도 들리지 않고 보이는 것도 없다.

잠시 사나운 눈으로 주위를 살피던 그는 갑자기 땅을 박차고 날아 그 자리에서 사라졌다.

쿠쿠쿠…….

그가 사라짐과 함께 방원 사오 장 내에 있던 아름드리 나무들이 모조리 비명을 지르며 넘어지기 시작했다. 단 일 수로 주변 나무들의 밑동을 모조리 잘라 버렸던 것이다.

흙먼지가 하늘을 가리며 피어 오른다.

그 장관을 한 사람이 숲 속에서 지켜보고 있었다.

그 눈에 떠오른 것은 놀람.

'생각보다 더 무서운 도법이군. 저 정도면 사문의 무공에 못지 않은 것인데, 그가 개방의 사람이란 말인가?

그는 미간을 찡그렸다.

한효월은 깊은 생각에 빠졌다.

독안사내가 시전한 무공은 감천형에 비견할 만했다. 그런 고수가 개방에 있었다는 것인가? 문제는 그런 고수가 있다 없다가 아니라, 그런 고수가 과연 개방의 중심 인물인가 아닌가 하는 점이었다.

독안사내가 한효월의 기척을 느끼고 일도를 뽑아냈던 것은 한효월의 의도된 계산이었다. 일부러 살기를 끌어내어 상대에게 그를 느끼게 했던 것이고, 생각대로 독안사내는 한효월을 공격했다.

하지만 찰나적으로 살기가 사라진 것을 깨달은 독안사내는 조금도 망설이지 않고 그 자리를 벗어나 사라지고 말았다. 그것은 불안 초조하여 주위를 살피는 것보다 더 쉽지 않은 일이었다.

그만큼 냉정하고 과단성있다는 의미이기 때문이다.

옥면무영 호일랑은 방 안을 서성이고 있었다.

쏴아아—

아직 빗줄기는 가라앉지 않았다. 시원스럽다 못해 줄기차게 빗줄기는 쏟아지고 있었고 그런 빗줄기를 바라보면서 옥면무영 호일랑은 곤혹스러운 빛으로 뭔가 생각에 잠긴 채였다.

"한, 대협……?"

어느 순간, 그는 얼떨떨한 듯 눈을 크게 떴다.

서성이던 그가 몸을 돌리는 순간에 한효월이 그 자리에 있음을 발견했기 때문이다.

"언제? 정말 대단하군요. 신법이라면 나도 누구 못지 않다고 자부하는 사람인데 느끼지도 못했다니…… 한 대협의 무공은 정말 괄목상대라는 말로 부족하여 일신우일신(日新又日新)하는군요!"

"개방과 마주쳤다는 것이 제천교가 맞습니까?"

불쑥, 묻는 한효월의 질문.

옥면무영 호일랑은 순간적으로 말문이 막힌 듯했다.

"나에게 숨길 것이 있었습니까?"

한효월이 다시 물었다.

"……."

잠시 한효월을 바라보던 옥면무영 호일랑은 길게 숨을 불어냈다.

"무슨 소리를 들으신 모양이군요. 맞습니다. 저도 몰랐다가 얼마 전에야 알게 되었습니다. 방주 일행과 마주한 것은 제천교주의 행렬이었다고 합니다."

"그 자리에 방금 나간 사람도 포함되어 있었던가요?"

한효월의 물음에 호일랑은 다시 움찔했지만 이번에는 망설이지 않고 고개를 끄덕였다.

"맞습니다. 그도 있었지요. 그들이 없었다면 본 방은 아마 심대한 타격을 받았을 겁니다. 저들이 워낙 막강해서……."

"그들도 개방도입니까?"

"맞습니다."

다시 고개를 끄덕인 호일랑은 길게 숨을 내쉬었다.

"의혹이 있으실 테니 간단히 말씀드리지요. 한 대협께서는 혹 본 방의 참사에 대해서 들으신 적이 있습니까?"

"잘은 모릅니다만 조금."

호일랑은 어두운 얼굴로 말했다.

"본 방은 한 대협의 사형이신 독고 맹주께서 강호에 출도하시고 얼마 되지 않아 초유의 위난을 겪은 적이 있습니다."

개방의 위난(危難)!

그것으로 인해 개방의 고수들은 모두 괴멸되다시피 했고 그로부터 20년이 지나도록 힘을 펴지 못했었다. 만에 하나, 황엽과 같은 걸출한 인물이 나타나지 않았더라면 아직도 그 상태는 계속되고 있을 터였다.

그 일은 강호를 뒤흔들 대참사였지만 실제로 세상에 알려진 것은 그리 많지 않았다. 그저 방중의 일을 놓고 개방고수들끼리 격전을 벌여서 그런 일이 생겼다는 소문만 무성했고, 실제 당사자인 개방에서는 아무런 말도 하지 않고 모든 고수들이 잠적하다시피 해서 그 일은 추측에 추측만을 불러일으켰을 따름이다.

"세상이 짐작했던 것처럼 본 방의 위난은 방중대권을 놓고 방의 고수들이 양쪽으로 갈라졌기 때문이었습니다. 아니, 좀 더 정확하게 말하면 개왕(丐王) 어르신의 후계 문제로 갈등이 불거졌던 것이지요."

"개왕?"

한효월의 눈에 의아한 빛이 떠올랐다.

"제게는 조사가 되는 분입니다. 비록 천하십왕에는 거론되지 못했지만 아마 천하십왕 누구라도 그분을 함부로 대할 순 없을 겁니다. 그분은 지난 수백 년래 본 방의 최고 고수이셨었습니다."

호일랑은 미간을 찡그렸다.

"그런데 개왕께서 갑자기 실종되셔서 그 후계를 놓고 갈등과 반목은 심해졌고 급기야는 서로 회의 중에 서로 고수를 모아 상잔하는 일이 발생했습니다. 그대로 두었었더라면 본 방의 정예는 모두 몰살하고 말았을는지도 모르지요."

그때 나타난 것이 개왕이다.

실종되었다던 그는 불현듯 나타났고, 벌어진 사태를 보고 아연실색 대노하여 그 사태에 참가한 고수들을 모조리 끌고 사라져 버렸었다. 누구도 감히 그의 행사에 반기를 들 수 없었다.

그렇게 해서 개방에는 고수의 씨가 말랐다.

황엽이 기림받는 이유는, 바로 그렇게 무너진 개방을 다듬어 오늘날의 기틀을 만들어냈기 때문이다.

"그렇다면, 혹시……?"

"맞습니다. 조금 전에 제게 왔던 그분은 당년의 본 방 고수이셨던 참마도(斬魔刀) 곽 호법입니다. 세상에는 죽었던 것으로 알려졌지요. 그때의 상처로 인해 오늘날 모습이 그렇게……."

모습이 그렇게 변했을망정 그들의 무공은 세상을 놀라게 할 만했다. 그렇지 않았더라면 개방은 제천교주 일행과 부딪치면서 전멸을 했을 것이었다.

지난 세월 그들은 무서운 강자로 변해 있었다.

"화가 복이 되었다고 하기도 그렇고……."

호일랑이 한숨을 내쉰다.

이유인즉슨, 당시 가담했던 사람들 중에서 고수들을 모두 끌고 간 개왕이 그들 모두를 지옥도라는 절해고도(絶海孤島)에다 가두었고, 그곳을 벗어나려면 거기 남겨둔 비전(秘傳)을 모두 익혀야 가능했다는 것이다. 세월이 흐름에 따라 죽은 사람이 있을 정도로 지옥도는 극악한 환경이었고 그들이 익혀야 할 무공도 지난(至難)했다.

그곳을 벗어났을 때, 그들 모두는 피에 굶주린 악귀와 같은 형상을 하고 있었고 실제로 성정(性情)마저 크게 변해 지난날 개방도의 모습을 찾기 힘들었다.

그런 그들을 위해 개왕이 마련해 둔 것이 또 하나의 개방이었다.

개방을 지키는 비밀 세력이 나타난 것이다.

이름하여 궁가방(窮家幇).

"그럼 그 개왕께선 지금?"

"저도 더 이상의 내용은 알지 못합니다. 방주께서 적과 부딪쳤을 때 그분들이 나타났다고 하는 걸 겨우 아는 정도라서…… 자세한 것은 방주를 만나거든 물어보시지요."

하긴 남의 방중 일을 이 마당에 더 이상 물어보기도 힘들다. 하지만 그런 힘이 나타났다는 것은 정말 고무적인 일이라 할 수 있었다.

한효월은 고개를 끄덕여 보였다.

그리곤 질문.

"방주께선 언제 도착할 수 있습니까?"

"저도 잘 모르겠습니다. 원래대로면 내일쯤이면 오셔야 했는데 제천교주의 행적을 쫓고 계시다는 전언만 보내오셔서……."

말끝을 흐린 호일랑은 말을 바꾸었다.

"가셨던 일은?"

한효월은 향적사에서의 일을 전했다.

서역법왕이 곧 당도할 것이라는 말과 함께. 하지만 요광성주를 만났던 일은 그에게 말하지 않았다. 그녀의 죽음은 그저 그렇게 자신의 가슴속에다 묻고 싶었기 때문이다.

그렇기에 그녀의 시신을 이곳으로 가져오지 않은 것이기도 했다.

"그렇다면 혼자 움직이시는 건 너무 위험합니다. 적의 세력은 너무 강합니다. 만에 하나 저들에게 포위되는 일이 생긴다면……."

"라마들이니 아무리 은밀히 움직인다 할지라도 분명히 뭔가 움직임을 찾아낼 수 있을 겁니다. 서역법왕이 어디쯤 있는지 알아봐 주시면 좋겠습니다."

　부탁을 한 한효월은 호일랑의 만류를 뿌리치고 그 자리를 떠났다.

　따라나서겠다는 그를 버려두고서.

　다만 마음에 걸리는 것은 그가 마지막에 한 말.

　사방에서 정체불명의 인물들이 계속해서 이곳으로 몰려들고 있다는, 더구나 그 사람들이 향하고 있는 방향은 향적사 쪽인 듯하다니 신경이 쓰일 수밖에 없는 일이었다.

　그렇기에 더 빨리 움직여야 하기도 했다.

　어쩌면 그중에 서역법왕이 있을지도 모르기 때문이다.

＊　　　　＊　　　　＊

　호일랑을 떠난 한효월은 바람처럼 몸을 날려 십여 리 떨어진 갈대밭으로 향했다.

　무성한 갈대는 사람의 키를 넘었고 쏟아지는 빗줄기에 흔들거리고 있었다. 일단 그 갈대밭 속으로 들어간다면 동정호도 뭍도 어느 쪽도 보이지 않을 터였다. 그저 보이는 것은 무성한 갈대뿐. 저 멀리 갈대로 지붕을 이은 어가(漁家) 하나가 보이지만 쏟아지는 빗줄기에 아스라할 뿐이다.

　갈대밭에 이르자 한효월은 강변을 둘러보았다.

　2, 3장 밖의 갈대밭이 흔들린다.

　그러더니 뜻밖에도 갈대밭 사이에서 작은 배 한 척이 모습을 드러냈다. 도롱이를 걸치고 커다란 갓을 쓴 어부 하나가 거기 앉아 있었다.

　배가 나타나자 한효월은 망설임없이 몸을 날려 그 배로 올라갔다.

어부는 배에 오른 한효월과 잠시 뭐라고 하는 듯하더니 한효월을 태우고는 갈대밭을 스쳐 호심으로 사라지기 시작했다.

쏴아아……

뒤를 쫓던 자의 다급함은 아랑곳없이 쏟아지는 빗줄기는 동정호 전체를 아스라한 물안개로 뒤덮는다.

갈대밭은 정말 넓게 호변을 뒤덮었다.

한효월은 그 호수를 가르는 작은 어선이 아니라, 방금 그가 떠났던 갈대밭 속에 있었다. 놀랍게도 키를 덮는 갈대밭 안쪽으로는 작은 배 몇 척이 정박하고 있었다. 그 배 위로는 널빤지 몇 개가 걸쳐 있으니 2, 3장가량의 공터가 만들어진 셈이다. 게다가 머리 위로는 갈대를 엮어 비 받이까지 만들어놓았다.

갈대밭 속에 난데없이 작은 집이 나타난 것과 같았다.

한효월은 바로 거기 의자에 앉아 있었고 그의 앞에는 감천형이 앉아 있었다.

"아직도 놈들이 사숙의 뒤를 따릅니까? 놈은 처리를 했는데……."

"글쎄, 조심해서 나쁠 건 없을 테니…… 잘 처리하겠지?"

"물론입니다. 배를 놀고 있는 분이 동정어은(洞庭漁隱)이신데, 물에서라면 남해용왕 못지 않은 분입니다. 지난날 맹의 호법 중 한 분이셨고 은퇴하기 전에는 어린 저와 함께 놀아주셨던 분이셨습니다. 조금 괴팍한 면이 있으시긴 했지만 누구보다 가슴이 뜨거운 분입니다. 저를 만나자 바로 소매를 걷어붙이고 나서서 이렇게 도움을 주시면서 필요하면 동정수채를 움직이겠다고 하셨습니다."

"다행이군."

희미한 웃음이 감천형의 얼굴에 떠올랐다.

"조금 괴팍한 면이 있으셔서 맹을 떠나셨지만 사부님이나 저와는 정이 각별합니다. 무림 중에는 아직 그런 분들이 많습니다. 사부님은 누구에게나 호감을 주는 분이셨으니까요."

한효월이 정색을 했다.

"추진하는 일은 잘 되고 있나?"

"최선을 다하고 있습니다."

"구대문파는 이번 사태로 인해 대외적으로 치명적인 손상을 입었지. 무림맹의 기둥은 구대문파였는데 이미 그들로서는 무림의 중의(衆議)를 대변하기 힘들게 되어버렸으니 암중에 제천교를 제지할 새로운 힘이 필요한 상황, 그 일은 매우 중요하네."

"사부께서 만드신 보구회가 있지 않습니까?"

"글쎄…… 상황이 그렇게 간단하게 전개될 것 같지 않으니…… 대비를 해두는 게 좋겠지. 때가 되면 천무도 합류를 할 거야. 그때까지 감 사질은 모든 대비를 해둬야 해."

"꼭 어딜 가실 분처럼 말씀을 하시는군요."

감천형의 말에 한효월은 미미하게 웃었다.

"그럴지도."

길지는 않으리라.

가까운 시일 내에 그에게 사실을 말해 주어야 할 것이다.

그리고 후사를 그에게 맡겨야만 한다. 그전에 상황을 처리하지 못한다면.

한효월이 일어섰다.

"벌써 가실 생각이십니까?"

"주변은 감 사질이 지켜보고 난 성아와 같이 가지. 연락은 그 아이를 시킬 테니, 뒤는 좌 사질이 맡아주는 것으로 하고."

"알겠습니다."

문득 한효월이 뒤를 돌아보았다.

"그녀는?"

감천형은 멈칫하더니 말했다.

"멀지 않은 농가에 맡겨두었습니다. 관을 하나 구해서 일단 안치한 상태입니다."

"……."

한효월은 말없이 고개를 끄덕였다.

"잘 보살펴 주도록 해주게. 일단 가매장이라도……. 수상히 여기지는 않을까?"

"겉으로야 농가지만 동정어은 조 선배의 조카 집입니다. 소문이 나지는 않을 겁니다."

"다행이군."

한효월이 그 자리를 떠나자 대기하고 있던 유성이 그 뒤를 따랐다. 그 뒤를 따라 다시 좌백이 수하들을 이끌고 떠났다.

서역법왕(西域法王)

─미륵 나타나다
비약(秘鑰)이 나타나니 죽음이 함께하다

서역법왕(西域法王)

빗줄기가 조금 가늘어졌다.

이따금 후두둑거리긴 하지만 실제로는 거의 그친 것과 같았다.

대신 빗물이 안개를 불러일으켜 물막이 걷힌 대신에 뿌우연 밤 안개가 세상을 온통 뒤덮었다.

그 안개를 뚫고서 한효월은 다시 향적사로 돌아왔다.

갈 때는 혼자였지만 올 때는 유성과 함께였다.

이미 한 무리의 번승(番僧:라마)들이 절 내부를 차지하고 있음을 잘 알기에 한효월은 소리도 없이 후원을 통해서 안으로 스며들었다. 유성이 긴장된 빛으로 그 뒤를 따랐다.

후원으로 들어선 한효월은 후원 승방(僧房)이 있는 쪽으로 향했다. 주변의 어둠을 이용하여 움직이는 그의 모습은 마치 유령과 같아 누구도 제대로 보기 힘들었다.

'제길! 그새 더 따라가기 힘들게 변하셨네…….'

그 뒤를 따르는 유성이 숨이 턱에 차 이를 악물었다.

무조건 속도만 내서 쫓아가는 거라면 이미 헥헥대면서 죽는다고 소리를 쳤을 터이다. 하지만 은밀히 움직이는 거니 뭐라고 말도 못할 형편이었다. 그저 이를 악물 수밖에.

그러던 중 후원 승방에 이른 한효월이 문득 걸음을 멈추었다.

숨이 턱에 닿았던 유성으로서는 천만다행.

그런데 뭐가 달랐다.

한효월이 그 자리에 한쪽 무릎을 꿇고 앉아 뭔가를 내려다보고 있었던 것이다.

'시체?'

유성의 얼굴이 조금 굳어졌다.

붉은 옷을 입은 라마. 그 라마 하나가 땅바닥에 엎어져 있었다.

"무슨……."

낮은 목소리로 입을 열던 유성은 급히 입을 다물었다.

한효월이 손을 들었던 것이다.

그는 유성에게 가볍게 고개를 흔들었다. 말을 하지 말라는 뜻이다. 그의 얼굴은 굳어져 있었다.

한효월이 라마를 뒤집자 그는 눈을 부릅뜨고 있다. 눈에 흙이 들어가 있지만 그는 눈을 감지 않았고 입과 코에서 흘러나온 피는 눈에서까지 흘러나와 굳어지고 있다. 가공할 내가중수(內家重手)에 내부가 온통 다 터져 버린 형상이다.

'죽은 지 얼마 되지 않는다…….'

한효월은 굳은 얼굴로 대웅전 쪽을 바라보았다.

비가 그쳐 가고 있어서일까?

아니면 공연한 느낌인 것일까?

향적사는 갑자기 쥐 죽은 듯 조용해진 듯했다.

라마의 무공은 결코 약하지 않았다.

그런데 별로 싸운 흔적이 보이지 않는다.

그것은 그를 죽인 상대가 상대하기 어려울 만큼 고강하며, 과감하게 잔인한 손속을 가졌다는 의미이기도 하다.

문득 한효월의 신형이 허공을 부유하듯 홀쩍, 날아올라 앞에 있는 승방을 들여다보았다.

승방이라는 것은 절에 마련된 승려들의 숙소다.

출가라는 것 자체가 세상의 모든 것에서 떠나고자 함이라 승방은 화려하지도, 그렇다고 해서 넓고 크지도 않다. 그저 몸을 누일 만한 공간이면 된다. 이곳도 그리 다르지 않았다. 다른 점이 있다면 너무 오래 버려져 있었기에 거미줄과 먼지로 퇴락했다는 것뿐이었다. 그리고 퇴락한 정도는 극심해 문짝 하나 성한 것이 없었다. 무엇이든 조금이라도 건드리면 부서져 버릴 듯했다.

그러므로 군이 안으로 들어갈 필요도 없었다.

부서진 창문이나 문을 통해 안을 보는 것으로 모든 것이 다 보였기 때문이다.

하지만 한효월은 안으로 들어갔다.

먼지가 가득한 방 한쪽 구석에 붉은빛 사람의 모습이 보이는 것 같아서다.

또 한 사람의 라마가 쓰러져 있었다.

그도 죽어 있었다. 죽은 모습은 앞의 라마와 다르지 않았다.

'무슨 일이지?'

그때 밖에서 유성의 음성이 들려왔다.

"다 죽은 거 같은데요?"

한효월은 불끈 몸을 솟구쳐 유성에게로 날아갔다.

승방은 절의 규모를 말하듯 매우 커서 수십 칸이나 되었다.

유성은 이미 몇 군데를 뒤져 본 듯 굳은 얼굴로 한효월을 바라보고 서 있었다.

"또 시체가 있더냐?"

"예, 하나가 더 있더군요. 다 뒤지면 어떻게 될지 모르겠습니다만."

"여기 몸을 숨기고 누가 오는지 잘 살펴봐라. 무슨 일이 있으면 내게 바로 연락을 해라."

"어딜 가시게요?"

'앞쪽으로 가서 그들을 살펴보겠다. 흉수는 지금 근처에 있을지도 모르니 절대로 방심하면 안 된다!'

대답을 전음을 보낸 한효월은 바람처럼 대웅전 쪽으로 향했다.

몸을 솟구친 그는 발끝으로 지붕과 나뭇가지를 밟으면서 순식간에 사라졌다. 마치 그림자가 사라져 버리는 것 같았다.

"정말 강해지셨군……. 좀 전에는 나 때문에 전력을 다 하신 게 아니었군 그래."

그가 사라지는 모습을 보곤 감탄한 유성이 중얼거렸다.

그때였다.

유성이 돌연 비틀거리는가 싶더니, 그 자리에 풀썩 앞으로 쓰러져 버렸다.

앞으로 쓰러진 유성은 죽은 듯 움직이지 않았다.

⋯⋯.

갑자기 주위에 적막이 달려왔다.

풀벌레의 울음소리, 산새들의 숨소리조차 들리지 않는 듯했다. 질식할 것만 같은 침묵이 일대를 온통 휘감아 눌렀다.

그렇게 반 식경가량의 시간이 지났다.

"성아!"

다급한 음성.

한효월이 날아들었다.

"어떻게 된 거냐?"

한효월은 땅에 엎어진 유성을 부축하면서 다급히 그의 맥을 짚었다. 너무도 뜻밖의 사태에 그의 얼굴은 납덩이와 같았다.

그런데⋯⋯.

"에헤헤헤⋯⋯."

유성이 헤벌레 웃으면서 눈을 뜨지 않는가?

"너⋯⋯."

얼떨떨해진 한효월이 웃고 있는 유성을 보면서 눈을 꿈벅였다.

다음 순간.

"지금 무슨 짓을 하고 있는 게냐?"

한효월은 엄한 얼굴로 그를 꾸짖었다.

유성이 뒷머리를 긁적이면서 쑥스러운 표정을 지었다.

"장난이 아니라⋯⋯ 주위를 잘 살펴보라고 말씀하셔서 땅에다 귀를 대고 기척을 살피고 있었어요. 뭐⋯⋯."

"그⋯⋯."

어이가 없어진 한효월의 말을 뒤로하고 유성은 계속해서 말했다. 정색을 한 그의 눈이 반짝인다.

"실제로는 누가 숨어 있나 해서 유인을 해봤던 거예요. 그런데 이렇게 시간이 흘러도 나오는 놈이 없는 걸 보면 어떤 놈인지 흉수는 이미 여기를 떠난 거 같아요."

"녀석……."

한효월은 그 엉뚱함에 기가 막혀 머리를 저었다.

"그런데 앞쪽은 어떤가요?"

유성의 물음에 한효월의 얼굴이 다시 굳어졌다.

"앞쪽에 있던 라마들도 모두 죽었다."

말과 함께 그는 승방의 끝 쪽으로 걸어갔다.

"몇이나 죽은 거지요?"

"열은 넘을 게다. 이곳에 있던 자들이 모두 죽었다면……."

"음……."

"설마!"

한효월이 갑자기 뭔가 생각난 듯 땅을 박찼다.

향적사는 산문을 들어서면 대웅전이 있고 그 대웅전 뒤로 극락전(極樂殿)이 있다. 그 극락전 뒤가 후원이고 승방이 늘어서 있었다.

한효월은 한달음에 극락전에 이르렀고 그 극락전 문짝이 부서져 있음을 발견한다.

오래되어 부서진 것이 아님은 한눈에 드러난다.

그 문짝에 붉은 가사를 입은 라마가 머리를 들이박고 쓰러져 있었으니까.

더구나 나지막한 신음 소리까지 안에서 들려오고 있었다.

한효월은 바람처럼 극락전 안으로 날아들었다.

지금까지와는 달리 격렬한 드잡이질이 있었던 것을 말하듯이 극락전 안은 온통 엉망이었다. 극락전은 본존으로 아미타불을 모시는 곳이다. 좌우로는 관세음보살과 대세지보살(大勢至菩薩)이 협시(脇侍)한다. 그 불보살들이 태풍을 만난 듯 부서지고 단에서 굴러 떨어졌다.

한 사람의 라마가 불단에 반쯤 걸쳐서 꿈틀거리고 있음이 보인다.

한효월은 이미 안으로 들어서면서 날카로운 눈으로 사방을 쓸어본 다음이었다. 그를 제외하고는 사람은 없었다.

"당신……."

그에게 다가서면서 손을 내밀던 한효월이 홀쩍 옆으로 물러섰다.

거의 움직이지도 못하던 그 라마가 갑자기 벼락처럼 몸을 퉁겨 올려 한효월을 공격했던 것이다.

가공할 경풍이 그 손에서 일어났다.

"어이쿠!"

유성이 깜짝 놀라서 옆으로 토끼처럼 튀었다.

그는 2장가량이나 떨어진 입구 쪽에 있었는데 라마의 공세는 유성이 있던 곳을 지나쳐 극락전 벽을 때렸다.

쾅!

폭음과 함께 벽이 터져 나갔다.

"무지하게 사납네……."

유성이 인상을 썼다.

그런 여유를 부릴 수 있는 것은 그 라마가 일장을 격출하고는 비틀하곤 그대로 나뭇등걸처럼 쓰러져 버렸기 때문이다. 그의 입에서 토해진 핏줄기가 바닥을 붉게 물들였다.

"공자……!"

"죽었다."

한효월이 말했다.

엎어진 라마는 눈을 부릅뜨고 있었다.

그 눈에는 분노와 공포, 불신 등의 복잡한 감정이 가득했다.

"마지막 힘으로 공격을 했던 거군요. 그렇다면 이 라마의 일신 공력은 정말 대단했겠는데요?"

"밖을 경계하거라."

말과 함께 한효월은 어깨를 움찔하는 사이에 한 덩이 구름처럼 떠올라 대들보 위로 올랐다.

'뭘 하시려는 거지?'

문가로 이동하여 기둥에 은신한 유성이 한효월의 움직임을 살피면서 고개를 갸웃거렸다.

한효월은 마치 고양이처럼 대들보 위를 오가면서 뭔가를 찾는 듯했다. 그리고는 잠시 후 내려오더니 라마가 엎어져 있던 불단으로 갔다.

그 불단은 오랜 세월을 건디지 못한 듯 한쪽이 깨져 있었다.

"역시 여긴가……."

한효월이 나직이 중얼거리더니 소매를 젓자 불단 한쪽이 소리도 없이 내려앉았다. 아무리 오래된 나무라고 할지라도 소리도 없이 주저앉는다는 것은 그가 힘을 기울이고 있음을 의미한다.

유성은 그가 불단 안쪽에서 무엇인가를 꺼냄을 보았다.

나무로 된 갑[木匣]이었다.

가로 한 자가량. 세로 일곱 치 정도.

'복장(腹藏)인가? 하긴 부처님 뱃속이 아니니 복장이라고 하기도 좀 뭐하네. 그럼 뭐지?'

그것을 보고 유성은 다시 고개를 갸웃거렸다.

목갑은 봉인(封印)이 되어 있었다.

한효월은 그 봉인을 바라보다가 손바닥으로 봉인을 쓸었다. 고대의 봉인이란 것은 무슨 특별한 잠금 장치가 아니다. 그저 진흙과 같은 재료에다 도장을 찍어 흔적을 남기는 것에 불과한 것이 대부분이고 이 목갑도 그 범주를 벗어나지 않았다.

진흙을 훑어낸 한효월은 망설임없이 목갑을 열었다.

목갑 속에는 작은 철갑(鐵匣)이 하나 들어 있었다.

어둠 속이지만 이미 공력이 허실생동(虛實生同)의 경계에 이른 한효월은 그 철갑 위에 새겨진 글자를 알아볼 수 있었다.

〈봉신지약(封神之鑰)!〉

너무도 놀라운 의미를 담은 네 글자가 거기 있었다.

"봉신지약…… 봉신의 열쇠란 말인가?"

한효월은 망연한 표정으로 그 철갑 위에 쓰인 글자를 내려다보면서 중얼거렸다.

그가 강호에 나온 이래 끊임없이 맴돌던 신비로운 단어.

하지만 아직 명확한 의미도 모르는 그 단어, 봉신(封神)!

그런데 그 봉신의 비밀을 풀 수 있는 열쇠가 여기에 나타난 것이다. 어떻게 이 자리에 그것이 있는지는 모르겠지만…….

"극락……."

마지막 안간힘을 다해 부르짖었던 말.

요광성주의 마지막 말, 거의 들리지도 않았던 그 마지막 말이 생각나 극락전으로 왔었다. 말이 제대로 이어지지 않았지만 그녀의 말 중에는 승(僧)이란 말도 있었던 것 같았다. 그래서 승방으로 갔었고 다음에는 극락전을 찾았었다.

그런데 정말 여기에 그것이 있었다.

그녀의 마지막 생을 바친 대가로서…….

한효월은 가늘게 떨리는 손길로 목갑 속에 든 철갑에 손을 가져갔다.

바로 그때였다.

쿠와앙~!

고막을 찢고 심금을 떨어울리는 굉음이 극락전을 울렸다.

극락전 전체가 마치 지진을 만난 듯이 뒤흔들렸다. 흙먼지가 천장에서 쏟아져 내리다 못해 기둥이 뒤뚱거렸고 문짝이 사방 여기저기에서 무너졌다.

"윽!"

문가에 서 있던 유성이 충격을 이기지 못하고 금방이라도 쓰러질 듯 비틀거렸다.

"괜찮으냐?"

한효월이 찰나간에 유성의 곁에 이르러 물었다.

"괘, 괜찮아요. 그런데 이게 무슨……?"

창백해진 얼굴로 입을 열던 유성이 입을 다물었다.

덜커덩…….

요란한 소리와 함께 겨우 달려 있던 문짝이 널브러지는 순간에 어둠에 묻혀 있던 극락전이 환하게 밝아지는 것 같았기 때문이다.

달빛이 고개를 내민 까닭인가?

라고 생각하기에는 그 빛이 달랐다.

"아⋯⋯."

밖을 내다본 유성이 부지중에 신음을 내뱉었다.

극락전의 앞에 조금 전에는 없었던 것이 있었던 것이다.

거창한 가마 하나.

지난날 한효월은 귀왕의 귀왕여를 본 적이 있었다.

하지만 이 가마는 그것과는 전혀 달랐다. 크기는 그와 비슷한 것도 같지만 전체가 황금빛으로 찬란하고 사방의 장식은 모두가 불가(佛家)의 것이었다.

얼핏 보면 마치 부처를 모시는 교자(轎子)와 같았다.

그런데 얼핏 보는 것이 아니라 눈을 크게 뜨고 보아도 그 교자에는 미륵불 한 좌(座)가 모셔져 있었다.

전신에 금칠을 한 미륵불.

비대한데다 배까지 불룩한 그 모습은 어김없는 불상. 하지만 머리에는 기이한 형상의 황금 관(冠)을 하나 썼다.

그것이 나섰다.

어디를 둘러보아도 저 거창한 교자를 가져다 둔 사람의 모습은 보이지 않았다. 저런 교자를 움직이려면 최소한 네 명, 일반적이라면 여덟 명 이상이 되어야 움직일 수 있을 터이다.

그런데 아무도 보이지 않다니?

설마 하니 저 교자가 혼자 이곳까지 날아왔을 리는 없지 않은가.

교자의 미륵불은 자상한 미소를 띤 채로 한효월을 보면서 웃고 있었다.

……

문득 기이한 느낌이 전신을 달려간다.

"누가 장난을 하고 계시오?"

한효월이 침중한 어조로 말하며 주위를 둘러보았다.

"잡인(雜人)이 감히 불가의 지보(至寶)를 탐해 사찰에서 살인을 하다니…… 그 자리에 어서 무릎을 꿇지 못하겠는가!"

조용하지만 천둥이 치는 듯한 음성이 들려왔다. 음성에 깃든 힘은 강력무비하여 고막이 터지는 듯했고 지면에서 먼지가 풀풀 날아올랐다.

쿠쿠……

한효월과 유성이 있는 극락전이 그 음성에 다시금 전신을 떨었다.

한효월은 얼떨떨한 빛으로 앞의 미륵불을 바라보았다.

"서, 설마? 말소리가 저 부처님에게서 나오는 거 같은데요?"

뒤에서 유성이 눈이 동그래져서 중얼거렸다.

한효월은 말없이 눈앞의 미륵불을 바라보고 있을 따름이다.

"아무려면 그럴 리는 없을 테고, 대체 어떤 놈이 장난질이야!"

유성이 투덜거리면서 주위를 둘러보았다.

그때 한효월이 말했다.

"귀하는 뉘시오?"

"감시 서천(西天)에서 온 본불(本佛)을 앞에 두고서도 딴전을 피울 것인고?"

"……"

한효월은 묵묵히 눈앞의 미륵불을 바라보았다.

미륵불도 한효월을 바라보고 있었다.

웃음을 머금은 채로.

한효월이 입을 열었다.

"서천이라…… 그렇다면 당신이 바로 서역법왕(西域法王)이오?"

그의 눈은 기이하게도 정면의 미륵불상을 향한 채였다.

그때였다.

"움마니반메훔!"

강력한 육자진언이 천둥처럼 울려 퍼졌다.

"무례하도다! 감히 활불의 법신(法身)을 알현하고서도 그 존호(尊號)를 함부로 부른단 말인가!"

극락전의 좌우에서 붉은빛이 담장처럼 솟아나기 시작했다.

좌우에 각기 다섯 명씩.

나이는 얼마인지 알기 힘들다. 하지만 그들의 깊게 패인 주름과 그 그늘진 눈 깊은 곳에 깃든 신광을 보노라면 그들이 평범하지 않음은 직감하고도 남음이 있었다.

"당신들은 누구요?"

유성이 물었다.

"본좌들은 활불 좌하(座下)의 십대손자로나! 우리의 신분을 알고서도 아직도 감히 그 자리에 서 있단 말인가!"

노라마 하나가 손에 든 금강저(金剛杵)로 땅을 찧으며 꾸짖었다.

'정말 서역법왕이 벌써 온 것이란 말인가?

눈앞의 미륵불이 서역법왕이라면 누구의 예측도 뛰어넘는 움직임이라 할 수 있을 것이었다.

그때 유성이 어이없는 듯 피식, 웃더니 물었다.

"당신들이 서역의 무슨 법왕이라 합시다. 그런데 서쪽 변두리 사람들에게 내가 왜 주눅이 들어야 하오? 나로 말할 것 같으면 중원무왕의 호법동자이며, 그 뒤를 이은 천하일존(天下一尊)의 수호사자(守護使者)이거늘 어찌 서역의 잡배들이 그 앞에서 고두(叩頭:머리 숙임)를 하지 않는단 말이시?"

눈까지 부라리면서 그들을 쓸어보자 노라마가 미간을 찡그렸다.

"처, 천하일존?"

그의 한어(漢語)는 어딘지 어색한데 다른 자들은 눈을 부릅뜨고서 조용함을 보아 아마도 한어를 알지 못하는 듯했다. 그가 살쩍까지 늘어진 백미를 찡그리며 곤혹스러운 빛을 떠올리자 유성은 눈을 부릅뜨고서 그를 노려보았다.

"그렇소! 천하십왕이 모두 모여서 제일존으로 추대한 분이오. 그런 분을 앞에 두고서 감히……."

"처, 천하십왕이?"

"아하, 당신들이 모시는 저 가짜 부처가 서역법왕이라고 했소? 그럼 저 사람도 천하십왕 중 하나가 아니오? 그럼 당연히 천하일존의 앞에서 무릎을 꿇고 절을 해야지 어디서 감히……."

의기양양해서 떠벌리던 유성이 갑자기 말을 삼켰다.

무서운 기세가 자신을 덮쳐 누르는 것을 직감했기 때문이다.

피할 수조차 없었다.

팡!

폭음과 함께 유성의 앞을 한효월이 막아섰고, 맹렬한 경풍이 사방을 휘감았다.

'뭐, 뭐지?'

무엇도 자신을 공격함을 알지 못했던 유성은 놀란 눈으로 주위를 두리번거렸다.

"서천의 부처가 어찌 어린 소년에게 살수를 쓰는 것이오?"

한효월이 침중히 꾸짖었다.

"하하하하하…… 살수라? 본불 좌하의 제자들을 그처럼 도살하고 물건을 빼앗아가고서도 감히 그 따위 짓거리란 말인가?"

"도살?"

한효월은 미간을 찡그렸다.

그제서야 그는 정말 확신할 수 있었다.

눈앞의 저 황금 미륵불이 사람임을, 그리고 그가 천하십왕 중 하나인 서역의 법왕임을 확실히 알 수가 있었다. 서역 천룡사(天龍寺)에 있다는 서역 제일고수. 무공보다 서역 일대에서는 활불의 현신으로 여겨진다는 전설적인 존재. 그가 나타난 것이다.

방금 한효월은 미륵불이 은밀히 발출해 낸 잠경(潛勁)을 막아냈었다.

그가 막아내지 않았더라면 유성은 죽거나 크게 다쳤을 터였다.

의형상인(意形傷人)!

무림인이라면 누구라도 바라는 그 꿈의 경지를 미륵불은 이루고 있었다. 그의 말대로 그는 반쯤 인간이 아닌 셈이었다. 하긴 천하십왕의 무공을 두고 어찌 평범한 인간을 말할 수 있을 것인가.

"무슨 도살이란 말이오? 여기 죽어 있는 라마들은 내가 손을 쓴 것이 아니오."

"아니라? 흐하하하하……"

긴 웃음소리.

미륵, 아니, 서역법왕은 여전히 웃는 낯으로 한효월에게 말했다.

"그럼 누군가? 누가 본불의 휘하의 제자들을 이렇듯 한순간에 몰살시켰다는 것이지? 말해 보라."

"나도 누군진 모르오. 하지만 나는 아니오."

"아니다⋯⋯. 손에 든 물건은 무엇인가?"

"이것은⋯⋯."

한효월은 말끝을 흐렸다.

상대가 서역법왕이라면 그는 오로지 이 물건을 위해서 서역에서 이곳까지 달려온 사람이다. 어떤 대가를 치르고서라도 이 물건을 포기하지 않을 것이다.

하지만 그에게 이것을 넘겨준다면 요광성주의 희생을 헛되이 하는 것이 아니겠는가?

"이것이 무엇인지는 당신이 알 필요가 없소."

말과 함께 한효월은 목갑을 갈무리했다.

"어차피 상관없겠지⋯⋯ 달라질 것도 없고⋯⋯. 한데, 너는 누구인가? 너와 같은 나이에 그런 경지에 이르기는 결코 쉬운 일이 아닐 텐데?"

그의 물음에 한효월은 잠시 그를 보다가 답했다.

"내 이름은 한효월이오."

"한⋯⋯ 효월, 한효월이라? 네가 요즘 천하에 이름 높다는 그 한효월이란 말인가?"

그의 물음에 한효월은 머리를 끄덕였다.

"그렇소. 내가 한효월이오."

"그래? 네가 한효월이란 말이지?"

"그렇소. 내가 한효월이오⋯⋯."

한효월은 계속해서 머리를 끄덕였다.

"그렇군…… 네가 한효월이란 말이군……. 한효월이라……."

미륵불, 서역법왕의 음성이 잔잔하게 가라앉았다. 하지만 그의 음성에는 기이한 힘이 깃들어 있었다.

"그렇소…… 내가 한효월이오……."

한효월의 음성이 조금 나른해졌다.

"고, 공자?"

뭔가 심상치 않음을 느낀 유성이 앞으로 나섰다.

한효월을 보자 그의 그 별빛과 같던 눈빛이 몽롱한 것을 볼 수 있었다.

"공자!"

유성이 다급하게 부르짖었다.

그가 급히 한효월의 손을 움켜잡는 순간에 서역법왕이 소리쳤다.

"무릎을 꿇라!"

그 말에 따라 한효월은 망설이는 듯하더니 힘없이 무릎을 꿇었다.

"공자!"

"감히 네 따위가 어디서!"

호통.

그리고 유성은 무서운 기세가 자신에게로 날아듦을 직감했다.

"으악!"

참담한 비명과 함께 유성이 극락전 안으로 튕겨졌다.

"이리 오너라!"

서역법왕이 명령했다.

"……."

주춤, 한효월이 일어났다.

그러나 그는 움직이지 않았다. 괴로운 표정으로 움찔거릴 뿐, 눈앞의 서역법왕에게로 가지는 않았던 것이다.

"감히 반항을 하려는 것인고!"

서역법왕이 호통을 쳤다.

"한효월!"

그가 다시 소리쳤다. 그 음성에는 괴이한 울림이 있었다.

그가 부르는 사람의 이름은 단순한 호명(呼名)이 아니다. 자신의 이름을 듣고 대답을 하는 순간에 그의 혼백은 흩어져 버리고 꼭두각시가 되어버리고 만다.

가공할 탈혼섭백(奪魂攝魄)의 위력!

하지만 그럼에도 한효월은 움직이지 않았다.

굳은 표정으로 그 자리에 우뚝 서 있을 뿐이었다. 망연한 듯하기도 하고 곤혹스러운 듯하기도 한 표정.

"……!"

순간 서역법왕은 무엇인가 소리쳤다. 심상치 않음을 느낀 것이다.

그 외침과 동시에 좌우에서 십대존자가 날아들었다.

그들의 움직임은 질풍과 같고 일사불란했다.

서역에서는 가히 절세라 이름하는 고수들이 십대존자다.

그들이 일제히 손을 쓰자 가공할 강기의 그물이 한효월을 덮었다. 피할 수도 대항할 수도 없는 엄청난 기세였다.

고수는 하수들과 같이 손을 쓰고 발을 날려 육박전을 벌이지 않는다. 손이 움직이면 기가 따르고 발을 구르면 땅이 울린다. 그것이 절세라는 이름을 붙일 고수라면……

쾅!

폭음과 함께 경풍이 무섭게 일었다.

그 가공함을 웅변하듯 극락전이 기우뚱거렸다.

라마승들이 비틀거리며 두어 명이 물러섰고 나머지가 괴이한 외침과 더불어 안쪽으로 덮쳐 갔다.

그 순간, 꽝음과 함께 극락전 앞쪽이 무너져 버렸다.

그리고 연신 고함 소리와 격렬한 부르짖음 소리가 이어졌다.

어둠 속에서 뭐가 어떻게 되는지 알 수 없었다.

라마들이 노한 외침과 함께 이리 뛰고 저리 뛰면서 무너진 극락전 안으로 쳐들어가는 것이 보일 뿐.

한효월은 극락전 불단을 넘어 뒤쪽으로 난 문을 통해 그곳을 빠져나왔다. 그 움직임은 말 그대로 질풍과도 같았다.

하지만 문을 나서면서 몸을 날리던 한효월은 우뚝, 굳어지고 말았다.

눈앞을 가로막는 황금빛.

서역법왕의 교자가 그의 눈앞에 있었다. 마치 거짓말처럼, 아니, 원래부터 그 자리에 있었던 섯처럼 서역법왕의 그 큰 교자는 한효월의 앞에서 그를 맞이하고 있었던 것이다.

"교활하구나……."

여전히 울림을 가진 서역법왕의 음성이 들려왔다.

보고 있음에도 과연 그가 말을 하고 있는 것인지 아닌지 알기 힘들었다.

원래 한효월은 그의 섭혼대법에 현혹되지 않았었다.

그가 지금까지 수련했던 것이 양생(養生)과 수심(修心)이었으니 그처럼 쉽게 넘어갈 리가 없었던 것이다. 그는 섭혼대법에 당한 듯 보이면서 일방 유성에게 기회를 봐서 도주하도록 일러두었었다. 영리한 유성은 일격이 날아오자 뒤도 돌아보지 않고 극락전 안으로 줄행랑을 놓았다.

그가 서역법왕의 명을 잘 듣지 않고 머뭇거리자 수상함을 느낀 서역법왕은 십대존자에게 그를 잡도록 명했다. 그들이 덮쳐 오자 한효월은 그들의 공세에 막강한 장세를 쳐내어 정면으로 부딪치면서 유성과 같이 뒤로 퉁겨졌다.

그러면서 좌우로 손을 휘저어 가공할 공력으로 극락전의 기둥을 부러뜨리니 극락전이 그대로 무너질밖에. 그것이 바로 그 찰나간에 이루어진 일의 경과였다.

"과찬의 말씀을. 불(佛)과 법(法)을 믿는 법왕께서 사술을 쓰시는 것에 비한다면 어찌……."

말이 채 끝나기 전에 한효월은 서역법왕에게로 덮쳐 갔다.

아무런 기세도 느껴지지 않는다.

하지만 앞으로 내민 조금쯤 둥글게 말아 쥔 오른손을 보고 만만하게 여길 사람은 아마도 당대 무림에는 없을 터였다.

"감히……."

처음으로 서역법왕이 손을 들었다.

덮쳐 오는 한효월을 향해 손을 쳐든 것이다.

의형상인, 뜻이 일면 사람을 한 매에 쳐 죽일 수 있는 능력을 지닌 그였지만 손을 쓰지 않을 수 없을 정도로 한효월의 공격은 위협적이었다. 고수는 고수를 알아보는 법이기에.

그가 손을 들자 손에서 금광(金光)이 일었다.

그 금빛은 찬란한 빛으로 뻗어났고 놀랍게도 사람의 손의 형상을 하고 있었다. 그냥 몸의 진력을 뿜어내어 장풍을 쏟아내는 것이 아닌 형상을 이룬 경지가 거기에서 드러났다.

앞으로 내민 한효월의 손이 활짝 펼쳐졌다.

그리고는 세찬 경기가 손가락 끝에서 매섭게 앞으로 쏘아졌다. 붉은 빛이 번쩍이는 그것이야말로 연환수인지에 다름이 아니었다.

누구도 물러나거나 변화를 일으키려 하지 않았다.

팡! 파파파파파—

고막을 찢는 음향!

그리고는 칼날과도 같은 경풍이 그 금광수와 수인지의 격돌에서 일어났다.

한효월의 신형이 훌훌 옆으로 튕겨져 나갔다.

한 수에 패퇴한 것처럼 보이지만 실은 그 반탄력으로 날아가고 있음을 서역법왕은 누구보다 잘 알고 있었다. 한 번도 경험해 보지 못한 무서운 위력을 가진 지력(指力)이 하마터면 그의 대금광수를 깨뜨릴 뻔했기 때문이다.

그럼에도 그는 한효월을 쫓지 않았다.

왜인지는 바로 드러났다.

한효월이 날아가던 쪽에서 붉은빛이 담장처럼 다시 솟구쳤던 것이다.

'십대존자!'

한효월은 그들이 나타날 것임을 이미 알고 있었다.

이 자리에서 서역법왕을 비롯한 그들과 맞서 싸울 생각은 추호도 없었다. 무슨 자존심 같은 것과는 차원이 다른 문제였다. 그가 강호에 나온 것은 무도를 추구하기 위해서가 아닌 까닭이다.

더구나 음모의 냄새가 짙은 마당에 여기서 서역법왕과 사생결단을 할 이유는 없다.

그가 양손을 펼치자 몸이 빙글 돌았다.

그리고는 그 탄력으로 그의 신형이 찰나간에 일 장여를 불끈 더 솟구쳤다.

순간적으로 일 장이 넘는 높이를 솟구친다면, 그것도 허공에서의 상황이라면 그를 공격해 오던 사람들은 모두 허탕을 치고 말아야 했다. 아무리 경공의 고수라고 할지라도 그것은 쉬운 일이 아니었다.

하나 상대는 달랐다.

두 명이 앞섰고, 세 명이 뒤에서 날아올랐던 그들은 뒤의 세 명이 움찔하는 순간에 앞선 두 명의 어깨를 밟고 날아 한효월의 앞을 철벽처럼 막아섰던 것이다.

단순히 막기만 했을 리가 없다.

그들이 손을 떨치자 눈앞이 온통 검게 변했다.

어떤 술법을 전개한 것이 아니라 그들의 손에서 염주가 쏟아졌기 때문이다.

한두 개가 아니었다.

하긴 염주가 어찌 한두 개일 리가 있겠는가?

세상이 온통 염주로 가득 찬 것만 같았다.

쐐애애—액!

염주가 허공을 찢는 파공성이 고막을 찢을 듯했다.

염주는 보통 보리자(菩提子)라는 나무 열매로 만들지만 철로 만든 것에서부터 시작해서 여러 가지가 있다. 그 무엇이든 나뭇잎을 날려 바위에다 꽂을 수 있는 고수가 그것을 사용한다면 그 하나하나가 죽음과 입맞춤하고 남을 위력을 가진다.

더구나 한 명이 아니라 세 명의 고수가 던져 낸 것이라면……

제아무리 호신강기가 막강하다 할지라도 지금처럼 창황 중에 호신강기로 그것을 다 막아낼 수는 없다. 일반 고수라면 몰라도 저들과 같은 고수라면.

"타앗!"

한효월이 낭랑한 호통을 내질렀다.

양소매를 펼쳐 강기를 펼친다. 그리고도 모자라 몸을 팽이처럼 돌리면서 그의 신형이 밑으로 뚝, 떨어져 내렸다.

탕! 타타타앙…… 타앙…….

마른하늘에서 우박이 쏟아지는 듯한 굉음이 폭죽 터지듯이 일었다.

…….

한효월은 말없이 앞을 노려보았다.

그의 소매는 걸레처럼 너덜거렸다. 그의 앞에는 금강저(金剛杵)와 복마추(伏魔錐) 등의 불구(佛具)를 든 십대존자가 서 있었다.

아니, 서 있는 듯했다.

하지만 그들은 한효월이 내려서는 것을 보고서 조금도 망설임없이 그를 공격해 왔다.

콰아아!

금강저가 엄청난 경풍을 동반한 채로 한효월의 머리 위로 떨어져 내렸다. 복마추가 그의 가슴을 찔러온다. 항마령(降魔鈴)이 심금을 치는 외침을 토하면서 울어댄다.

그렇게 일어난 세찬 경기가 폭풍처럼 주위를 감쌌다.

한순간에 수십 초의 손 바뀜이 일고 거기서 일어난 경풍은 회오리바람처럼 점점 강력해져 주변의 모든 것을 날려 보냈다.

개개인이 절세고수라 할 수 있는 십대존자들은 기괴한 진세를 시전하여 한효월을 옭아매고 있었다.

오행(五行)에 오방(五方)이 더해져서 한 사람이 움직이면 그림자처럼 또 한 사람이 움직였다. 다섯 명을 상대하는가 싶으면 찰나간에 열 명이고 열 명인가 싶으면 다섯으로 변해 힘으로 눌러온다.

진세가 너무 강력하여 한효월조차도 일시지간 어찌할 수가 없었다. 게다가 그들의 무공은 기괴하여 중원의 것과는 달랐다. 전혀 상상할 수 없는 각도에서 팔이 꺾이고 몸이 비틀어졌다.

그때마다 한효월은 그들과 정면으로 맞서야 했다.

쾅! 쾅……

그때마다 터져 나오는 폭음.

한효월의 얼굴이 일그러졌다. 머리카락까지 이미 산발이 된 상태라 누가 봐도 그의 상태는 풍전등화처럼 보였다.

"내가 살수를 쓰기 전에 존자들을 물리시오!"

한효월이 고함쳤다.

"이미 본불의 제자들을 도살한 악도가 이제 와서 불심이 생긴 것인고?"

서역법왕이 웃음을 터뜨렸다.

하지만 그는 그 웃음을 멈추어야 했다.

"크으……."

"으아악!"

비명이 뒤를 잇는 순간에 십대존자 중 둘이 뒤로 뒹겨져 나가고 있음을 본 까닭이다.

먼저 당한 것은 진세의 변화를 일으키던 존자 하나.

그는 한효월의 권세(拳勢)가 날아옴을 보고 밀종대수인(密宗大手印)으로 막으려고 했다. 그 순간에 그의 뒤에 있던 다른 존자가 참마종(斬魔鐘)으로 한효월을 공격할 것이었다.

그런데 아니었다.

세상에 널리 알려진 서역의 절학, 밀종대수인으로 한효월의 공세를 막는 순간에 권세는 순간적으로 지력으로 돌변했다.

칙! 치이익!

평소보다 두 배는 커졌던 그의 손바닥에 구멍이 뚫렸고 심혼(心魂)을 옭아매는 소리와 함께 뒤이어 날아들던 참마종도 부서졌다.

십방참마오행진(十方斬魔五行陣)은 열 개의 방위를 시전자 모두가 엇갈리면서 돌아간다. 그 회전력은 시간이 갈수록 가공해지며 진세에 갇힌 사람은 자신의 힘도 써보지 못하고 패퇴하고 말게 된다. 무섭게 회전하는 그 속도로 인해서 늘 한 점에서는 한 사람이 아니라 열 명과 한꺼번에 상대하는 것이 되어버리기 때문이다.

반면에 그들 열 명이 받는 공격은 십 분의 일로, 아니, 더 이하로 줄어들게 된다. 그들이 돌면서 만들어낸 강기의 벽이 그 힘을 미끄러뜨리기 때문인 것이다.

그런데 진세의 축을 무너뜨리자 일시지간 혼란이 일었고 그들 개개인으로서는 한효월이 전개하는 절세의 수인지를 감당해 낼 수가 없었다.

한효월이 그들 둘을 쳐내는 순간에 갑자기 폭음과 함께 장내에 연막이 터져 일었다.

"법왕의 제자들을 죽인 것은 내가 아니오……."

한효월의 음성이 그 연막 속에서 멀어졌다.

"감히! 쫓아라!"

서역법왕이 서장어로 소리쳤다.

나타난 이래 처음으로 그의 음성에는 분노가 깃들었다.

"여기예요!"

담 위에서 유성이 손을 흔들었다.

한효월은 연막을 빠져나와 유성에게 손짓하면서 담을 넘었다.

담을 넘자 후원이다.

후원의 담은 여기저기가 부서지고 무너져 제 모습을 갖추지 못하고 있었다. 오래 돌보지 않은 나무들은 제멋대로 우거지고 하늘을 가리며 자랐고 삭막하고 황량하기 이를 데 없다.

'왜 이런 위험한 짓을 한 거냐? 너부터 먼저 떠나라고 했는데!'

한효월은 유성을 뒤따르며 꾸짖었다.

유성이 날름 혀를 내놓으면서 웃었다.

준비는 했다 하더라도 좀 전에 극락전에서 도주하면서 타격을 받은 듯 얼굴이 창백했다. 좀 전에 연막탄을 터뜨린 것은 바로 유성이었다. 그 연막탄은 십리무(十里霧)라고 하여 강적을 만났을 때 그 자리를 피할 수 있도록 한효월이 유성에게 만들어준 것이었다.

그런데 그 덕을 보다니…….

"무지하게 빨리 쫓아오네?"

힐끔 뒤를 돌아본 유성이 혀를 찼다.

아닌 게 아니라 그 자욱한 연막을 뚫고 십대존자가 무섭게 달려오고 있었다. 열이 아니라 일곱이라는 것이 틀렸지만 나머지 셋도 조금 떨어져서 모습이 보이는 것으로 보아 치명상을 입은 것은 아닌 듯했다.

얼핏 돌아본 한효월과 유성이 막 무너진 담장을 넘어갔을 때였다.

"이쪽으로 가면…… 앗!"

앞서 달려가던 유성이 비명을 질렀다.

후원 담을 나서면 바로 숲이다. 그곳은 유성과 한효월이 이 향적사로 들어온 경로이기도 했다. 그런데 숲으로 들어가려던 유성이 비명과 함께 튕겨져 나온 것이다.

"성아!"

한효월이 몸을 날려 유성을 받았다.

"고, 공자……."

유성은 신음을 흘렸다. 입에서 선혈이 뭉클거리고 쏟아져 나온다. 별다른 타격이 아닌 듯했는데 실제로는 심대한 충격을 받은 것이다.

고개를 든 한효월의 앞으로 한 사람이 모습을 보인다.

서역법왕이었다.

처음으로 교자가 아닌 자신의 발로 선 그를 보자 그의 체구는 참으로 컸다. 기노 보통 사람보다 조금 큰 듯 보였지만 실제로 그의 체구는 정말 거대했다. 팔뚝 하나가 장정의 허벅지와 같다. 가공할 만큼 뚱뚱해서 부풀어 오른 진빵을 보는 것만 같았다. 그런 몸에서 금빛이 나니 현신한 미륵불이라고 해도 전혀 이상할 것이 없었다.

"감히 본불을 기망하고 도주할 수 있을 듯하더냐?"

서역법왕이 꾸짖듯 말했다.

"싸우기 싫을 뿐이오."

몇 군데 혈도를 짚어 유성이 일단 견딜 만한 상태를 만들어놓은 한효월이 대답하면서 주위를 살폈다.

아직 십대존자는 이르지 않았다.

자리를 피하려면 지금이 가장 적기였다.

그렇지 않고 유성을 돌보면서 그들의 손에서 벗어나기는 정말 힘들 터이다.

한효월은 망설이지 않고 공격을 시작했다.

무명노승(無名老僧)

－노승 나타나다
세월이 흘러도 은원(恩怨)은 변함없다

무명노승(無名老僧)

서역법왕은 한효월이 대뜸 달려들자 미간을 찡그렸다.

한효월이 자신에게로 내민 그 손, 조금 오므린 그 손에서 뻗어 나오는 지력이 얼마나 가공무비한 것인지를 이미 경험한 바가 있었기 때문이다.

대체 저것이 무슨 무공인지 그로서도 들어본 적이 없었다.

하지만 결코 경시할 수 없는 것을 알고 있기에 그는 슬쩍, 옆으로 한 걸음을 내딛으면서 일장을 쳐냈다.

너무 평범한 느낌.

그러나 그 한 동작에는 무궁한 현기(玄機)가 숨어 있었다.

그와 같은 고수가 손을 쓰면 산을 밀어내고 바다를 뒤엎는[排山倒海]의 위세가 일기 마련이다. 그런데 아무런 변화도 없었다. 미풍도, 산들바람도 일지 않았다.

그저 손을 들어 한효월의 일장에 맞서갈 따름이다.

한효월은 가슴이 섬뜩했다.

도무지 상대의 허실을 짐작하기 어려웠기 때문이다.

단 한 번 맞닥뜨렸을 뿐인데 상대는 이미 자신을 쉬운 상대로 보지 않고 전력을 다하고 있음이 느껴졌다. 자신을 우습게 보는 듯한 말과는 달리.

하지만 이 상태에서 변초를 하면 기선을 잃을 수밖에 없다.

쉬익!

그의 신형이 더욱 빨라졌다.

6, 7장에 이르렀던 두 사람의 거리가 반 장 거리로 가까워졌다. 그렇게 되기까지는 거의 찰나간에 지나지 않았다.

쉭!

한효월의 손이 펴지면서 수인지력이 쳐 나갔다.

그럴 줄 알았다는 듯 웃음이 서역법왕의 얼굴에 번져 갔다.

그 웃음보다 빠른 것은 그의 손이었다.

내민 손바닥이 흔들린다 싶은 순간에 찬란한 금광이 그 손에서 쏟아졌다. 마치 금가루가 그 손에서 쏟아져 나가는 것만 같았다.

카캉!

날카로운 음향.

한효월의 수인지력과 법왕의 금광수가 맞부딪치자 터져 나온 소리는 강철이 세차게 부딪치는 것보다 더 날카로웠다.

순간 한효월이 빙글 돌았다.

정확히 말하자면 수인지력을 쳐내면서 신형을 옆으로 뉘었다가 옳은 표현일 터이다. 그리고 그는 옆구리에 끼었던 유성을 땅바닥에다 굴려 버렸다. 그 서슬에 유성의 등에 메어 있던 장검을 그가 빼 든 것은 보기에 너무도 자연스러울 정도였다.

한 수의 충돌, 그 충격은 그가 몸을 비틀면서 흘려 버렸다.

처음부터 정면충돌하여 그를 이겨보기 위해서 그를 공격한 것은 아니었다.

전력을 다해도 이길 수 있을지 장담하기 힘든 상대.

그를 도와줄 사람은 없는데 적에게는 서너 명 이상이 모이면 그에게 위협을 줄 십대존자가 따르고 있다. 아니, 얼마나 더 많은 숫자가 있는지 모를 상태인데 서역법왕과 자웅을 결할 수는 없는 일인 것이다.

그래서 그는 이 길을 택했다.

서역법왕은 수인지력과 맞부딪친 순간에 한효월이 전력을 다하지 않았음을 직감했다. 일단 좀 전처럼 지력을 연속으로 쏟아내지 않았을 뿐더러 그 위력도 훨씬 떨어졌기 때문이다.

그 직감을 증명하듯이 한효월에게서 검광이 일어 그를 덮쳤다.

"@#$%!"

서역법왕은 뭔가를 소리치면서 뻗어낸 손을 휘둘렀다.

금광을 뿜어내는 손이 배 이상 커지면서 주위를 휩쓸었다.

콰아아아—

흙먼지가 하늘을 가리며 일었다.

땅! 따다다다— 따앙!

고막을 치는 날카로운 음향.

한효월이 쳐낸 검광과 금광수가 맞부딪치자 엄청난 불똥이 일며 한효월의 검끝이 부러져 나갔다.

한 번이 아니었다.

부딪침은 끝없이 이어졌고 그때마다 조금씩 검끝이 깨져 나갔다.

밑동이 뚝, 부러지는 것도 아니고 그렇게 끝에서부터 조금씩 부서져 나가는 것은 실로 보기 드문 일이었다. 게다가 검의 끝이 조금씩 부서져 나갈 때마다 굉음과 함께 주위로 퍼져 나가는 강풍(罡風)은 실로 엄청나 태풍이 이는 것만 같았다.

······.

한효월은 천천히 몸을 세웠다.

그 손에 들린 검은 거의 삼 분의 일만 남았다.

얼굴도 조금쯤 창백해진 듯 보였다..

그 앞에 선 서역법왕은 아무렇지도 않은 듯했다.

"서역에 밀종반선수(密宗般禪手)라는 절학이 있음을 들은 적이 있는데······ 그것이 대수인(大手印)과 결합하여 이런 힘을 발휘할 수 있음은 미처 생각해 보지 못했군."

한효월의 중얼거림에 서역법왕의 눈에 놀람의 빛이 드러났다.

"견문이 넓군······."

그의 눈이 가늘어졌다.

언뜻 보기에 그것은 웃음처럼 보이지만 거기에 깃든 것은 살기.

"그 나이에 그런 능력을 가진 것이 아깝다만······ 본불의 제자들을 무차별 도살하였으니 어찌 두고 볼 것인가!"

그가 손을 휘둘러 한효월을 쳐왔다.

금광이 크게 일며, 전과는 달리 무수한 손 그림자가 하늘을 가리면서 일어났다. 수십, 수백 개의 손 그림자가 햇무리처럼 일어 눈이 부실 지경이었다.

"이미 말하지 않았소? 나는 당신의 제자들을 해한 적이 없다고!"

"그걸 변명이라고 한단 말인가? 불광대수인(佛光大手印)까지 받아낼 수 있는지 보자!"

모습이 사라진 서역법왕의 음성이 밤하늘을 때리듯 울러 퍼졌다.

쿠쿠쿠……

거대한 경기가 한효월을 짓눌러왔다.

'정말 강하군!'

한효월의 눈빛이 무겁게 가라앉았다.

그럴 수밖에 없는 것이 피할 수도 없는 상태. 유성이 뒤에 있으니 그가 움직인다면 유성은 저 가공할 경기에 피떡이 되어버리고 말 것이기 때문이다.

방금 그는 벽뢰일검(劈雷一劍)을 시전했었다.

이 일검은 그가 오래전에 사부에게서 물려받아 익히지 않았던 것이었고, 공력이 모자라 시전하지 못했던 것이기도 했다. 감천형의 뇌정도 또한 거기에서 비롯되었었다. 그런 절세무공이니만큼 그는 그 일격으로 서역법왕을 물러나게 할 수 있을 것으로 내심 생각했었다.

그럼 그때 유성을 데리고 숲을 벗어날 생각이었다.

하지만 상대는 너무 강해서 그의 벽뢰일검을 수장(手掌)으로 막아내고는 이제 이렇게 그를 몰아세우는 것이다.

아니, 몰아세우는 것이 아니라 그를 죽이려고 하고 있었다.

반드시 죽이겠다는 살기가 느껴졌다.

한효월은 삼 분의 일만 남은 검을 비스듬히 내려그었다.

다시 벽뢰일검을 시전하는 것이다.

벽뢰일검은 직선이면서 사선을 긋는다.

번개를 쪼갠다는 의미의 벽뢰는 무섭게 빠르다는 의미다. 그런 일검을 시전하기 위해서는 가공할 빠르기가 필수다. 한효월이 그 벽뢰일검을 굳이 익히지 않았던 것도 그의 성정(性情)과 잘 맞지 않아서이기도 했다.

그런 무서운 검식도 서역법왕은 하나하나 풀어서 막아냈다.

그래서 좀 전처럼 그렇게 검이 토막났던 것이다.

그럼에도 한효월이 또다시 벽뢰일검을 시전함은 서역법왕의 불광대수인을 깨뜨리겠다는 의미다.

그 일검에 생사를 걸었다는 의미이기도 하였다.

서역법왕과 같은 고수가 어찌 그 의미를 모를 것인가?

시작하자마자 이처럼 대뜸 생사를 걸고 대들 것을 서역법왕은 짐작치 못했다. 더구나 상대는 그가 아무렇게나 볼 하수가 아니었다. 놀랍게도 그와 거의 비슷한 능력을 보이고 있는 고수인 것이다.

유리한 상태에서 상대와 목숨을 내놓고 싸울 사람은 없다.

그런 면에서는 서역법왕도 예외는 아닐 터였다.

하지만 사태는 전혀 뜻하지 않은 방향으로 흘렀다.

서역법왕이 옴마니반메훔을 외치면서 오히려 한 걸음 더 앞으로 나왔던 것이다. 공포스러운 금광수는 뚜렷한 형체를 이룬 채로 한효월의 벽뢰일검을 향해 정면으로 마주쳐 왔다.

누구도 더 이상의 변화를 거부한다면 상황은 오직 하나다.

맞부딪치는 것뿐.

콰쾅!

강력한 폭풍과 폭음이 터져 나왔다.

한효월이 쥔 유성의 장검은 석 자 길이였다.

하지만 지금은 한 자밖에 남지 않았다. 그러나 그 한 자 길이의 검은 지금 반 장이나 되게 길어져 가공할 검광을 토해내고 있었다.

마치 밤하늘을 가르는 유성과도 같이 벼락 같은 위세를 가지고서 서역법왕에게로 떨어져 내린 것이다.

그것은 놀랍게도 천지를 가득 채운 서역법왕의 불광대수인을 뚫고서 그를 쳤다.

어깨에서부터 시작하여 비스듬한 사선으로 허리에 이르는 선.

서역법왕은 단숨에 두 조각이 나고 말았다.

그것이 정상이었다.

그런데 아니었다.

검이 그를 갈랐음에도 그는 두 조각이 나지 않았다.

두 조각은커녕, 한효월의 손에 들렸던 검은 그를 잘라내는 대신에 굉음과 함께 산산조각으로 터져 버리고 말았다. 한효월의 검강지기로 이루어진 그 검조차 두 사람의 진공대결을 이기지 못하고 부서져 버린 것이다.

그 순간에 서역법왕의 불광대수인은 한효월을 쳤다.

"윽!"

한효월이 쿵쿵쿵, 뒤로 물러났다.

백지장처럼 창백해진 얼굴.

그는 믿기지 않는 얼굴로 서역법왕을 바라보았다.

그가 베었던 서역법왕의 상체.

옷이 베어져 너울거린다. 하시만 금광이 은은한 서역법왕의 몸에서는 핏방울조차 찾아볼 수가 없었다.

"금강신(金剛身)……."

한효월이 신음을 흘렸다.

금강불괴(金剛不壞)라는 말이 있다.

불가에서 말하는 세상에서 가장 강한 것이 바로 금강(金剛)이다. 그 금강은 영원히 부서지지 않고 무엇으로도 해할 수 없다 하여 금강불괴라 한다. 금강불괴는 바로 그렇듯 그 무엇으로도 상해할 수 없는 경지에 이른 사람을 별칭하는 것이기도 하다.

단순히 검으로 그은 것도 아니다.

세상을 놀라게 하는 검강지기로 공격했음에도 서역법왕을 벨 수 없었다. 어찌 놀라지 않겠는가.

"불광대수인까지 막아내다니, 정말 쉽지 않군, 쉽지 않아……."

서역법왕이 감탄한 듯 말했다.

그러나 그의 손은 쉬지 않았다.

비틀거리며 물러나는 한효월을 따라가면서 계속해서 불광대수인으로 한효월을 공격하고 있었던 것이다.

불광대수인은 단순히 신공장력(神功掌力)만은 아니다.

일초삼식에 불과하지만 그 일초삼식은 서역법왕의 필생 무공정화가 깃들어 있어 무궁한 변화가 가능하여 일반 무공 백팔십초보다 더 복잡하고 현묘했다.

쿠콰쾅!

한효월이 땅을 박차고 날자 그가 있던 자리, 아니, 그가 있던 곳 뒤에 있던 담장과 아름드리 나무가 괴성을 지르면서 부서졌다.

"지옥에 가서 참회하라! 옴마니반메훔―!"

서역법왕의 체구를 보면 거의 둥근 공과 같다.

굴러다니지 않는다면 혼자서는 움직이기조차 힘들 것 같아 보이는 몸집이다. 그런 몸이니 교자를 타고 다니는 것은 당연해 보였다. 그런데 그런 그가 움직이자 그 움직임은 믿기 힘들 정도로 신속무비했다.

한효월은 그가 양손을 휘두르면서 계속 덮쳐 옴을 보고 침중히 소리쳤다.

"정말 막무가내로군! 나는 라마들을 죽이지 않았다고 하지 않았소!"

"그런다고 죄가 사라질 것 같은가!"

대답 대신 천지가 금광으로 가득 찼다.

전신이 거대한 망치의 아래 들어가 짓눌리는 것만 같다. 기세만으로 이럴진대 정말로 타격을 받게 되면 어떨 것인가.

쾅쾅쾅……

두 사람의 대결은 천지개벽과도 같았다.

그 가공할 힘의 대결에서 한효월은 계속해서 뒤로 밀리고 있었다. 머리카락이 온통 흩어져 날렸다.

"정녕 생사를 결할 작정이라면……"

한효월이 길게 숨을 들이켰다.

그도 양손을 움켜잡아 앞으로 내밀었다.

연환수인지를 전력을 다해 전개하려는 것이다.

그는 지금껏 전력을 다하지 않았다. 어떻게 하든 그와 싸우기보다는 이곳을 벗어나고 싶었기 때문이다. 물론 그 내면에는 무리를 하면 안 되는 그의 몸 상태가 감안된 것이기도 했다.

하지만 이젠 더 이상 돌볼 것이 없었다.

이대로 간다면 목을 내놓아야 하기 때문이나.

바로 그때였다.

"아미타불…… 손을 멈추시오."

창노한 음성이 들려왔다.

그것과 함께 군건한 힘 한줄기가 한효월의 옆으로부터 밀려왔다.

그 힘은 거대한 파도처럼 도도히 밀려와 서역법왕의 불광대수인을 쳤다.

쾅! 콰콰콰……

거대한 폭음이 터져 나왔다.

막강한 회오리바람이 그 폭음과 함께 일어났다.

한효월은 몸을 날려 튕겨지는 유성을 감쌌다. 이미 스스로를 돌보기 힘든 유성이 경풍에 휘말리니 어찌 견딜 것인가.

"괜찮으냐?"

"전 괜찮아요. 이 정도야……."

유성이 억지로 웃음을 지어 보였다.

망할! 이런 게 아니었는데 간만에 따라나서서 이렇게 짐이 되다니……. 유성은 내심 이를 악물었다.

그때였다.

"괜찮으신가?"

창노한 음성이 들려왔다.

유성을 뒤로하고 고개를 든 한효월.

그는 정말 뜻밖의 사람을 보고 눈을 크게 떴다.

그의 앞에는 노승 한 사람이 서 있었다.

용문에서 보았던, 그가 찾아갔던 바로 그 사람. 운수(雲水)를 떠났던 그 무명노승이 한효월의 앞에 서 있는 것이다. 서 있을 뿐 아니라 그 위급한 순간에 나타나 그를 도와주기까지 했다.

얼떨떨하여 그를 쳐다보던 한효월은 천천히 한숨을 내쉬었다.

"진인(眞人)은 모습을 드러내지 않는다 하더니, 소생은 진인을 앞에 두고도 알아보지 못했군요……."

그 말에 무명노승은 자애한 웃음을 머금었다.

"별말씀을…… 사람의 모습이란 것은 있는 그대로인 걸 무에 그리

따질 것이 있겠소이까? 보이는 그대로 보고 믿을 수 있다면 그것이 피안이며 극락인 것을……."

그때였다.

"서, 설마……."

불신에 가득 찬 음성이 옆에서 날아온다.

서역법왕.

그가 한효월 못지 않게 놀란 표정으로 눈을 부릅뜨고 있다. 아니, 더 놀란 표정, 마치 귀신이라도 본 듯한 그런 표정이었다.

무명노승이 천천히 그를 돌아보았다.

"그간 강녕하시었는가? 세월이 많이 흘렀음에도 사제(師弟)의 그 폭급한 성정은 조금도 변하지 않았구료."

"마, 말도…… 당신은 죽었, 죽었었는데……."

믿을 수 없다는 듯 서역법왕은 연신 머리를 저으며 중얼거렸다. 충격이 큰 것을 알아보기에 족했다.

"그날 이후, 찰도극(刹圖克)은 죽었고 무명만이 남았네. 40년이 넘는 세월이 흘렀는데 지난 일이 무슨 문제가 되겠소?"

"정말…… 정말이란……."

그래도 믿기지 않는 듯 서역법왕이 신음을 흘렀다.

"사제는 원하던 대로 교중의 지존이 되었으니 무엇이 부족하오? 원하던 모든 것이 그대의 손에 있거늘, 왜 만리타역까지 와서 이런 일을 하고 계시는 것이오?"

"……."

서역법왕은 침중한 얼굴로 무명노승의 얼굴을 바라보았다.

한효월은 그들이 이처럼 서로 잘 알고 있을 줄은 상상 밖이었다. 더구나 무명노승이 서역법왕을 사제라고 부르는 것에 놀라지 않을 수가 없었다.

그렇다면 무명노승은 서역에서 왔다는 말일까? 아니, 어쩌면 더욱 큰 내밀(內密)한 것이 있을 수도 있을 듯했다.

한효월의 의문은 쉽게 풀릴 것 같지 않다.

하지만 십대존자들까지 놀란 눈으로 벌린 입을 다물지 못하고 있음을 보면 그의 출현은 서역법왕 등에게는 결코 간단한 문제가 아닌 것이 분명해 보였다.

"혀, 혈불(血佛)…… 찰도극라마……."

"도, 돌아가셨다고 알고 있었는데……."

한효월은 서장로 중얼거리는 그들의 불신에 가득 찬 중얼거림을 들을 수 있었다. 거기에 가득 찬 그 경악스러운 표정은 무슨 의미일까.

"본불의 일에 간섭을 할 작정이오?"

묵묵히 무명노승을 바라보고 있던 서역법왕은 머리를 저었다.

"간섭이라니…… 불제자로서 살생이 잘못됨을 알려주려 할 뿐이었소. 아미타불……."

"말도 안 되! 저자는 본불의 제자들을 살해하고 물건을 탈취해 갔는데, 그걸 그냥 두고 보란 말이오?"

"봉신지약을 말함이오?"

그 말에 서역법왕의 전신에 경련이 달려갔다.

"그걸 어떻게?"

"후우우…… 사제는 아직도 미련이 남아 있단 말이오?"

무명노승은 길게 탄식을 했다.

"당신이 무슨 말을 하든 본불은 당신의 말에 따를 수 없소! 지금은,

지금은…… 세월이 흘러 세상이 바뀌었소."

미미한 웃음이 무명노승의 얼굴에 번져 갔다.

"세월이 흘렀는데 탐욕은 그대로란 말이오? 탐욕까지 세월과 함께 흘려보냈으면 사제가 이처럼 만리타역까지 달려오지는 않았을 것이 아니오?"

"하하…… 천하의 혈불(血佛)이 그런 말을 하다니……."

차갑게 웃은 서역법왕은 눈을 부릅떴다.

"왜 저자를 변호하나 했더니 이제 보니 한패였던 모양이군. 그래…… 하긴 그래야 다시 돌아올 수 있겠지?"

"저런, 저런…… 노납은 다시 서역으로 돌아갈 생각이 없다네, 사제."

"사제라고 부르지 마시오!"

"어떻게 부르든 달라질 건 없네. 저 소시주와 나는 일면식이 있긴 하나 이곳에서 우연히 만났을 뿐이니 오해는 마시게. 그리고 저 소시주는 라마들을 죽이지 않았네."

"그걸 본불이 믿을 거라고 생각하시오?"

무명노승이 미미하게 웃었다.

"노납이 평생 거짓말을 해본 적이 없다는 것은 사제가 누구보다 더 잘 알고 있을 텐데?"

"……."

그 말에는 서역법왕도 입을 다물었다.

"노납이 이곳에 온 것은 사흘 전쯤이네."

"사흘?"

서역법왕의 안색이 달라졌다.

"그렇네. 노납은 이곳에 머물면서 라마들이 온 것도 보았고 저 소시주가 온 것도 보았네. 그리고 그들이 죽는 것까지······."

"그들이 죽는 것을 보면서도······."

무명노승은 머리를 저었다.

"아니, 오해는 말게. 내가 잠시 바깥을 다녀오는 틈에 일어난 일이었다네. 내가 오니 라마들은 이미 죽어 있었지. 그리고 그 뒤를 따라 저 소시주가 오고 사제가 당도한 것이네."

무명노승의 얼굴이 굳어졌다.

"노납이 이해하기 힘든 것은, 라마들을 죽인 자들의 행동이네. 무엇 때문에 라마들을 죽이고서는 조용히 사라져 버린 것인지······ 죽은 라마들의 무공이나 능력은 간단한 것이 아닌데······."

"······."

잠시 침묵하던 서역법왕이 물었다.

"당신은 왜 여기에 온 것이오?"

"······."

이번에는 무명노승이 침묵했다.

그리고 그는 무겁게 입을 열었다.

"봉신지약을 찾기 위해서였네."

그 말에 한효월도 흠칫하여 그를 보았다.

"이곳에 봉신지약이 숨겨져 있다는 이야기를 듣고 지난 사흘 간 향적사 내부를 뒤져 보던 중이었네. 하지만 라마들이 오면서 제약이 많아 찾지는 못······."

"으하하하하······."

서역법왕이 어깨를 들썩이며 웃었다.

"그런가? 말만 그렇지, 역시 생각이 있었더란 말이지?"

"오해는 말게. 내가 봉신지약을 찾았던 이유는 그것을 없애 버리기 위함이었으니."

"뭐라고?"

그의 말이 전혀 뜻밖이었던지 서역법왕은 눈을 크게 떴다.

"천하십왕만으로도 세상은 충분히 힘드네. 용화회(龍華會)의 전설이 세상에 드러난다면, 누가 그 힘을 얻게 된다면 세상은 피에 잠기게 될 거네. 그런 힘은 없어지는 게 낫지. 그게 바로 노납이 여기에 온 이유라네."

"마, 말도……."

어이없는 듯 서역법왕이 머리를 저었다.

"왜 말이 안 되겠나? 세상은 운(運)과 명(命)에 따라 고요히 흘러가는 것이 순리라네. 몇 명의 절대자들이 만든 굴레로써 천하를 얽어매려는 것은 옳지 않으니, 차라리 그것이 세상에서 사라짐이 가장 좋지 않겠나? 용화회의 전설은, 봉신의 전설은 사라져 버리는 것이 옳네."

"닥치시오!"

서역법왕은 눈을 부릅떴다.

"당신이 아니라, 누구라도 본불의 행로를 막을 순 없소! 본불은 이번에 중원으로 오면서 십대존자를 비롯하여 교중의 고수를 모두 대동하였으니 누구든지 본불을 막는다면 죽음을 면치 못할 것이오."

"나무아미타불……."

무명노승은 길게 불호를 외었다.

"어찌할 테냐?"

서역법왕은 한효월을 돌아보았다.

묻는 의미야 뻔했다.

한효월은 답하지 않았다.

대신 품에 갈무리했던 목갑을 꺼냈다.

갑자기 장내에 긴장이 감돌았다.

목갑의 뚜껑이 떨어지는 소리가 어둠을 뚫고 울렸다.

목갑마저 버린 한효월의 손에는 그 속에 들어 있었던 철갑이 들려 있었다. 봉신지약이라고 쓰인 바로 그 철갑이었다.

그 철갑에 손을 가져가던 한효월은 눈을 들어 서역법왕을 바라보았다.

"당신이 원하는 것이 이겁니까?"

"그렇다!"

서역법왕은 망설임없이 고개를 끄덕였다.

"한 가지만 물어보지요. 당신은 여기에 이것이 있음을 어떻게 알았습니까?"

"본불이 그걸 왜 답해야 하나?"

한효월의 얼굴에 웃음이 떠올랐다.

"그러지 않으면 내가 이 물건을 파괴해 버릴 것이기 때문이오."

"뭣이? 네가 감히?"

"한 걸음만 더 움직인다면 후회하게 될 것이오!"

한효월의 외침에 서역법왕은 걸음을 멈추었다.

미륵불처럼 보였던 그 얼굴은 일그러진 채로 한효월을 쏘아보고 있었다.

"서역에서 이곳까지는 너무도 먼 곳이오. 단서가 없다면 결코 이곳까지 직접 찾아오지 않았을 터. 무슨 단서로 여기까지 온 것인지 말해 주시오."

"말해 준다면?"

"사실대로 말해 준다면 이 철갑을 줄 수도 있소."

"정말인가?"

"그렇소."

"소시주!"

무명노승이 침중히 소리쳤다.

"그럼 스님께서 말씀해 주시겠습니까? 누구든 먼저 말한 분께 드리도록 하지요."

나직한 신음이 그들 사이로 흘렀다.

"노납이 여기에 오게 된 것은……."

순간 서역법왕이 말을 가로챘다.

"봉신지약은 숨겨진 비밀을 풀기 위해 필요한 열쇠다. 하지만 너무 오래되어 과연 그것이 어디에 숨겨져 있는지 아는 사람이 아무도 없다. 그래서 전설로 화했던 것이지. 봉신의 약속을 알고 있는 사람들에게 있어 봉신지약을 찾는 것은 숙원(宿願)이라 할 수 있지! 수많은 사람들이 지금도 그 봉신지약을 찾아서 헤매고 있다. 그 봉신지약은 본 사에서 세상에 내보낸 제자 중 한 사람이 천신만고 끝에 찾아내어 숨겨놓은 것이다. 그러니 그것의 주인이야말로 본불이다."

"당신의 제자가 왜 이걸 여기에다 숨겨놓았다는 겁니까? 여기 숨겨놓고 낭신이 찾아올 바에야 그냥 가지고 있다면 되었을 덴데?"

"그랬으면 좋겠지만, 그 제자는 돌아오지 못했다. 적에게 쫓기고 있다는 말과 함께 이곳에다 숨겨두겠다는 말만 전해왔을 뿐이다. 그 소식을 듣자마자 본불이 이곳으로 온 것이다."

"그게 언제입니까?"

"본불이 소식을 받은 것은 석 달이 못 되었지만 보내온 것을 감안하자면 서너 달은 족히 되었겠지."

"음······."

한효월의 입에서 나지막한 신음이 흘렀다.

자신을 잡기 위한 함정으로는 너무 오랜 세월이다.

그렇다면 이 봉신지약이 정말 그 제자가 찾아서 숨겨둔 것이란 말인가? 하긴 그 오랜 세월을 감안한다면 불단 아래 그렇게 방치했다는 것은 너무 허술해 보이기도 했다.

"자, 이제 그것을 내놓아라!"

서역법왕이 손을 내밀었다.

잠시 그를 보던 한효월이 갑자기 소리쳤다.

"좌 사질!"

"옛!"

난데없는 대답과 함께 한 사람이 솟구쳐 나왔다.

천수단혼 좌백이었다.

한효월의 뒤를 따른 그는 한효월보다는 조금 늦게 도착해 있었지만 세심히 주위를 경계하고 있었지만 한효월의 명에 따라 나서지를 못하고 있었을 뿐이었다.

"성아를 데리고 가거라."

"알겠습니다."

좌백은 망설이지 않고 유성을 부축했다.

"누구 마음대로 떠난단 말이냐?"

서역법왕이 눈을 부릅떴다.

"당신의 관심은 이것일 텐데, 저 아이가 무슨 상관이 있단 말이오?"

한효월의 물음에 서역법왕이 싸늘히 웃었다.

"물건은 내 수중에 들어오지 않았다."

"그렇다면 가지시오."

한효월은 미련없이 철갑을 그에게 던져 주었다.

그러한 행동은 너무도 갑작스러워 서역법왕이 멈칫했을 뿐 아니라 무명노승까지 놀라게 했다.

"안 돼!"

무명노승이 소리치며 몸을 날렸지만 철갑은 이미 서역법왕의 수중으로 빨려들고 말았다. 비대한 그 몸체에 비해 그의 신법은 정말 날래기 이를 데가 없다. 단순히 빠르기만 한 것이 아니라 몸을 날림과 동시에 섭물신공(攝物神功)으로 철갑을 빨아들이기까지 했으니 뒤늦게 출발한 무명노승이 그것을 막아낼 수 없는 것은 너무도 당연한 일이었다.

허탕을 친 무명노승은 암담한 빛으로 발을 굴렸다.

"어쩌자고 저걸 함부로 내준단 말이오?"

"원래 제 물건이 아니었습니다."

"보물은 임자가 따로 있는 것이 아니오. 특히 저 봉신지약은 천하십왕에게 가서는 안 될 물건이오."

"왜 그렇습니까?"

"그건……."

그는 난감한 안색으로 발을 구르다가 길게 한숨을 내쉬었다.

"나중에 말합시다. 그리고……."

그는 말을 끌면서 서역법왕에게로 시선을 돌렸다.

"사제…… 그것은 상서롭지 못한 물건이오. 헛된 욕심 가지지 말고 없애 버리는 게……."

그의 말이 채 끝나기도 전에 갑자기 호통 소리가 들려왔다.

유성을 데리고 떠나려던 좌백이 십대존자와 충돌을 일으킨 것이다.

보니 십대존자가 늘어서서 좌백을 막고 있었다. 그들의 앞에 몇 가지 암기가 흩어져 있고 좌백이 만면에 분노의 빛을 머금고 있는 것으로 보아 한차례 부딪쳐 손해를 본 듯했다.

"저건 무슨 뜻이오?"

한효월이 물었다.

"누구도 이 자리를 떠날 순 없다!"

"약속을 어기겠다는 말이오?"

"약속이라구? 누가 약속을 했단 말이냐?"

한효월은 그의 대답에 미간을 찡그렸다.

"으음…… 당신의 신분으로 허언을 한단 말이오?"

"허언이라니? 본불은 네가 봉신지약을 파괴한다기에 네 말대로 이곳에 오게 된 배경을 설명해 주었다. 그 외에 무슨 약속을 했더란 말이냐?"

교묘한 트집이다.

하지만 말로만 따지자면 하자가 없다.

"그래서 우리를 여기에 붙잡아둘 작정이오?"

"이 사실을 많은 사람이 아는 것은 바람직하지 않다."

서역법왕은 태연히 대꾸했다.

그의 얼굴은 여전히 웃는 낯이라서 가히 소리장도(笑裏藏刀)에 다름이 아니다. 누가 저 부처와 같은 모습, 얼굴에서 저런 소리가 나올 것임을 상상이라도 할 수 있으랴.

"살인멸구라, 서역의 법왕이 아니라 마왕이로군……."

한효월이 중얼거렸다.

"허허허…… 어차피 고해에 가득한 생이거늘 조금 일찍 간다 해서 무슨 의미가 있겠느냐? 내 너의 운세를 짚어보니 삶이 그리 길지 않을 터이니 이 자리에서 죽는다 해도 그다지 서러울 건 없으리라."

득도한 고승대덕과도 같은 말에 한효월은 웃었다.

"내 운세가 시원찮아도 여기서 요절할 상은 아니니 걱정하지 않아도 되오. 그보다 당신은 지금의 형세를 주지하고 있다고 생각한단 말이오? 아니, 나만 죽여 입막으면 이 모든 것이 덮어질 것으로 생각하오?"

그는 머리를 저었다.

"전혀! 절대로 그렇게 되는 않을 것이오. 당신의 제자들을 죽인 자가 과연 무엇 때문에 그렇게 하고 사라졌을 것 같소?"

"……"

서역법왕의 눈빛이 조금 흔들렸다.

"누군가가 당신의 일거수일투족을 감시하고 있을 거요. 지금 이 순간도…… 바로 당신의 뒤에 있을지도 모르지."

서역법왕의 미간이 조금 찡그려졌다.

"당신은 차도살인지계에 쓰인 도마 위의 칼에 불과할지도 모르오. 하긴 지금 이 순간에 그게 중요한 건 아닐 것이오. 어차피 당신은 얻고 싶은 것을 가진 게 아니니까."

한효월은 자신을 주시하고 있는 서역법왕을 보면서 말꼬리를 흐렸다.

흠칫, 하는 빛이 서역법왕의 눈에 떠올랐다.

"무슨 말을 하고 싶은 게냐?"

"그것을 내가 말해 줘야만 하겠소?"

한효월의 반문에 그는 급히 수중에 넣었던 철갑을 바라보았다.

거무튀튀한 색깔의 철갑은 어둠 속에서 은연하다. 무슨 이상을 발견할 수 있을 것인가.

하지만 한효월과 같은 고수라면 철갑을 열지 않고서도 충분히 안의 내용물을 파괴할 수 있었다. 종이를 사이에 두고서 종이 뒤에 있는 철판도 파괴할 수 있는 내가신공을 불러일으킬 능력을 가진 사람들이 바로 천하십왕의 반열에 오른 사람이었다.

갑자기 불안해졌다.

서역법왕은 황급히 철갑을 열었다.

철갑은 잠근 곳이 없었다. 그러나 열 수 있는 곳도 보이지 않았다. 분명히 열릴 것 같은 모습이었지만 실제로는 열 곳이 없었다. 그럼에도 철갑은 서역법왕의 손에 의해 열렸다. 강력한 힘을 발휘하여 아래위를 잡아당겼고, 떵! 하는 소리와 함께 내부 고리가 파괴되면서 열리고 만 것이다.

"이……!"

철갑 안을 들여다본 서역법왕의 얼굴이 일그러졌다.

그의 얼굴이 그렇게 일그러진 것은 나타난 이래 처음이었다.

철갑.

그 안에는 특이한 형태의 홈이 하나 있었다.

그런데 그 홈에는 분명히 무엇인가가 끼어 있었을 텐데 지금은 아무것도 없었다.

보이지를 않는 것이다.

빈 철갑일 뿐이다.

쾅!

그가 내팽개친 철갑이 땅바닥 깊숙이 박히며 비명을 질렀다.

한효월을 쏘아보는 서역법왕의 눈에서 살기가 쏟아졌다. 무섭게 이글거리는 분노의 불길!

"감히…… 본불을 속이다니!"

우두둑! 우두둑…….

그의 몸에서 뚝뚝 뼈마디 마주치는 소리가 나더니 금광이 불벼락처럼 그의 눈 속에서 쏟아져 나오기 시작했다. 이젠 정말로 금으로 만든, 성난 미륵을 보는 것 같았다.

"속였다고? 무엇을 속였단 말이오?"

하나 그를 보고 있는 한효월의 모습은 태연하기만 하다.

"나는 당신에게 분명히 물었소, 당신이 원하는 게 이거냐고. 당신은 그렇다고 대답했고 나는 당신에게 그것을 주었소. 뭐가 잘못된 거요?"

"그 따위……."

서역법왕의 얼굴이 일그러졌다.

"뭐가 그 따위란 말이오? 당신은 나에게 분명히 그 물건이라고 하면서 그 철갑을 가리켰소. 그 말대로 철갑을 주었는데 무슨 잘못이 있는지 어디 한번 말해 보시오."

"이……."

서역법왕의 눈에서 무서운 금광이 폭출되었다.

동시에 그가 손을 들었다.

찰나.

"손을 쓰고 싶소?"

한효월이 뭔가를 들어 보이면서 물었다.

그것을 보는 순간에 서역법왕은 끌어올려 내쏟으려던 경기를 거두어들일 수밖에 없었다. 그 힘이 얼마나 강했던지 그의 주위에 갑자기 폭풍처럼 경기가 휘몰며 일었다. 그러한 공력을 다시 거두어들일 수 있다는 것은 그의 무공이 어떤 지경인지 짐작하고 남음이 있었다.

"그건……."

서역법왕은 눈을 부릅떴다.

한효월의 손에 들린 것은 어둠 속이지만, 오금(烏金)처럼 검게 빛을 반사해 내고 있는 반 자가량 크기의 열쇠였다. 용을 방불케 하는 생김을 가진 그 열쇠는 한효월의 손에서 빛을 뿜고 있는 듯 보였다.

"봉신지약……."

서역법왕이 신음을 흘렸다.

"이게 봉신지약인지 아닌지는 모르겠소. 하지만 여기에 봉신(封神)이란 두 자가 예전(隷篆)으로 쓰여 있고, 내가 이것을 그 철갑 속에서 꺼낸 것만은 틀림없소."

한효월이 망설임없이 말했다.

"그, 그런…… 교활한……."

서역법왕이 이를 갈았다.

처음의 그 당당하던 모습이 조금씩 무너지고 있는 듯 보인다.

탐욕이 그를 망치고 있는 것일까?

"우리 일행을 내보내 준다면 이것을 당신에게 주겠소."

"정말이냐?"

"정말인지 아닌지는 시험해 보면 알지 않겠소?"

"……."

서역법왕은 금광이 번뜩이는 눈으로 한효월을 노려보았다. 과연 무슨 생각으로 그러는 것인지 생각에 잠긴 모습이다.

"아니 되오, 소시주. 봉신지약을 그에게 넘겨주면 천하십왕이 모두 세상에 나오게 될 것이고 그렇게 되면 천하는 걷잡을 수 없는 혼돈에 빠지게 될 것이오. 절대 아니 될 일이오!"

무명노승이 손을 내저었다.

"제가 주지 않더라도 그냥 돌아갈 사람이 아닌 것 같군요. 하지만 이것을 가진다면 생각이 조금 달라지겠지요. 어떻게 하겠소? 내가 이것을 파괴하길 바라시오? 아니면 이것을 가지고 우리 일행을 보내줄 것이오?"

"……."

서역법왕은 한효월을 잡아먹을 듯 노려보았다.

"물론, 당신의 명예를 건 약속이 필요하겠지만."

한효월이 말을 덧붙이자 서역법왕은 손을 내밀었다.

"약속하마."

"좌백."

"예, 사숙!"

"가거라. 누구든 너를 막는 자가 있다면 이 열쇠는 부서질 테니."

"알겠습니다."

좌백은 그의 앞을 가로막고 선 십대존자를 한번 흘겨보고는 바람처럼 그 자리를 떠났다. 성질대로라면 한바탕 어울리고 싶었지만 쉽게 상대할 자들이 아니었다.

그의 암기는 이미 준비된 것이었다.

그러므로 공격을 받자마자 바로 발동해서 적을 공격했고 하나도 실수하지 않았다. 그런데 목의 인후를 맞추었음에도 불구하고 그의 암기는 모두 무력했다. 적의 피무는 실신 가죽을 덮어놓은 듯 도검이 들어가지 않았던 것이다.

서역의 유가기공(瑜伽氣功)은 예로부터 기괴(奇怪)함으로 이름 높았었다. 이들은 나이로 보나 신분으로나 그중 최고수일 테니 도검을 두려워하지 않는 것은 그리 놀랄 만한 일이 아니었다.

그러므로 좌백은 조용히 떠났다.

내심 이를 갈면서……

좌백이 사라짐을 보고 한효월은 다시 물었다.

"내가 이것을 주면 당신은 나를 어떻게 하겠소?"

"너의 동료가 이미 떠났는데, 널 잡아두어 무엇을 할 것이냐?"

서역법왕이 한효월을 쏘아보았다.

"좋소. 그럼!"

말과 함께 한효월은 미련없이 그 열쇠를 서역법왕에게로 던졌다.

"아미타불……!"

무명노승이 몸을 날렸고 서역법왕 또한 몸을 날렸다.

한효월과 그들의 사이는 3, 4장 정도였다.

한효월은 봉신지약을 서역법왕에게로 던졌다.

무명노승이 몸을 날렸다고 하지만 그보다는 서역법왕이 빠를 수밖에 없었다. 그런데 뜻밖의 변고는 한효월이 막 서역법왕에게 봉신지약을 던지려는 순간에 일어났다.

한효월은 무너진 담장을 넘어 숲으로 들어가는 향적사의 후원에 서 있었다. 그의 옆에는 제멋대로 자라난 나무들이 있었는데 바로 그 고송(古松) 중 하나에서 한 사람이 뛰쳐 내린 것이다.

그는 바람처럼 한효월을 공격했고 한효월은 미처 그의 공격을 피해내지 못했다.

"으윽!"

신음 소리와 함께 한효월은 비틀거리며 연달아 뒤로 물러났다. 그가 던지려던 봉신지약은 그자의 손에 들어가 버리고 말았다.

용봉회집(龍鳳會集)

—독왕 나타나다
절대의 고수들이 죽음의 함정에 들어서다

용봉회집(龍鳳會集)

"어떤 놈이냐!"

서역법왕은 대노하여 불광대수인을 펼쳐 그를 공격했다.

그는 이미 전신공력을 끌어올린 상태였기 때문에 공력을 토해내는 것은 격렬했고 또한 신속하였다.

뿐만 아니라 무명노승 또한 그자를 향해 손을 뻗고 있었다. 작은 체구에 그처럼 평범해 보이는 그였지만 무명노승은 공력의 수발이 자유로운, 세상에 알려지지 않은 또 한 명의 절세고수였다.

나타난 사람이 거세(擧世)의 공력을 가졌다 할지라도 절세고수 둘의 합공을 태연하게 받아넘길 수는 없다.

그럼에도 그는 껄껄 웃으며 한 손을 들어 긴 소매를 쓸어냈다.

강풍이 일며 서역법왕이 쏟아낸 불광대수인과 맞닥뜨렸다.

펑!

폭음.

거기에 무명노승이 당도했다.

그는 그물과 같이 양손을 휘두르면서 달려들었는데, 그 형상이 심히 기이하여 중원에서 볼 수 없었던 무학이었다.

하지만 나타난 사람은 이미 그 자리에 없었다.

그는 서역법왕과 부딪치자마자 그 힘을 이용하여 뒤로 튕겨져 날고 있었던 것이다. 처음부터 그는 서역법왕과 힘으로 맞설 마음이 없었다. 그래서 경력을 쏟아내면서 오히려 인자결(引字訣)로써 상대의 힘을 끌어당겼고 서역법왕이 이상함을 눈치 챘을 때 그는 이미 신형을 그 반탄력에 싣고서 그 자리를 벗어나고 있었다.

찰나간에 벌어진 일이라 누구도 그를 막을 수가 없었다.

"옴마니반메훔……."

그때 긴 진언 소리가 장내에 울려 퍼졌다.

팡팡파파팡―

폭죽을 터뜨리는 듯한 굉음이 잇달아 터지면서 그가 튕겨져 나와 몸을 뒤집으면서 땅 위에 내려섰다.

"서역 천룡사에 십대존자가 있어 세상을 오시한다고 하더니 거짓이 아니었군……."

땅 위에 내려선 그가 미간을 찡그리면서 중얼거렸다.

금포(錦袍)를 입은 그는 은은한 금광이 번뜩이는 구량관을 썼다. 마른 체격이지만 가슴에 새겨진 두 마리의 용은 그를 떠받치는 듯했고, 눈빛은 전광과도 같이 어둠 속에서 강렬했다. 기도는 당당하며, 나이는 사오십 대 정도나 될까? 길게 늘어진 검은 수염이 그를 더욱 돋보이게 한다.

십대존자와 부딪치고 퇴로를 차단당해 내려선 그이지만 어디에서도 낭패의 빛은 찾아보기 힘들다. 이미 십대존자에게 둘러싸여 있음에도 눈썹 하나 까닥하지 않고 오만한 표정으로 그들을 둘러보고 있을 따름이다.

"당신은 누구인가?"

상대의 기도가 범상치 않음을 깨달은 서역법왕이 물었다.

금포인은 그 말에 답하지 않고 수중에 든 봉신지약을 쳐다보았다.

오금빛이 어린 용의 형상. 봉신지약이란 이름이 붙지 않았다면 묘한 생김의 비녀처럼 보일 그 열쇠는 정말로 그의 손에 놓여 있었다.

"좋아, 좋아! 정말로 세상에 나타났군! 그래…… 으핫하하하하……."

그가 광소를 터뜨렸다.

"누구냐고 물었다."

서역법왕이 딱딱한 음성으로 물었다.

그제서야 금포인은 천천히 그를 바라보았다.

"태산을 보고도 알지 못한다면 자신의 안목이 떨어짐을 탓해야 할 것. 궁금하면 스스로 알아보는 것이 어떠한가?"

그의 입에서 흘러나온 말은 실로 광망(狂妄)하기 이를 데 없다.

"감히…… 그런……."

서역법왕의 눈빛이 싸늘히 빛난다.

십대존자가 그의 손짓에 따라 서서히 거리를 좁혀왔다.

"당신의 손에 든 것은 본불이 아니라면 아무런 의미가 없는 것이다. 그러니 쓸데없는 욕심 부리지 말고 내놓는다면 그냥 돌아갈 수 있게 해주겠다."

“하하하…… 말은 고맙지만 난 누구보다 이놈을 잘 알고 있으니 걱정하지 않아도 되오.”

“안다고?”

“물론이지. 이놈을 찾기 위해서가 아니라면 본왕이 왜 여기까지 왔을까?”

그때였다.

“그는 남해용왕이오…….”

신음에 섞인 음성이 들려왔다.

“남해?!”

서역법왕의 눈빛에 놀람이 떠올랐다.

남해용왕의 나이는 이미 고희를 넘긴 것으로 알려져 있다. 그런데 저렇듯 젊다니, 그것만으로도 그의 무공이 어떤지를 알고도 남음이 있었기에 서역법왕은 긴장하는 것이다.

말을 한 사람은 한효월이었다.

그는 가슴을 움켜쥐고서 향적사의 담장에 의지하여 일어나고 있는데, 입가에서는 선혈이 한줄기 흘러내려 이미 간단치 않은 내상을 입은 것처럼 보였다.

그를 보고 남해용왕은 뜻밖인 듯 멈칫하더니 껄껄 웃었다.

“세상이 한효월을 일러 기남자(奇男子)라고 하더니 과연이로구나! 그 상태에서 나의 광도내경(狂濤內勁)을 맞고서도 살아 있다니…….”

“세상이 당신을 일러 위군자(僞君子)라 한다더니 맞는 것 같군요. 나는 당신이 이미 거기 숨어 있는 것을 알고 있었지만 당신의 신분으로 암습을 하리라고는 생각지도 못했었거늘…….”

미간을 찡그린 한효월.

그가 창백한 얼굴로 자신을 질책하자 남해용왕은 멈칫하다가 껄껄
웃었다.

"입도 매섭군! 세상의 일을 어찌 너와 같은 후생소배가 다 짐작할 수
있겠는가? 이 봉신지약에 걸린 사안은 너무도 중차대하니 무슨 말을
들어도 다 받아들일 수 있지."

"당신은 어떻게 여기 온 것이오?"

서역법왕이 물었다.

"다 방도가 있지. 본왕이 중원으로 들어오면서 아무런 힘이나 단서
도 달지 않고서 무작정 들어왔겠는가?"

"좋아, 좋아……."

문득 서역법왕은 머리를 끄덕였다.

"당신도 십왕의 하나라면 십성(十聖)의 후예일 테니 자격이 있지! 하
지만 정말 자격이 있는지는 목숨으로 증명해야 할 것이다……!"

말과 함께 십대존자가 일제히 남해용왕을 덮쳐 갔다.

좀 전에 한효월을 공격했던 바로 그 십방참마오행진(十方斬魔五行陣)
이었다.

"서역의 괴공(怪功)이 세상을 놀라게 한다고 한들, 어찌 감히 명월의
앞에서 반딧불이 질난 척하려는 것인가!"

남해용왕은 껄껄 웃으면서 다시 소매를 쓸어냈다.

그의 무공은 평생을 바다에서 살아온 사람답게 모두가 바다와 싸우
면서 일구어낸 것이었다. 전래해 오던 무공을 넘어서는 깨달음을 얻었
기에 그는 세상을 오시하고 있었다.

하지만 정식으로 십대존자와 부딪쳐 보자 그는 상황이 심상치 않음
을 직감했다.

괴이한 진세에 휘말리는 것을 느꼈기 때문이다.

그뿐인가?

서역법왕마저도 거기에 가세하니 그는 금방 위태로운 지경에 이르고 말았다.

대저 진세에는 반드시 법칙이 있어서 더해도 안 되고 덜해도 안 되는 법이었다. 그런데 참으로 괴이하게도 서역법왕이 가세하자 진세의 위력은 단숨에 배가되는 느낌이었다.

"십왕의 이름을 가진 자가 합공이라니!"

남해용왕이 노해 부르짖었다.

"움마니반메훔~!"

하지만 들려온 것은 육자진언뿐이다.

서역법왕의 진언은 단순한 진언이 아닌 듯 그 말과 함께 진세가 변하기 시작했다.

우우우웅~!

가공할 경기가 회오리바람처럼 일면서 주위를 감싸기 시작했다.

마치 용권풍(龍捲風)을 보는 듯한 그 경기의 소용돌이는 진세를 중심으로 점점 조여갔고 그 회오리바람에 휘말린 것은 마치 거짓말처럼 모래 알로 으스러졌다.

"모두 나서거라!"

다급해진 남해용왕이 크게 소리쳤다.

그러자 일단의 무사들이 바람처럼 여기저기에서 날아들었다.

남해용왕도 혼자 온 것이 아니었다.

대격전이 벌어졌다.

콰쾅! 콰콰콰…….

그 혼란의 와중에 무명노승은 시선을 돌려 한효월을 바라보았다.

창백한 안색의 한효월도 등을 담장에 기댄 채로 그를 보고 있었다.

"괜찮으시오?"

"아직은 견딜 만합니다."

한효월이 답했다.

하지만 가슴을 움켜쥔, 창백한 얼굴의 그 모습은 누가 봐도 괜찮아 보이지 않았다.

"어서 이곳을 떠나시오. 더 있어봐야 좋은 일은 없을 것이오."

"대사께서는?"

"노납은…… 노납은 이곳에서 상황을 지켜봐야겠소……."

"봉신지약에 생각이 있으십니까?"

쓴웃음이 무명노승의 얼굴에 번졌다.

"노납의 세수가 이미 구십이오. 앞으로 얼마를 더 산들, 또 기보를 손에 넣은들 무슨 의미가 있겠소? 설사 백 년을 더 산다 하더라도 결국은 피할 수 없는 것이 죽음이거늘…… 신외지물에 욕심을 내어 무엇하겠소이까?"

"그렇다면 여기 계실 필요가 없지 않습니까? 저와 같이 이곳을 떠나시지요."

"그건……."

무명노승은 길게 한숨을 내쉬더니 말을 바꾸었다.

"먼저 떠나도록 하시오. 노납도 곧 뒤를 따르리다."

"꼭 부탁드립니다. 반드시 여쭤볼 일이 있습니다."

노승은 잠시 한효월을 쳐다보곤 고개를 끄덕였다.

"아미타불, 알겠소이다…… 그렇게 하도록 하지요."

"그럼."

한효월은 조용히 그 자리를 떠났다.

그의 모습이 어둠 속으로 사라지는 것에 대해서는 장내의 누구도 신경을 쓰지 않았다.

"업보로고, 업보야!"

경천동지의 대결을 보면서 연신 장탄식을 터뜨리는 무명노승만이 남아 그의 떠남을 지켜보고 있을 따름이다.

*　　　*　　　*

어둠은 조금도 흔들림없이 향적사를 덮고 있었다.

하늘에는 어스름한 달빛이 흩어지는 구름 사이로 바람에 흔들리지만 금방이라도 빗줄기가 다시 쏟아져 내릴 것만 같다.

쏴아, 쏴아아…….

불어오는 바람에 못 이겨 나뭇잎들이 담고 있던 빗방울을 후두둑 뿌려낸다.

한효월은 창백한 얼굴로 향적사를 나서고 있다.

"사숙!"

어둠 속에서 좌백이 나서 그를 맞았다.

"왜 아직 가지 않았느냐?"

"사숙이 나오시기를 기다리고 있었습니다. 상처를 입으셨습니까?"

"괜찮아. 어서 가자."

한효월이 서둘자 좌백은 그의 곁으로 붙으면서 낮게 말했다.

"상황이 조금 심상치 않습니다."

"……."

한효월이 말없이 그를 바라보자 좌백이 말을 이었다.

"명백히 드러나지는 않는데…… 뭔가 좀 이상합니다. 그래서 정탐을 하러 수하를 보냈는데 돌아오질 않습니다. 벌써 두 명이나…… 사숙이 오실 때를 기다리느라고 제가 직접 가보지를 못하고 있었습니다. 제가 앞쪽으로 가서 알아볼 테니 사숙께서는 뒤를 따라오십시오."

"아니."

한효월은 머리를 저었다.

"그럴 필요 없다. 같이 가자. 한바탕 악전(惡戰)을 각오해야 할 것이니 세력이 분산되지 않는 게 좋을 것이다."

"악전이라니요?"

좌백이 멀뚱해서 그를 쳐다보았다.

"오늘의 여러 가지 상황을 종합해 보면, 오늘 이 향적사는 역시 누군가가 만들어낸 함정일 가능성이 높다."

"함정?"

"어쩌면 내가 너무 쉽게 생각했었던 것인지도 모르지……."

한효월은 길게 한숨을 내쉬곤 물었다.

"성아는?"

"저 여기 있어요."

그들의 앞쪽에서 유성이 폴짝 뛰어나왔다.

거의 기식이 엄엄하던 것과는 전혀 달리 생생했다. 얼굴은 조금 창백했지만 반쯤 죽어가던 모습이라고는 상상하기 어려웠다.

"넌……."

"그놈의 늙은이가 너무 강해서…… 그냥 죽은 척하고 있었죠. 일어

나 봤자 한 대 더 얻어맞을 거 같아서요. 대신 틈을 봐서 한 방 먹여주
려고 했었는데, 쩝!"

안타깝다는 듯 주먹을 불끈 쥐는 유성을 보며 한효월은 쓰게 웃었
다.

하지만 그는 이내 정색을 하고 낮게 물었다.

"준비는?"

"거의 다 되었을 겁니다."

좌백이 대답했다.

"가지."

한효월의 말에 그들 일행은 바람처럼 달리기 시작했다.

그들이 향적사에서 채 십여 장을 벗어나기 전이었다.

좌백이 걸음을 멈추었다.

눈앞에 쓰러진 시체를 보았기 때문이다.

좌백의 수하였다.

"만지지 마라."

한효월이 그를 제지했다.

"중독되어 죽었다……."

한쪽 무릎을 굽힌 채로 그를 살펴본 한효월이 중얼거렸다.

"중독?"

"모두 조심해. 독기가 아직 없어지지 않은 듯하다."

한효월의 말에 좌백과 유성은 숨을 멈추었다.

한효월은 서너 걸음 앞 땅바닥에 작은 새 한 마리가 떨고 있음을 발
견했다. 이미 명재경각이라 가늘게 발만 떨고 있을 뿐, 살아 있는 것이

아니었다. 그러한 형상은 앞으로 갈수록 더 심해져서 죽어 있는 토끼까지 보였다. 여우도 있고 아직 죽지 못한 뱀까지 꿈틀거리다가 천천히 늘어지고 있는 모습도 볼 수 있었다.

마치 죽음의 사자가 숲 속을 온통 휩쓸고 지나간 것만 같았다.

살아 있는 것은 아무것도 없었다.

숲의 나무들까지도 죽어가고 있는 듯 보였다.

"대체 이게……."

"호흡을 조심해라. 독분(毒粉)이다."

"독분이요?"

유성이 놀라 입을 틀어막았다.

날카로운 눈빛으로 주변 몇 군데를 조사한 한효월은 고개를 끄덕였다.

"맞다. 독분을 나뭇잎에다 뿌려두었구나. 바람에 날려가게…… 다행히 비가 오는 바람에 씻겨 내려가 제 위력을 발휘하긴 힘들었지만 그래도 이런 위력을 발휘한 것을 보면 함정을 설치한 자가 많은 생각을 한 듯하다. 가자!"

한효월이 앞장섰다.

숲은 그리 깊지 않았다.

향적사 일대는 야산인데다가 앞쪽으로는 동정호를 보고 있었고 주변 또한 평야 지대나 구릉 지대였기에 태고의 삼림이 펼쳐져 있는 것은 아닌 까닭이다.

팅팅!

갑자기 앞서 가고 있던 한효월이 소매를 펴 저었다.

뭔가가 팅겨져 나감을 보고 좌백이 좌우를 살폈다.

"암기다. 암습을 조심해."

한효월은 말과 함께 앞으로 덮쳐 갔다.

"큭!"

수풀 사이에 숨어 있던 자가 쓰러졌다.

그것을 필두로 나무 사이, 바위 사이는 물론 땅거죽 속에서까지 매복이 발동되기 시작했다.

그러나 그들과 한효월과의 차이는 너무 컸다.

비록 그들이 발동시킨 암기가 무섭다고는 할지라도 그들의 힘으로는 한효월의 앞을 막을 수는 없었다. 수준에서 차이가 나기 때문이다.

"애꿎은 수하들만 희생시키고 정작 본인은 나설 용기가 없나?"

한효월이 우뚝 선 채로 말했다.

"하하하……."

그 말이 채 끝나기도 전에 웃음소리가 들려왔다.

그리고 숲의 그늘에서 한 사람이 천천히 모습을 드러냈다.

한효월은 그가 천추성주임을 한눈에 알아볼 수 있었다.

"역시……."

그를 본 한효월은 천천히 고개를 끄덕였다.

"화산에서 본 이후 처음인가? 행색이 어째 말이 아니군?"

천추성주의 말에 한효월은 차가운 눈빛으로 그를 쏘아보았다.

"교주는 어디 있나?"

"하하…… 너 따위 후생소배가 감히 교주님을 찾다니…… 본 성주가 그것을 말해 줄 것 같으냐?"

"교주가 나를 만나보고 싶어하지 않았던가? 그게 아니라면 왜 여기에다 함정을 치고 나를 기다린 것이지?"

"그……."

천추성주는 한순간 멈칫거렸다.

"어차피 너로서는 나의 상대가 되지 못한다. 교주를 데려오지 못하겠다면 네가 굳이 살아 있을 필요는 없겠지? 개를 잡으면 주인은 당연히 나올 테니……."

말과 함께 한효월이 천추성주를 덮쳐 갔다.

그가 이처럼 대뜸 자신을 덮쳐 올 것임을 미처 생각지 못한 천추성주는 당황하지 않을 수가 없었다.

"감히!"

그는 노성을 터뜨렸다.

그것과 함께 그의 손에서는 검광이 뻗어 나와 한효월을 엄습했다. 신속무비한 쾌검이었다.

쨍! 쨍그렁……

날카로운 음향이 터져 나왔다.

"으윽……."

나직한 신음과 함께 천추성주가 급급히 뒤로 후퇴했다.

놀랍게도 한효월의 일격을 견디지 못하고 그의 장검은 반쯤 부러졌나. 어깨에서도 핏사국이 번지고 있었다.

일거수로 그를 패퇴시킨 한효월은 기회를 놓치지 않고 진격하여 그의 목을 취하려고 했다.

쉭! 쉭쉭—

그런 그를 향해 날아드는 암기.

어느새 십여 명이 천추성주의 앞을 가로막았다.

"명월이 왜 반딧불과 밝기가 틀리는지 모르는군!"

한효월의 입에서 차가운 음성이 흘러나왔다.

그 와중에도 그의 진격 속도는 조금도 느려지지 않았다.

비명과 함께 두어 명의 적이 쓰러졌다.

그의 뒤에는 좌백과 유성이 바짝 따랐다.

좌백의 손에서 발휘되는 암기 또한 만만히 볼 것은 아니었다. 적의 입장에서 보면 호랑이를 피하면 여우가 달려드는 격이었다.

갑자기 날카로운 호각 소리가 들려왔다.

그러자 앞을 가로막던 자들이 모두 어둠 속으로 사라졌다.

그들의 희생으로 천추성주는 한효월의 수중에서 벗어날 수가 있었다. 천추성주로서는 혼비백산할 일이었다. 그는 결코 약자가 아니었다. 그런데 한효월에게 그처럼 어이없이 당할 줄이야 누가 상상이라도 했을 것인가.

"윽……."

그들이 사라지자 한효월이 문득 나직이 신음을 흘렸다.

노한 호랑이처럼 설치던 한효월이 가슴을 부여잡자 좌백은 대경실색하여 그를 부축했다.

"사숙?"

"괜찮다. 내색하지 말고 빨리 이곳을 벗어나자!"

좌백은 명민한 사람이었다.

그는 더 이상 말하지 않고 유성에게 눈짓을 했다.

유성은 아무 말도 없이 그들 둘의 뒤를 따르기 시작했다.

어둠 속에서 스멀스멀 기척도 없이 매복이 움직이고 있었다. 그들이 어떻게 발동할 것이며 어떻게 싸울 것인지는 아직 알 수 없었다. 하지만 그 매복이 간단치 않을 것임은 충분히 짐작하고도 남음이 있다.

······.

어느 순간인가 고요가 숲을 덮었다.

그 고요가 어디서 온 것인지를 알아보기에는 그리 오랜 시간이 필요치 않았다. 검은 옷. 어둠보다 더 짙은 장포를 걸친 괴인들이 한효월과 좌백이 가고 있는 길에 석상처럼 우뚝 서 있음을 발견할 수 있었기 때문이다.

"강령루······."

그들을 본 한효월이 신음을 흘렸다.

좌백의 얼굴도 납덩이처럼 굳어졌다. 저들의 위력이 어떤지는 이미 화산에서 뼈저리게 경험을 한 다음인 까닭이다.

얼핏 둘러보아도 어둠 속에서 보이는 그들의 숫자는 한둘이 아니고 눈에 보이는 것만 다섯이 넘었다.

"제가 처리하겠습니다."

"암기로는 처리할 수가 없다."

"암기가 안 되면 다른 방법이라도 써야지요."

"정면 돌파보다는······!"

갑자기 한효월이 입을 다물었다.

"독이다! 섭생루도 같이 왔나 보다. 가자!"

말과 함께 좌백의 어깨에 한쪽 팔을 올리고 있던 한효월이 갑자기 맹호처럼 앞으로 뛰쳐나갔다.

약속이나 한 듯이 그 뒤를 좌백과 유성이 따랐다.

한효월이 움직이자 흑포괴인들도 같이 움직였다.

그러나 그들의 움직임보다 한효월의 움직임이 훨씬 더 빨랐다.

번쩍, 하는 순간에 한효월은 이미 그들의 앞에 당도하고 있었고 그들의 앞을 가로막고 있는 흑포괴인 둘에게 양손을 나누어 쳐내고 있었다.

쇄액! 쇄애애액!

귀청을 찢는 파공음과 동시에 처절한 비명이 터졌다.

한효월의 양손이 활짝, 펼쳐짐과 동시에 흑포괴인 둘이 허깨비처럼 튕겨져 날아갔다.

둘이 없어지자 길이 열렸다.

그 길로 좌백과 유성이 달렸다.

한효월 또한 몸을 날려 그 뒤를 따랐다.

"가히 만부막적(萬夫莫敵)의 위세로군…… 정말 믿기지 않는……."

한 사람이 그 광경을 지켜보면서 신음을 흘렸다.

그의 가슴에는 바로 조금 전에 한효월에게서 입은 상처에서 흐른 피가 말라붙어 있다.

"대체 이것이 무슨 무공이기에 아무것도 당적(當敵)이 불가능하단 말이지?"

천추성주는 격한 고통이 아직 남은 어깨를 어루만졌다.

단 한 수에 패배하리라고는 생각조차 해본 적이 없었다.

그런데 정말 패했다.

"저런 지공(指功)은 들어본 적도 없다……."

그는 머리를 저었다.

거대한 불칼로 양초를 베는 것 같은 위력이었다. 그 앞에 선 것은 모두 활활 타오르는 불칼 앞에 선 양초와 같이 녹아내렸고 거꾸러졌다.

문득 옆에서 음성이 들려왔다.

"미처 준비가 완성되지 않았는데…… 이러다 놈을 놓치는 게 아니오?"

앞쪽에 복면인 하나가 초조한 빛으로 말하고 있었다.

"그럴 리는 없소. 어차피 곤룡복마대진세(困龍伏魔大陣勢)는 이 일대를 모두 덮었으니, 들어오는 자는 저항을 받지 않겠지만 나가려면 격렬한 진세의 저항을 뚫어야만 할 것이오. 저항이 이는 곳으로는 본 교의 정예가 집중될 것이니 누구도 살아남을 수는 없을 거요."

"하긴 교주께서 직접 지휘하신 일이니……."

그 복면인이 말끝을 흐렸다.

"하지만 이해하기 어렵구료. 교주님의 신산(神算)은 아직까지 한 번도 어긋난 적이 없는데 왜 한효월이 혼자 그 자리를 떠나온 것인지? 예상대로면 그는 봉신지약을 지키기 위해서 향적사에서 생사결을 벌이고 있어야 할 텐데 말이오. 그랬다면 우리의 곤룡복마대진은 완벽하게 완성이 될 수 있었을 텐데……."

"놈이 뭔가 눈치를 챈 것인지도 모르지."

천추성주는 다시 말했다.

"그렇다고 대국에 차질이 생기지는 않을 것이오. 교주님께 상황을 보고하고 유시를 내려주시도록 청해주시오."

"알겠소."

말과 함께 복면인은 사라졌다.

그때 앞쪽에서 낮은 피리 소리가 들리더니 급속히 높아졌다.

천추성주는 굳은 얼굴로 하늘을 쳐다보더니 명했다.

"어떤 자가 오길래 이렇게 빨리 접근할 수가 있지? 앞으로 이동한다. 강령루에서 앞을 막도록 신호를 보내라."

어깨를 움켜쥔 채로 천추성주가 앞으로 달리기 시작했다.

그의 주변으로는 서너 명의 고수가 있었는데 그들 대부분도 천추성주를 따라 앞으로 달리기 시작하였다. 당분간은 그들이 이 거대한 진세의 축이기 때문에 소홀할 수가 없는 것이다.

"헉헉⋯⋯."

좌백이 가쁜 숨을 몰아쉬었다.

유성은 그 옆에서 한효월의 주위를 경계한다.

입에서는 단내가 나고 비릿한 내음이 쉬지를 않는다. 계속해서 피가 올라오기 때문이다. 그럼에도 유성은 잠시라도 쉴 수가 없었다. 그랬다가는 그가 보호하고 있는 한효월에게 큰일이 날 것이기 때문이다.

맹호처럼 용감하던 한효월은 강령루의 흑포괴인 둘을 처리하고는 급격히 그 힘을 잃었다. 선착의 효(效)를 지키지 못했다면 그들은 여기까지 오지 못했을는지도 몰랐다.

하지만 그것도 잠시.

숲은 거의 벗어났지만 바로 저 뒤에서 흑포괴인들이 쫓아오고 있다. 뿐만이 아니라 호각 소리가 호응을 하더니 좌우에서도 좁혀오고 있는 기척을 느낄 수가 있었다.

'빨리 이곳을 벗어나야 될 텐데⋯⋯.'

좌백이 이를 악물었다.

그러나 그 바램은 너무 어려워 보였다.

어둠보다 더 짙은 먹물 같은 옷을 입은 그들이 일제히 덮쳐 오고 있음을 보았기 때문이다.

바로 그때였다.

앞쪽에서 잇달아 비명과 호통, 굉음이 들려오더니 무서운 기세로 한 사람이 어둠을 뚫고 앞으로 내달아왔다.

"멈춰라!"

좌백이 그를 향해 양손을 쳐냈다.

"멈춰. 적이 아니다!"

그를 본 한효월이 나직이 소리쳤다.

하나 좌백이 쏘아낸 암기는 다시 되돌릴 수가 없었다. 암기라는 것이 특수한 몇몇을 제외하다면 쏘고 난 다음에 다시 물릴 수가 없는 것이기 때문이다.

그러나 나타난 사람은 암기로 어떻게 할 수 있는 사람이 아니었다.

그는 한 손을 흔드는 사이에 좌백이 쏘아낸 암기를 무력화시키고는 그들 앞에 섰다. 부릅뜬 눈에서는 신광이 폭출하여 마치 어둠 속에서 등잔을 켜둔 듯 보였다.

"막 선배……."

한효월이 중얼거렸다.

정말이었다.

나타난 사람은 갈의를 걸친, 바로 요동권왕 막풍이었다.

그는 이미 한바탕 악전을 치른 듯 옷 여기저기에 핏자국이 낭자하다. 그러나 신색은 평정하여 그 피가 자신의 것이 아님은 한눈에 알아볼 수가 있었다.

"누가 널 그렇게 만들었느냐?"

막풍은 한효월의 모습을 보고는 놀란 듯 눈을 크게 떴다.

"제천교에서 일대에 매복을 깔아두었습니다."

"그렇다고 네 능력으로 그런 모양이 되었단 말이냐?"

"……."

한효월은 쓰게 웃음을 짓고 말했다.

"어쩔 수 없어요! 서역법왕에다가 그 사제, 남해용왕까지 천하십왕이 줄줄이 몰려들고…… 뿐만 아니라 제천교까지 끼어들어 사방에서 암습을 해대는데 우리 공자가 아니셨다면 이 정도가 아니라 이미 살아남지 못했을 거예요!"

옆에서 유성이 편을 들었다.

유성과 친하게 지낸 적이 있던 막풍은 피식, 웃더니 정색을 했다.

"그자들은 지금 어디에 있느냐?"

"조금 떨어져서 버려진 절이 있습니다. 향적사라고…… 가시렵니까?"

"가야지!"

막풍은 서슴없이 고개를 끄덕였다.

"가지 마십시오. 향적사는 함정인 듯싶습니다. 어쩌면 제천교에서 천하십왕을 노리고 만들어놓은 덫일 수도 있습니다."

그러나 요동권왕 막풍의 안색은 단호했다.

"어떤 덫이라도…… 가봐야 한다."

"봉신지약이 그렇게 중요합니까?"

쿵!

한효월과 좌백, 유성 등 세 사람은 요동권왕 막풍의 전신이 크게 흔들리는 것을 볼 수 있었다. 요동권왕 막풍의 수양으로 그처럼 격렬한 반응을 보인다는 것은 그 말이 그에게 있어서 얼마나 큰 의미인지 알고도 남음이 있는 일이었다.

"봉신지약이라니? 그게 정말 있더냐?"

그는 한효월의 멱살을 움켜잡고 다그쳐 물었다.

눈에서 신광이 불길처럼 일고 있었다.

"제가 향적사 내에서 찾아냈습니다."

"저, 정말 있었군! 어, 어디 보자! 어디 있느냐?"

요동권왕 막풍이 떨리는 음성으로 물었다.

"지금은 없습니다."

"어, 없다니?"

"서역법왕이 달라고 해서 주려는데, 남해용왕이 가로채 갔습니다."

요동권왕 막풍의 얼굴이 일그러졌다.

"그, 그런……!"

그는 한차례 발을 구르더니 재우쳐 물었다.

"놈들이 아직 그 절에 있느냐?"

"그럴 겁니다. 가지 마십시오. 저들의 준비는 간단치 않을 테니 정말 흉다길소(凶多吉少)할 가능성이 높습니다. 일단 이곳을 저희와 같이 물러난 후……."

그때였다.

용음(龍吟)과도 같은 긴 여운을 가진 장소성이 들리더니 어둠 저 멀리에서 일진 싸움 소리가 일었다.

하지만 그것은 정말 일순간이고 그쪽으로 고개를 돌린 한효월 일행은 어둠을 가르며 나는 섬광 한줄기를 발견할 수 있었다. 그것이 향하고 있는 쪽은 바로 향적사였다.

"어검비행(御劍秘行)!"

그것을 본 한효월이 신음을 흘렸다.

"고려검왕도 왔군……."

중얼거린 요동권왕 막풍은 땅을 박차고 신형을 떠올렸다.

"막 선배!"

"가거라! 봉신에 관한 것은 너무도 중대하니, 내 목숨을 버릴지라도 가지 않을 수가 없다. 너라도 먼저 떠나거라! 과연 어떤 놈들이 천하십왕을 상대로 도박을 하는지 낯짝을 봐야만 하겠다."

그가 사라진 자리에는 한 가닥 질풍만이 남았다.

"후우……."

한효월이 길게 한숨을 내쉰다.

대체 봉신(封神)이 뭐지?

좌백은 목구멍까지 올라오는 의문을 삼켰다.

그것은 유성도 마찬가지였지만 한효월조차 그 내용을 모르고 있음을 알기에 누구도 입을 열지 않았다.

"가자."

한효월의 말에 좌백이 앞장섰다.

아니, 앞장을 서려고 했다.

그런데 그때 한효월이 좌백의 손을 잡았다.

"……?"

"……."

한효월은 굳은 얼굴로 앞을 바라보았다.

그들은 이미 숲을 뚫고 나와 백여 장 밖으로는 동정호가 보이고 시선을 돌리면 산등성이 보이는 갈대가 성글게 자란 곳까지 나와 있었다. 주변은 황량하고 척박했다.

아무것도 보이지 않았다.

어둠만이 드리워 있을 뿐.

그러나 자세히 보면 한 사람이 거기 있었다.

키는 오 척을 조금 넘는다.

맨발이다. 옷도 제대로 걸치지 않았고 겨우 걸친 그 옷도 소매가 길고 몸에 제대로 맞지 않는 것처럼 보였다. 반들반들한 대머리가 아니었다면 그를 발견하기가 그리 쉬워 보이지 않을 정도로 왜소한 모습이다. 그러나 맨발로 땅을 딛고 선 그 마의노인의 눈은 괴이할 정도로 투명했다. 녹색이 은은한 그 눈은 너무 맑아서 오히려 아무런 색도 느낄 수가 없을 지경이었다.

특이한 것은 그의 전신 여기저기에 주렁주렁 매달린 주머니들.

'저 사람은⋯⋯.'

그를 발견한 한효월의 전신에 긴장이 흘렀다.

좌백을 제지한 그는 천천히 앞으로 나섰다.

그것을 보고 있던 마의노인이 얼굴을 조금 일그러뜨렸다. 웃는 것 같기도 했지만 무슨 의미인지 알기 힘들었다.

"한, 효, 월?"

딱딱 끊어지는 음성으로 그가 물었다.

"당신은?"

한효월이 되묻자 마의노인은 내답없이 한효월을 바라보았다.

할 말이 있으면 다 해보라는 것처럼 보였다. 괴이하게도 죽기 전에 그 말 정도는 들어주겠다는 묘한 느낌이 들었다.

"되게 기분 나쁜 늙은이로군⋯⋯."

유성이 투덜거렸다.

"사정을!"

한효월이 소리쳤다.

동시에 그가 한 걸음 나서면서 손을 쳐들자 한효월과 마의노인 사이에서 맹렬한 회오리바람이 일어났다.

대머리의 마의노인.

그의 눈에 묘한 빛이 흘러갔다.

ㅊㅊㅊㅊ……

한효월의 앞 2장 거리에서 그를 중심으로 반월형으로 초목들이 말라 비틀어지면서 급격한 조락의 모습을 보인다. 죽음이 삽시간에 주위를 덮어버린 듯한 모습으로 모든 것이 죽어갔다.

그를 지켜보는 한효월의 얼굴에는 긴장이 감돌았다.

"무형지독…… 당신이 묘강독왕입니까?"

그 말에 좌백과 유성은 깜짝 놀라 한 걸음 뒤로 물러났다.

방금 한효월이 손을 쓰지 않았더라면 어떻게 되는지도 모르고 중독이 되어 죽어갔을 것임을 직감했기 때문이다.

"소문, 믿지 않았는데…… 명불허전(名不虛傳). 본왕, 손을 써도 부끄럽지 않다. 자격이 있군."

조금 어색한 음성으로 대머리의 노인이 고개를 끄덕였다.

그의 말은 자신의 신분을 시인하는 것이기도 했다. 그처럼 소문이 무성하던 묘강독왕이 드디어 한효월의 앞에 자신을 드러낸 것이다. 설마 하니 묘강독왕이 자신을 상대하러 직접 나섰을 것이라고는 생각조차 하지 못했던 한효월은 가슴이 섬뜩해졌다.

"세간에 듣기로 묘강의 지존인 독왕은 묘강의 전설과 같은 존재로서 누구도 그를 이용할 수 없다고 하던데, 당신의 신분으로 제천교의 주구가 되다니…… 정말 내가 목도하지 않았다면 믿기 힘든 일이로군요."

한효월이 질책하듯 말하자 묘강독왕은 고개를 저었다.

"본왕이 제천교를 돕는 것은 이것이 마지막! 누가 감히 본왕 부릴 수 있나?"

"당신도 봉신지약 때문에 제천교를 돕습니까?"

"봉신지약……."

침잠하던 묘강독왕의 눈에서 빛이 일었다.

"그렇다고도 할 수가 있지. 십성의 후예, 누가 그것을 탐하지 않을 것인가."

"십성은 누굽니까?"

"본왕은 너를 죽이러 온 사람. 네 의문을 풀어주는 사람 아니다……."

묘강독왕이 머리를 흔들었다.

"당신은 무림 선배로서 반항할 힘이 없는 후배를 공격할 작정입니까?"

"힘이 없으면 죽는 것은 자연의 법칙. 스스로의 능력이 모자라 죽음에 무슨 한이 있나."

한효월의 질책, 하지만 묘강독왕은 태연히 말하면서 한 걸음을 앞으로 내딛었다.

순간.

스스스스—

기이한 음향이 일면서 그의 앞쪽으로 수풀들이 급격하게 시들기 시작했다.

'독기!'

그것을 보자 좌백의 안색이 창백해졌다.

천하제일의 독공고수!

그 이름은 과연 헛된 것이 아니었다.

숨결만으로도 수천 마리의 소 떼를 몰살시킬 수 있다는 공포의 존재. 그가 다가오고 있으니 어찌 가슴이 떨리지 않을 것인가. 감히 숨조차 제대로 쉴 수가 없다.

언제 중독될지 모르기 때문이다.

극도의 긴장이 엄습한다.

저들 제천교의 고수들도 중독의 공포를 벗어날 수 없는지, 독왕이 나타난 이후로는 멀리서 어른거릴 뿐, 가까이 다가오지 않았다.

"한마디만 해도 되겠습니까?"

한효월이 손을 들었다.

그의 얼굴은 조금도 변함없이 침착했다.

"……?"

한효월의 얼굴을 지켜본 독왕은 걸음을 멈추었다. 그래 봤자 한 걸음을 내딛은 채로 한효월을 보고 있을 따름이니 언제라도 발동하는 데에는 문제가 없었다.

더구나 그와 한효월과의 거리는 채 4장이 모자란다.

그들과 같은 절대고수에게 있어 지척과도 같은 거리였다.

"보다시피 난 부상을 당했습니다. 아마 당신과 싸우기 쉽지 않겠지요. 그러나 나에게는 한 가지 술법(術法)이 있어 언제라도 당신의 눈앞에서 사라질 수 있습니다. 그러니 당신은 어떻게 하든 나를 죽일 수 없습니다. 그래도 굳이 나와 싸워야겠습니까?"

"……"

잠시 한효월을 바라보던 독왕의 얼굴에 묘한 꿈틀거림이 일었다. 웃음이라 이름할 움직임이었다. 그의 얼굴은 주름이 너무 많아서 마치

고목과도 같아 공포스러웠다.

"언제라도 사라질 수 있다?"

"그렇습니다."

한효월은 머리를 끄덕였다.

"나는 세 걸음만 걸으면 언제라도 이곳에서 사라질 수 있으니, 당신은 나를 죽이려고 해도 결코 죽일 수 없을 겁니다."

"시간을 끌어보자?"

독왕이 묘한 웃음을 흘렸다.

"시간을 끄는지 아닌지는 내가 세 걸음을 걷는 걸 보면 알게 되겠지요."

"좋다. 어디 한번 해보지?"

독왕도 흥미가 동한 듯했다.

한효월이 과연 자신의 눈앞에서 세 걸음 만에 사라질 수 있는지를 지켜보겠다는 의미인 것이다. 세 걸음이라야 뻔한 것이니 제아무리 신묘한 무학이라 할지라도 그걸로 자신의 눈앞에서 사라진다는 것은 말도 되지 않는다고 자신하는 것이다.

더구나 무학이 아니라 술법이라?

세상을 공포에 떨게 하는 독공만이 아니라 절세의 무공까지 아울러 지닌 독왕이니 흥미를 느끼는 것이 오히려 당연한 일일 터이다.

한효월은 그를 보았다.

"내가 만약 당신의 앞에서 사라져 버린다면, 어떻게 하겠습니까?"

"무슨…… 소리냐?"

"내가 당신의 앞에서 사라지고, 당신이 나를 찾지 못한다면…… 그럼 당신은 나를 더 이상 쫓지 않기로 약속할 수 있겠습니까?"

"왜 그래야 하지?"

"난 당신이 보듯 정상이 아니라서…… 이 소신대법(消身大法)을 전개하고 나면 남과 동수할 힘이 사라져 버릴 겁니다. 며칠 후에나 겨우 깨어날 수 있을지 모르지요. 그런 나를 당신이 쫓아온다면 나는 죽음을 면할 수 없을 것이고 그럴 바에야 차라리 이 자리에서 당신과 맞부딪치는 것이 나을 테니 하는 말입니다."

"……"

잠시 한효월을 지켜보던 독왕은 고개를 끄덕였다.

"좋다."

생각이 많았지만 과연 한효월이 세 걸음 만에 자신의 앞에서 사라질 수 있는지 궁금해서 승낙을 하기로 한 듯했다. 어차피 그럴 수는 없을 테니까…… 라는 자신도 있었으리라.

독왕이 승낙하자 한효월은 몸을 굽혀 바닥에서 한 움큼의 풀을 뽑았다.

그 풀을 뿌리면서 한효월은 천천히 걸음을 옮기기 시작했다.

한 걸음, 두 걸음…….

그 걸음을 따라 풀잎이 바람에 하늘하늘 흩어진다.

그리고 마지막 세 걸음……. 걸음을 옮기면서 그는 나직이 뭔가를 중얼거리고 있었다.

그런 그의 모습을 좌백과 유성은 숨을 죽이고 바라본다.

심장이 터질 것만 같았다.

"음?"

문득 독왕이 눈을 크게 떴다.

세 걸음째 옮기는 한효월에게서는 전혀 변함이 없었다.

그런데 그가 세 걸음을 막 뗀 그 순간에 주변 경물이 흔들리는 듯하더니 감쪽같이 한효월의 모습이 사라져 버렸던 것이다. 정말 소신(消身)이란 말 그대로 몸이 사라져 버렸다.

'이럴 수가?'

독왕은 눈을 부릅뜨고서 몸을 날렸다.

한 걸음을 내딛자 그의 신형은 단숨에 십여 장을 갈랐다.

한효월이 방금 있던 곳을 지나친 것은 물론, 좌백과 유성이 있던 자리까지 모두 지나쳤다.

그런데, 그런데 없었다.

한효월은커녕, 유성과 좌백의 모습마저도 보이지 않았다.

"마, 말도 안 돼! 이런 사술(邪術)이……."

독왕은 묘강어로 뭔가를 소리치더니 사방으로 손을 내저었다.

주변 수풀들이 미친 듯 비비 꼬이면서 녹아들었다.

가공할 독기였다.

그래도 보이는 것은 아무것도 없었다.

방금까지 있었던 한효월과 좌백, 유성의 모습은 두 번 다시 나타나지 않았다.

"그와아악!"

괴성과 함께 독왕이 양손을 휘둘렀다.

쿠콰콰콰…….

가공할 경력이 일며 땅거죽이 뒤집어지고 독기가 주변을 휩쓸어 죽음의 땅으로 만들었다.

第六首

광해일주(狂海一舟)

－모험은 계속된다
변화는 위기(危機) 속에서 끊임이 없다

광해일주(狂海一舟)

한참 동안이나 발광하듯 주위를 헤집던 독왕은 마침내 그 자리를 떠나고 말았다.

그렇게 떠나가는 그의 모습을 한효월과 좌백, 유성은 숨을 죽이고서 바라보고 있었다.

멀리 간 것도, 어디로 숨어버린 것도 아니었다.

그들은 그 자리에서 몸을 낮춘 채로 숨을 숙인 채 있을 뿐이었나.

"어, 어떻게 된 거죠?"

그가 떠난 걸 확인한 유성이 참지 못하고 물었다.

자신의 바로 옆으로 독왕이 눈을 부릅뜨고서 지나갔었다. 그런데도 그는 그냥 미친 듯 돌아다닐 뿐, 자신을 보지 못했던 것이다.

"진세가 발동된 것뿐이다."

한효월이 말했다.

"진세라니? 그럼 수하들이 만든 것과 관련이 있는 겁니까?"

좌백이 다시 물었다.

"맞아. 그들이 제대로 해주어서 다행이었지."

한효월이 고개를 끄덕였다.

아무도 상상하지 못했던 일.

한효월은 감천형과 만나고 나서 좌백, 유성과 같이 그 자리를 떠나왔다. 그런데 그를 따름에는 선후가 있어서 한효월과 유성은 바로 향적사로 갔지만 좌백은 한효월의 지시에 따라 가는 길 도중에 두 군데에다 작업을 하고는 수하 둘을 데리고 향적사로 향했었다.

그 작업이라는 것은 일종의 진지를 만든 것이었다.

돌을 옮기고 흙더미를 쌓고 초목을 몇 군데 만진 것…….

그렇다고 해서 그것이 정말 거창한 무엇은 아니었다.

대체 왜 그걸 해야 하는지는 알지 못하지만 쓸데없는 일을 할 사람이 아님을 잘 알기에 좌백은 묵묵히 그 일을 마치고 한효월을 찾아갔었다.

그런데…….

"이것은 간단하면서도 매우 효과가 높은 환영진세(幻影陣勢)다. 내가 중조산에 있을 때 고안한 것으로 소규모의 팔진도라고도 할 수 있지. 다른 위력은 없고 사람의 시야에 착시 현상을 일으켜 진세 내에 있는 것을 보이지 않게 한다."

"그럼 지금 우리가 서 있는 것이 다른 사람에게는 안 보인다는 겁니까?"

좌백이 물었다.

"물론. 그렇지 않으면 독왕이 그대로 떠나 버렸을 리가 없겠지……."

주변을 돌아보아도 보이는 것은 그대로다.

그런데 자신들이 보이지 않는다니…….

홀린 듯 한효월을 쳐다보고 있던 좌백은 다시 물었다.

"그런데 어떻게 해서 이 진세가 발동된 겁니까? 저희가 말씀하신 대로 돌을 옮기고 설치를 할 때는 아무런 변화도 없었는데……."

"발동되지 않았으니까."

한효월은 천천히 심호흡을 하더니 말했다.

"이 환영진세는 유사시를 대비한 포석이었기 때문에 누구에게 미리 발각되면 안 되지. 그래서 진세는 그대로지만 발동은 되지 않은 상태였다. 그 진세의 발동은 바로 이 돌 하나로 이루어졌지……."

한효월의 말에 따라 유성과 좌백의 눈길이 한효월의 발치로 향했다.

그의 오른쪽 발 밑에는 주먹만한 돌 하나가 옆으로 밀려가 있었다.

"나는 일부러 풀포기를 뽑아 흩날려 독왕의 시선을 끌었지. 하지만 풀포기는 진세와는 전혀 상관없는 것이었다. 그것은 발로 이 돌을 움직여 진세를 발동시키기 위한 눈속임이었던 것이지……."

"그럼…… 그 돌을 움직여서 우리 모두가 독왕의 시야에서 사라졌던 겁니까?"

좌백이 믿기지 않는 듯 물었다.

"맞아."

"……"

벌린 입을 다물지 못한 채로 좌백은 눈만 꿈벅거렸다.

이 나이 어린 사숙은 도대체…….

"만약 내가 이 자리에서 진세를 설치하거나 움직이려 했다면 독왕 같은 절세고수가 속을 리가 없었겠지. 더욱이 술법이니 뭐니 해서 그를 헷갈리게 할 수는 없었을 것이고……. 하지만 내가 너무 태연하게 그의 앞에서 사라지니 그로서는 당황하지 않을 수가 없었지. 설마 하니 여기에 내가 미리 수작을 부려놓았으리라고는 누구도 상상하지 못할 일일 테니까."

"그렇군요……."

좌백은 맥없이 고개만 끄덕일 뿐이다.

"그가 돌아오기 전에 이 자리를 떠나도록 하지."

"그가 돌아옵니까?"

"돌아오겠지. 천하십왕이란 자리에 오를 사람은 결코 바보일 수가 없어. 모두 절세의 재지를 지닌 천재들이지. 절세의 재지를 지니지 못했다면 결코 최고의 무공을 연수할 수가 없었을 테니까. 그가 돌아오지 못할 경우는 뜻밖의 일이 생겼을 때뿐일 거야. 그가 돌아오기 전에 이곳을 떠나는 게 좋아."

"그런데……."

유성이 문득 입을 열었다.

"지금 내상이 심한 건 아니시죠?"

자신을 빤히 들여다보는 유성을 보고 한효월은 문득 미미한 미소를 머금었다.

"그렇게 보이느냐?"

"겉보기로는 무척 심해 보이는데…… 아무리 봐도 아닌 거 같아요. 정말 상세가 심하세요?"

"네가 본 게 맞았다. 내가 입은 상세는 가장한 것일 뿐, 실제로는 별게 아니다."

"역시 그런 거 같더라니……."

유성이 고개를 끄덕이자 좌백은 또 얼떨떨해졌다.

거의 몸도 가누지 못하는 한효월을 돌보면서 숲을 통과했다. 그 바람에 그는 죽을힘을 다해서 한효월을 보호해야만 했었다.

그런데…….

"내상을 입지 않으셨다고요?"

"적을 속이기 위해서였다. 내가 적과 동수할 수 없는 상태에 이른 것처럼 보이는 것은 만약의 경우에 숨겨놓은 패가 될 수 있을 테니까. 지금 우리는 모든 게 적에게 뒤지니 무엇이건 적을 속일 수 있는 상황을 만들어서 적을 혼란케 해야만 하는 상황이었지."

'허……'

머리가 복잡해졌다.

냉철하다고 소문난 그였는데 도무지 이 나이 어린 사숙은…….

"하지만, 그런 상황에서 무엇 때문에 이처럼 급하게 피하시는 건지……."

유성의 말꼬리가 흐려졌다.

힘을 가지고서도 왜 이렇게 상갓집 개처럼 쇠리를 받고 죽을힘을 다해서 도주하는 것인지 이해가 가지 않는다는 뜻이다.

"천하십왕 중 다섯이 이미 향적사로 갔다. 아무리 생각해 봐도 그게 우연일 수는 없다. 함정을 꾸민 것이 제천교라면 그들은 이 일을 통해 큰 것을 노리고 있을 것이다. 하지만 천하십왕을 상대로 함정을 꾸민다면 득보다 실이 많을 수 있다. 중원무왕이라던 사형을 상대하기 위해서 그들은 심혈을 기울여야 했는데 천하십왕을 한두 사람도 아니고 다섯 이상을 불러 모았다면 자칫, 잘못되면 제천교의 기반이 위태로울 수 있는 상황이 될 수도 있겠지. 그럼에도 그들이 이 일을 추진했다는 것은 정말 큰 의미가 숨어 있을 수 있다."

그는 굳은 얼굴로 천천히 숨을 들이마셨다.

"무슨 이유에서인지 모르지만 저들은 나를 이 일의 선봉에 세우고 싶었던 것 같다. 그러니 봉신지약이 내 손에 들어왔을 테지."

유성의 안색이 돌변했다.

"그럼, 그게 제천교에서 갖다 놓은 거란 말씀인가요?"

"그럴 가능성이 높다."

"말도…… 대체 놈들이 무슨 생각으로……."

"그래서 내가 망설이지 않고 봉신지약을 내놓은 것이다. 그리고 그 자리를 떠나 버렸지. 만약 거기에 의미가 있었다면 그 바람에 일이 틀어지게 될 테니 필시 나를 막는 자가 나타날 것이 분명했다."

"놈들이 막은 것은……."

"들어오는 자는 막지 않고 나가는 자는 막는…… 전형적인 매복의 형상이야. 내가 뜻밖에 빨리 물러가자 매복이 제대로 이루어지지 않았을 수도 있지. 어쨌든 지금은 이곳을 빨리 벗어나서 저들이 무슨 꿍꿍이속을 가지고 있는지 알아보는 게 좋겠다."

은밀한 가운데 어둠 속에서 여기저기 적들의 움직임이 보이고 있었다.

한효월이 갑자기 사라져서 당황하고 있는 것이 분명했다.

"두 사람 모두 내가 알려준 대로 곧장 앞으로 직진해. 자칫하면 독왕이 남겨둔 독기에 중독될런지도 몰라."

한효월의 명에 따라 좌백과 유성은 바람처럼 앞으로 쏘아갔다. 두 사람은 몸을 낮춘 상태였지만 그 움직임은 바람과 같이 빨랐다.

한효월은 그들이 몸을 날린 직후, 옆에 있던 돌 하나를 발로 밀고는 그들의 뒤를 따랐다.

그 단순한 동작으로 그가 설치한 진세는 사라져 버렸다.

어둠 속에서 몸을 낮춘 채 십여 장을 전진하자 목적했던 곳이었다.

바위가 여기저기 우뚝하고 갈대도 무성하다. 시선을 돌리면 동정호이지만 동정호에 이르려면 호변을 거쳐야만 가능하다.

한효월은 그들의 뒤를 따라 그곳에 이르자 다시 몇 군데 돌무더기를 옮겼다. 그 동작은 그야말로 눈부시도록 빨라서 그가 상처를 입지 않았다는 말은 거짓이 아님이 분명했다.

시선을 돌려보자 좌백과 유성, 그리고 그 자리에 대기하고 있던 좌백의 수하 고수 다섯의 모습이 보였다. 납작 엎드린 그들에게서는 긴장된 모습이 역력하다.

"특별한 것은 보지 못했다고 합니다. 어둠 속에서 놈들이 계속 움직이고 있는 것만 보이고……."

그들의 보고를 들은 좌백이 한효월에게 말했다.

"그런데 여기도 놈들이 보지 못하나요?"

"반쯤은 그렇다."

"반쯤이요?"

"그래. 이곳에 펼친 진세는 전도환영진세(顚倒幻影陣勢)라 출입에 어려움이 있게 되지만 사람의 시선을 완벽히 차단하지는 못한다. 공을 들여서 제대로 설치한다면 가능하겠지만 지금은……."

그때, 펑펑! 하는 소리가 멀리서 들렸다.

"싸움 소리 같군요……."

귀를 기울여 본 유성이 말했다.

"본격적으로 시작이 된 것 같구나. 성아, 나를 도와다오. 좌 사질은 주위를 잘 살펴주게."

"알겠습니다."

한효월은 몸을 움직여 진세를 보강하기 시작했다.

여기서 얼마나 더 있어야 할는지 모르기 때문에 진세를 좀 더 강하게 만들어두는 것이 수성에 좋을 것이기 때문이다.

진세를 보강한 다음, 그는 주위를 살펴볼 작정이었다.

"맙소사! 저게 누구야?"

한효월을 도와 진세를 구축하고 있던 유성이 입을 벌렸다.

"무슨 일이냐?"

"저거 좀 보세요…… 쟤가 왜 여기에…….”

유성이 가리킨 곳을 본 한효월도 난감한 빛이 되었다.

어둠 속에서 한 사람이 소리없이 움직이고 있음을 발견한 것이다. 지형지물을 이용하면서 앞으로 빠르게 나아가고 있는 그 모습은 흡사 어둠 속에서 움직이는 삵쾡이와 같다.

"빌어먹을, 대체 어디로 간 거야?"

아무리 주위를 둘러봐도 그놈의 절간은 보이지 않는다.

가르쳐 주려면 제대로 가르쳐 주던가.

하긴 좀 더 물어봤다면 눈치를 채고 아무 말도 해주지 않았을 테지. 하마터면 느닷없이 나타난 궁가방인가 뭔가 그 괴상한 물건들에게 잡혀서 나오지도 못할 뻔하기도 했다.

"여기서 숲을 통과해야 한다는 건가? 망할…….”

주위를 둘러보던 그림자는 문득 전신이 굳어졌다.

사람 하나.

아니, 차가운 눈길이 그를 쏘아보고 있음을 발견했기 때문이다. 멀리라면 그렇게 놀라지 않았을 것이었다. 바로 눈앞, 바위에 몸을 붙여 주위를 살핀 다음에 주위를 살피려 살그머니 고개를 내미는데 거기에 그 얼굴이 그를 노려보고 있었다. 어찌 놀라지 않을 것인가!

"으악!"

놀란 그림자는 벌렁, 뒤로 넘어졌다.

남자의 소리가 아니었다. 그럴 수밖에 없는 것이 그 그림자야말로 개방의 교호 심소옥이니 남자 소리가 날 리가 없다.

벌렁 넘어졌던 심소옥은 황급히 몸을 굴렸다.

스팟!

그녀가 넘어졌던 곳을 검광이 스치고 지나갔다.

슈각!

대도 하나가 그녀를 향해 날아들었다.

몸을 굴렸던 그녀는 튕기듯 일어나 등 뒤로 그 대도를 흘려보냈다. 그리고는 손에 들었던 타구봉으로 대도를 치면서 훌쩍 몸을 날려 옆으로 반 장가량 눌러났다.

어느새 검은 복면을 한 자들이 서너 명이나 그녀를 둘러싸고 있었다.

"어디서 기어나온 거야?"

심소옥이 비명을 질렀다.

장도 하나가 아슬아슬하게 그녀의 어깨를 스치고 지나간 것이다. 핏줄기가 뿜어져 나왔다.

빡!

그녀의 타구봉이 상대의 머리를 세차게 쳤다.

바위라도 부서져야 했다.

그런데 휘청한 상대는 눈을 부릅뜨고서 그녀에게로 달려들었다.

"뭐 이런 놈들이 다 있어?"

지난날 화산에서의 그 끔찍한 기억을 되살린 심소옥은 공포에 질려 안색이 창백해졌다. 이처럼 무서운 자들이 매복하고 있을 것임을 그녀는 생각지도 못했다.

바로 그때였다.

소리도 없이 섬광이 날아들더니 심소옥에게 달려들던 자들을 베어 냈다. 그 속도는 전광과도 같고 위력은 날벼락이 치는 것 같았다.

스팟!

심소옥에게 달려들던 세 명의 흑의복면인들이 그대로 피를 뿌리며 쓰러졌다.

"가자!"

나타난 사람은 그녀의 손목을 움켜잡았다.

"놔! 네가 누군데……."

소리치던 심소옥의 얼굴이 환해졌다.

"가, 가가! 당신이군요……."

"소리 내지 마라."

한효월이 머리를 저었다.

말과 함께 그는 심소옥의 팔을 잡고는 바람처럼 몸을 날려 눈앞에 있던 바위를 넘어 들어갔다.

그곳까지의 거리라야 불과 4, 5장이지만 주변 시야가 넓게 퍼져 있어서 사람의 눈을 피하기 어려운 곳이었다.

그가 왜 급하게 서둘렀는가는 금세 드러났다.

좌우에서 급하게 호각 소리가 들리더니 금세 이쪽을 향해 좁혀왔던 것이다.

그리고는 이내 몇 사람이 모습을 드러냈다.

그중에는 천추성주의 모습도 보였다.

"무슨 일이지?"

"천마각의 살수들이 셋이나 한꺼번에 죽었습니다."

죽어 넘어진 자들을 살펴보던 자들이 보고했다.

"한꺼번에 말이냐?"

"예, 상대가 무서운 듯 반항조차 하지 못한 것 같습니다."

"……."

천추성주는 주위를 돌아보았다.

어둠에 잠긴 주위는 쓸쓸하기만 하고 또 어찌 보면 고괴(古怪)하여 공포감이 들 만큼 조용하다.

"이 일대를 봉쇄해. 그리고 북벌후에게 연락해라."

"알겠습니다!"

날카로운 호각 소리가 수위도 번져 갔다.

"흥! 한효원, 꼬리를 드러낸 이상, 결코 벗어나지 못할 것이다……."

들으라는 듯 그는 소리 내어 중얼거리더니 그 자리에서 사라졌다.

하지만 사방에서 흑의인들이 몰려들고 있었다.

하나둘이 아니라 열스물, 그런 단위로 흑의인들의 모습은 점점 많아지고 있었다.

"망할 계집애 같으니…… 너 때문에 다 죽게 생겼다!"

유성이 투덜거렸다.

"내가 뭘?"

심소옥이 눈을 부릅뜨고서 대들었다.

"쓸데없이 계집애가 이런 곳에는 왜 기어 들어오냐? 너만 아니었으면 우린 들키지 않았을 거야!"

"누가 참견하래? 난 다른 볼일이 있었단 말이야……."

강변을 하지만 목소리에 기운이 잦아든다.

그녀를 구한 것은 한효월이었다.

한효월을 본 그녀는 뛸 듯이 기뻐했지만 그때부터 유성에게 시달려야 했다.

어찌어찌 옥면무영이 있는 곳까지 찾아가기는 했는데 어떻게 찾아 왔느냐고 구박만 잔뜩 받았다. 그곳을 뛰쳐나와 알아본 결과 향적사라는 곳에 대해서 조사했음을 알게 된 그녀는 망설이지 않고 내달렸다. 조심만 하면 무슨 위험이 있겠는가!

하지만 상황은 너무나 달랐다.

"어라? 너……."

문득 유성이 그녀를 위아래로 훑어 내렸다.

"뭐?"

"냄새도 덜 나네? 흐음…… 그러고 보니, 세수도 한 거 같군? 머리도 묶었고? 거 별일이네? 거지계집애가 몸단장을 했네그랴?"

유성이 신기한 듯 그녀의 가슴팍에다 대고 킁킁 냄새를 맡아본다.

"뭐 하는 짓이야!"

"으악!"

유성이 개구리처럼 엎어졌다.

심소옥이 유성의 머리를 사정없이 쥐어박은 것이다.

"이 거지계집애가……."

"조용히."

한효월이 나직이 말했다.

그 말에 실린 무게로 인해 주변은 쥐 죽은 듯 조용해졌다.

녹삼(綠衫)을 걸친 문사 차림의 사내 하나가 장내에 나타나 있었다.

그가 나타나자 흑의인 하나가 그의 옆에서 뭔가 상황 설명을 한다. 잠시 그에게 뭔가를 들은 녹삼문사는 주변을 살펴보다가 천천히 한효월 등이 있는 곳으로 향했다.

"저 빌어먹을 놈이 무슨 냄새를 맡고 이곳으로 곧장 오는 거지?"

유성이 나직이 중얼거렸다.

"그는 제천교의 북벌후다. 얼마 전에 죄를 받아 잡혀 들어갔었는데 다시 나온 모양이구나. 진세 부분에는 높은 조예가 있으니 이상한 것을 느낀 건 당연한 일이겠지……."

한효월이 설명했다.

좌백이 한효월의 명을 받아 만들어놓은 이 진세는 너비가 대략 3장 성노의 원형이었다. 뒤로는 임벽 형대의 집채만한 비위가 있고 조금 떨어진 곳으로는 갈대밭이다. 갈대밭 앞으로는 동정호이지만 거리로는 이십여 장이 족히 넘는다.

어떻게 보면 외딴 섬처럼 고립되어 있는 듯 보이지만 실제로는 향적사로 가는 길에 반드시 거쳐야만 할 요충이었다.

다시 천추성주가 나타났다.

그가 북벌후에게 뭔가를 묻는 듯하자 북벌후는 한효월이 있는 곳을 가리켰다.

"난석강(亂石崗)? 이곳이 진세의 중추를 위협할 만한 곳이라면서 그렇게 버려두었단 말이오?"

천추성주가 갑자기 크게 화를 냈다.

"이곳은 외곽에 위치한 곳이라 실상 크게 효용이 없었던 곳이오."

"그런데 어떻게 진세의 중추를 위협할 수 있단 말이오?"

"여기에 한효월이 있다면 그렇다는 뜻이오."

"뭐요?"

"한효월의 능력이라면 이곳에서 계속해서 진세를 어지럽힐 수 있을 테니 자칫 진세의 축을 끊어버릴 수도 있을는지도……."

"그런 곳을 그냥 버려두었단 말이오? 대체 무슨 일을 그 따위로 하는 거요?"

천추성주가 북벌후를 질책하는 소리가 높이 들려온다.

북벌후는 일그러진 얼굴로 뭔가를 변명한다.

그 모습을 보면서 유성이 웃었다.

"잘한다. 네놈들끼리 실컷 싸워라……."

그때 천추성주가 머리를 끄덕이자 북벌후는 손가락으로 몇 군데를 가리키면서 수하들에게 명령했다.

십여 명의 흑의인들이 바람처럼 달려오는 것이 보였다.

"좌백."

"예, 사숙!"

"저들이 가까이 와서 진세를 건드리려고 하면 바로 공격해. 추호도 사정을 보지 말고 최대한 빨리 처리해야 한다."

"알겠습니다."

대답을 한 좌백은 수하들에게 손짓을 하고 바위 뒤에 몸을 숨겼다.

북벌후는 진세 앞 2장이 채 못 되는 곳에서 걸음을 멈추었고 달려온 십여 명의 수하들은 그의 지시에 따라 앞의 바위를 향해 두어 명이 일제히 손을 썼다.

펑펑!

폭음이 일었지만 바위는 끄덕도 없다.

"역시…… 옆의 바위를 옮겨라."

그것을 보던 북벌후가 명령했다.

흑의인들이 벌 떼처럼 달려들었다.

"윽!"

"으악!"

흑의인들이 목을 부여잡고 쓰러졌다.

진세에 의해 시야가 차단당해 불과 반 장 앞에 있는 좌백 등이 보이지 않았다. 반면에 좌백과 그 수하들은 그렇지 않았다. 그들은 기습을 가한 셈이었고 흑의인들은 제대로 저항하지도 못했다.

좌백이 땅에서 솟구치듯 불쑥 나타나자 천추성주의 눈에 놀람이 드러났다. 설마 하니 정말로 거기에 숨어 있으리라고는 생각지 못했던 모양이었다.

좌백과 그 수하들의 수는 여섯에 불과했다.

진세에 의지한다고 할지라도 적의 수는 압도적으로 많았다.

"소옥, 네가 나가야겠다."

한효월의 말에 심소옥은 눈이 동그래졌다.

"내가요?"

"그래. 겁나니?"

"아니, 겁이야 안 나지만서두……."

"내가 시키는 대로만 하면 된다. 가거라."

한효월의 재촉에 심소옥은 쭈뼛거리다가 유성과 눈이 마주치자 입맛을 다시곤 폴짝 뛰쳐나갔다.

그리고 그녀가 보여준 신위는 믿기 힘들 정도였다.

나가자마자 대뜸 앞에 있던 흑의인 하나를 패대기치고, 그녀에게 시선이 쏠린 두 명의 흑의인들을 차례로 쓰러뜨렸다. 묘한 움직임이었는데 신묘한 변화가 깃든 것인지 흑의인들은 그녀의 손을 피하지 못하고 그대로 쓰러졌다.

멈칫하던 심소옥은 신바람이 나서 다시 두 명의 흑의인을 쓰러뜨리곤 앞쪽에서 놀라 눈이 둥그런 북벌후를 향해 혀를 내밀어 보이고는 의기양양하게 진세 안으로 후퇴했다.

좌백도 이미 후퇴한 뒤였다.

"아하하…… 짜식들, 별거 아니네……."

심소옥이 두 손을 탈탈 털며 고개를 갸웃거렸다.

"얼마나 견딜 수 있을 것 같으냐?"

그녀의 말에는 신경도 쓰지 않고 한효월이 물었다.

"방금 상대한 것은 하급무사인 듯합니다. 강령루나 섭생루의 고수들이 오면 오래 버티기 힘들 겁니다."

좌백이 굳은 얼굴로 답했다.

"죽을 때까지 싸우면 되지 뭐가 그렇게 겁이 나누?"

심소옥이 삐죽거리자 유성이 패 죽일 듯한 모습이 되어 그녀를 쏘아보았다.

"지가 잘한 건 줄 아나 보네. 넌 방금 공자께서 도와주신 것도 모르냐?"

"뭘?"

"네가 놈들을 죽일 때마다 공자께서 먼저 손을 쓴 거란 말이다!"

"그……."

심소옥은 한효월을 돌아보았다.

"……."

한효월은 묵묵히 북벌후와 천추성주를 바라보았다.

천추성주가 손짓을 하자 흑의인 몇 명이 다시 달려왔다.

좌백이 다시 달려나갔다.

"놈들이 인해전술로 나올 모양이군요……."

유성이 중얼거렸다.

"넌 어서 운기조식하여 힘을 비축하도록 해라."

"예……."

유성이 답을 할 때 좌백 등과 어울려 싸우던 7, 8명의 흑의인들에게서 갑자기 변고가 일었다.

"피햇!"

쾅! 콰콰앙!

그들의 몸이 폭발을 일으킨 것이다.

아무렇지도 않게 싸우던 상대가 갑자기 화탄처럼 폭발을 하자 누구라도 피할 재간이 없다.

그나마 좌백이 눈치 빠르게 몸을 굴리며 소리쳤기에 다행.

하지만 그렇다고 해서 낭패를 면할 수는 없는 일이다. 둘은 치명적인 상처를 입은 듯 보였고 좌백과 나머지 셋도 부상을 면할 수는 없었다.

적이 다시 달려오는 것이 보였다.

"등에 심지가 달려 있습니다. 몸에 화탄을 두르고 있는 것 같으니 살펴보십시오."

몸을 굴려 안으로 들어온 좌백이 말했다.

과연 달려오는 흑의인들의 뒤에 반짝이는 불빛이 보였다. 타 들어가는 심지인 듯한데, 흑의인들은 자신이 폭사하는 것에 대해서는 아무런 두려움이 없는 듯 명령을 받자 곧바로 진세를 향해서 달려왔다.

"제정신이 아니군……."

한효월이 중얼거렸다.

그가 원한 것은 이런 것이 아니었다.

저들이 알지 못하게 숨어서 저들의 움직임을 살펴보고 필요한 시기에 움직일 생각이었었다. 그런데 심소옥이 나타나는 바람에 정체가 드러나고 말았다.

방법을 바꾸어야 했다.

잠시 그들을 살펴본 한효월은 암암리에 한숨을 내쉬면서 옆에 모아 두었던 돌멩이를 집어 들었다.

횡횡!

날카로운 음향이 귀를 찔렀다.

"윽!"

잇달아 신음이 들리며 달려오던 서너 명의 흑의인이 쓰러졌다.

절세고수의 손에서 날아가는 돌팔매는 충분히 위협적이었다. 쓰러진 자들은 버둥거리다가 그대로 폭발했다.

쾅! 콰쾅!

그 폭발은 조금 전보다 더 강력했다.

팔다리가 날아가고 내장이 흩어졌다. 사람의 머리가 굴러가는 그 형상은 정말 참혹하기 이를 데 없다.

"사람을 저렇게 만들다니…… 나쁜 놈들……."

심소옥이 치를 떨었다.

흑의인들의 숫자는 점점 불어났다.

한효월은 그중에 강령루를 비롯한 제천교의 고수들이 모인 것을 알아보았다. 생각보다 저들은 더 많은 인원을 이곳에 모은 것이 분명한 듯했다.

"좌 사질, 이 자리에서 오래 버틸 수는 없을 것 같다. 혹시…… 모험을 해볼 생각이 있나?"

"무슨……."

화탄에 상처를 입은 채 미간을 찡그리고 있던 좌백이 한효월을 바라보았다.

"내게는 지병(持病)이 있다."

"지병? 무슨……."

좌백은 물론 심소옥까지 눈이 동그래졌다.

'이 사실은 우선은 감 사질과 좌 사질만 알고 있도록 해. 나는 오래 살지 못한다. 그래서 만에 하나 내가 일을 끝내지 못하고 없어신나면 그 뒤를 다른 사람이 이어주어야 한다.'

전음이 좌백에게로 날아들었다.

'그게 무슨?'

좌백의 눈이 더 커졌다.

한효월은 간단히 자신의 상태를 설명해 주었다.

'그런 상태에서…… 적과 싸우신단 말씀입니까?'

'뭐 산속에 들어가서 조용히 죽음을 맞을 준비를 하면 좋겠지……. 하지만 그렇게 죽으나 싸우다 죽으나 죽은 다음에야 마찬가지가 아니겠나? 나의 죽음으로 다른 사람들의 행복과 맞바꿀 수 있다면 그것도 의미있는 일일 테니 좋겠지.'

한효월은 아무렇지도 않게 말했다.

그러나 듣는 좌백에게는 전혀 그렇지 않았다.

저렇듯 태연한 한효월의 모습이 이해가 가지 않는 것이다.

그는 말을 하지 못했다. 그저 괴이하달 정도로 일그러진 얼굴로 한효월을 바라보고 잇을 따름이었다.

격동에 찬 신색(神色)!

늘 신비로운 사람이라고 생각했었다. 하지만 미미한 웃음을 머금은 저 초연한 모습을 보는 그는 가슴이 뭉클하게 저며옴을 느껴야 했다. 냉철한 사람들은 대개 냉정하다. 그래서 감동이라는 것을 잘 하지 않는다. 좌백도 마찬가지였다. 가슴으로 느끼기 전에 머리로 분석하기 때문이다.

그런데 이것은 아니었다.

갑자기 뭐라고 말을 할 수가 없었다. 말문이 막혀 말이 나오지를 않는 것이다.

"그 바람에 여러 가지 의도에 대해서 연구를 할 기회를 얻게 되었지. 사람의 잠력을 이용하는 것도 그중 하나였다."

한효월은 폭발로 구덩이가 생긴 앞쪽을 바라보면서 말을 계속했다.

"사람은 누구나 잠력을 지니고 있다. 무공을 익히고 수련함은 그 잠력을 이끌어내는 것에 다름이 아니지. 후천적으로 신체를 단련함은 그 잠력을 끌어내기 위함이지만 그중에 자연의 기를 이용하여 자신의 잠력과 동조시키는 것들이 있어 그것들은 상승의 내가신공이 되지…….
나는 오랫동안 그것을 연구하여 한 가지 성과를 얻었는데 바로 잠력을
순간적으로 끌어내어 본신의 능력을 단숨에 배증시키는 것이었어.”

“배증이라면 단숨에 능력이 배가(倍加)된다는 의미입니까?”

“그렇게 봐도 무리가 없겠지.”

“와아…… 그런 방법이 있다니, 그거 어떻게 할 수가 있어요? 어떻
게 하면 그렇게 금방 고수가 될 수가 있는 거죠?”

심소옥은 눈이 동그래졌지만 좌백은 굳은 얼굴로 물었다.

“후유증이 있다는 말씀인 것 같습니다만?”

“맞아. 보통 이런 잠력격발지술(潛力激發之術)은 후유증이 크지. 과
도하게 사용할 시에는 목숨을 잃을 수 있어. 그 효과도 잠시뿐이고 차
후 오래 후유증이 남아서 정상으로 회복되지도 않는 경우도 많아.”

“그럼 뭐 별게 아니네…….”

심소옥이 심드렁하게 중얼거렸다.

“그런데 내가 만들어낸 방법은 조금 달라. 보통의 잠력격발지술은
삽시간에 잠력을 서너 배 이상 쓰게 만들지만 이 방법을 쓰면 배증하
는 정도만 가능하게 된다. 그리고 후유증도 금방 나타나지는 않아. 어
쩌면 나타나지 않을 수도 있지…….”

“편하게 말씀해 주십시오.”

“이 도전음양대법(倒顚陰陽大法)은 잠력을 격발시켜 그 사람의 무공
을 한순간에 배증시켜 주지만 한 가지 후유증이 있을 수 있다. 바로 나
타나지는 않지만 오 년에서 십 년 사이에 잠력의 고갈로 무공을 상실
할 가능성이 있다.”

“무조건 그렇습니까?”

"아니, 그럴 수도 있고 아닐 수도 있다. 후유증을 최소화하기 위해서 최선을 다했지만…… 나로서는 무엇도 장담할 수가 없는 일이라 모험을 해볼 수 있겠느냐고 물었다."

"잠력의 격발 시간은 얼마나 갑니까?"

"한 시진가량…… 잘 나누어 쓴다면 세 시진까지도 가능하다."

"저, 그럼 그 대법이 성공하면 어느 정도의 위력을 보일 수 있나요?"

심소옥이 물었다.

"좌백의 능력이라면 공력만 따질 때 나와 비슷한 힘을 낼 수 있을 것이다. 초식의 운용이나 다른 면에서는 그 공력을 자기 것으로 해서 써온 사람과는 틀려서 조금 서툴겠지만……."

"하겠습니다."

좌백이 말했다.

"후유증이 발생하면 무공이 전폐될 수도 있다."

"선택의 여지가 없다고 생각합니다."

좌백의 얼굴이 비장함을 가득 찼다.

"저는 사부께서 돌아가신 후에, 지금까지 자책감에 사로잡혀 지냈습니다. 그분의 무공을 잇고도 아무런 역할을 못하고 그저 보통의 무인으로서 시간만 축내고 있다는 자괴감에…… 늘 괴로웠습니다. 사숙의 그 방법이라면 오 년 동안 그 힘이 지속된다면 무엇을 주저할 수 있겠습니까? 지금의 이 무공으로는 오 년이 아니라 바로 오늘 이 자리에서 죽을 수도 있는데……."

"좋다……."

한효월이 머리를 끄덕였다.

"저희도 가능하겠습니까?"

옆에서 좌백의 수하들이 물었다.

"아무에게나 마구 베풀 수는 없는 방법이오. 근골이 견뎌주지 않는다면 갑자기 커진 힘을 주체할 수 없어서 스스로 무너질 수도 있소. 여러분들에게는 조금 힘을 더하는 시술을 해줄 테니 좌 사질이 힘을 다 쓰고 쓰러지면 그를 감 사질이 있는 곳까지 데려다 주는 임무를 맡도록 하시오."

"힘을 다 쓰면 쓰러집니까?"

"그렇게 되겠지. 하루 정도 쉬고 나면 회복되어 격발된 잠력의 절반 정도는 계속해서 쓸 수 있을 거네. 그 힘을 꾸준히 유지할 수 있는 것은 그 자신의 노력에 달렸지."

"알겠습니다."

한효월은 잠시 눈을 감았다가 좌백에게 시술을 하기 시작했다.

한 손가락 손가락이 마치 비수처럼 정좌한 좌백을 찔렀다. 그 찌름의 방법은 매우 기묘하여 좌백의 혈도와는 닿을 듯 말 듯했고 그 한 번의 찌름마다 좌백의 전신은 마치 벼락을 맞은 듯 떨렸다. 한효월의 손길은 매우 느렸는데 시간이 지남에 따라 좌백의 얼굴이 홍시처럼 붉어졌다. 뿐만 아니라 그의 옷자락은 바람이 별로 불지 않음에도 세차게 펄럭여 그의 전신에서 진기가 충일하게 차 오르는 것을 곁에서도 느낄 수가 있을 정도였다.

대신 한효월의 안색은 창백해졌다. 힘이 드는 모습이 역력했다.

콰쾅!

폭음이 터져 나왔다.

또다시 화약을 몸에 두른 자들이 달려와 폭발한 것이다.

그들이 폭발하면서 진세를 이루고 있던 바위 하나가 반쪽으로 갈라졌다.

"이런?"

심소옥이 혀를 찼다.

기문진식을 잘 모르는 그녀였다.

그런데도 갑자기 뭔가 허전함을 느낄 수가 있었다. 문을 열어놓은 느낌이랄까?

북벌후가 손짓을 하면서 뭐라고 하자 사방에서 흑의인들이 밀려오기 시작했다.

"크, 큰일 났네!"

그것을 본 심소옥이 다급해 얼굴이 창백해졌다.

"걱정하지 마. 진세는 깨졌어도 여기는 전략적 요충지라서 적은 숫자로 놈들을 얼마든지 막아낼 수 있어."

운기조식에 들어갔던 유성이 일어나면서 말했다.

좌백의 수하들은 긴장된 표정으로 바위 뒤에 바짝 붙었다. 언제라도 뛰쳐나갈 태세.

"그냥 두고 이리 오시오."

그때 한효월의 음성이 들려왔다.

한효월은 부상이 심하지 않은 세 명의 등 뒤를 차례로 치면서 말했다.

"같이 앉아서 운기조식하시오. 이 자리는 우리가 맡을 테니까."

그때 좌백이 몸을 일으켰다.

"괜찮나?"

"좋습니다."

좌백이 웃음을 지어 보였다.

그의 눈에서는 신광이 칼날처럼 쏟아지고 있었다.

"머지않아 날이 밝을 텐데 별다른 움직임이 없는 듯하군……."

한효월은 미간을 찡그렸다.

그의 예측대로라면 이렇게 공연히 시간만 보낼 일이 아니었다. 무슨 다른 변수라도 생긴 것일까?

"그렇다면 더 이상 기다릴 것 없이 이 자리를 뚫고 나가도록 하지."

한효월이 말했다.

"소질이 앞장서겠습니다!"

좌백이 말했다.

바로 그때, 날카로운 비명과 고함 소리가 들려왔다.

"향적사 쪽입니다!"

유성이 고개를 돌려보곤 소리쳤다.

이어 흑의인들 쪽에서 혼란이 이는 듯하더니 한 사람이 어둠을 뚫고 달려오고 있음이 보였다.

용화지회(龍華之會)

－전설은 아득하다
신(神)이 되고자 하던 초인들의 이야기는
전설로 묻히다

용화지회(龍華之會)

진세 밖에 있는 적의 수효는 얼마나 되는지 짐작조차 되지 않는다. 일이십이 아니라 말 그대로 사방에 적이 깔려 있을 것이었다. 그런 적을 뚫고 나가려면 상당한 희생을 각오해야 할 터였다. 한효월과 같은 고수 혼자라면 몰라도 다른 사람들과 같이 가려면…….

하지만 종적이 드러난 이상 그냥 있을 수는 없었다.

한효월의 원래 계획은 흔적도 없이 사라지는 것이었다.

그리고 암중에 진세에 은신한 채로 그들의 움직임을 살펴보면서 과연 그들이 무엇을 획책하는지를 알아볼 생각이었다. 하지만 그 계획은 난데없는 심소옥의 출현으로 무산되고 말았다. 그녀가 어떻게 되든 못 본 체하면 되는 일이기는 했지만 그럴 수는 없었기에.

결단을 내려야 할 시점에 적진에 혼란이 일었다.

비명이 들려오고 싸움 소리가 끊임없이 들려왔다. 먼 곳에서도 가까운 곳에서도 고함 소리와 싸우는 소리가 연달아 들리는 것으로 보아 매복이 강적을 만난 것이 틀림없었다.

그리고 한 사람이 그 매복을 뚫고 모습을 드러냈다.

"엇! 그분이네!"

유성이 그를 알아보고 소리쳤다.

옷자락을 펄럭이면서 날듯이 달려오고 있는 사람은 다른 사람이 아닌 무명노승이었다.

그는 한효월이 있는 쪽으로 다가오고 있었다. 연신 주위를 두리번거리는 그에게서는 초조함이 느껴졌다. 이미 부상을 당한 듯한 모습이었다. 그가 달려오고 있는 쪽은 한효월이 있는 방향이니 저항이 클 수밖에 없어 싸움은 격렬했다.

"아는 분입니까?"

한효월의 기색을 본 좌백이 물었다.

"가서 저분을 모셔오게. 힘을 적절히 조절함을 잊지 말고……."

"알겠습니다!"

좌백이 대답과 함께 땅을 박찼다.

쉬익!

그의 신형이 삽시간에 십여 장을 날았다.

좌백은 원래 경공에 심혈을 기울였었다. 암기는 눈과 경공, 이 두 가지가 뛰어나지 못하면 효력을 발휘하기 어렵다. 그가 경공을 중시하는 것은 당연한 일이었다. 그런 그가 최선을 다해 몸을 날린다면 6, 7장이 고작이다. 사실은 고작이 아니라 강호상에서 손꼽히는 절정의 경공이라 할 수 있었다. 그런데 그것이 한순간에 십 장을 넘어가 버리는 것이다.

설마 했다가 그런 상태가 되자 좌백은 당황하지 않을 수가 없었다.

착지 지점을 제대로 알지 못한 채 무작정 돌진한 꼴이 되자 적의 도검이 무섭게 번뜩이면서 그를 휩쓸어왔다.

잘못하면 힘도 못 써보고 횡액을 당할 판이다.

좌백은 황급히 신형을 옆으로 차돌리면서 손을 비스듬히 뻗었다.

소맷자락이 펄럭이면서 가공할 내가진력이 쏟아졌다.

펑!

"크윽!"

답답한 신음.

그에게 공격을 하던 자들 둘이 허우적거리듯 뒤로 물러나다가 기우뚱 쓰러졌다. 칠공에서 피가 터져 나오고 있었다. 그의 공격을 받은 자들이 즉사를 면치 못한 것이다.

땅 위에 내려선 좌백의 손에는 어느새 그를 공격하던 자의 장검이 옮겨와 있었고 그는 그 장검으로 적을 시살(弑殺)하면서 질풍처럼 진격하기 시작했다.

"여깁니다!"

그가 소리치자 무명노승이 그를 향해 날아왔다.

좌백이 신격하는 앞에 있던 흑의인들이 마치 추수(秋收) 낫질에 쓰러지는 볏단과 같이 줄줄이 무너져 내렸다.

"저럴 수가?"

천추성주가 그 광경을 보고 놀라 눈을 크게 떴다.

"저놈은 천수단혼 좌백인 듯한데, 대체 언제 저렇게 강해졌지?"

"이해할 수 없는 일이군, 어떻게……?"

북벌후가 신음을 하더니 손짓을 했다.

그의 손짓에 따라 날카로운 호각 소리가 연달아 일어났다.

그 호각 소리에 반응하여 흑의인들이 움직이기 시작했다. 일부는 물러나고 일부는 그쪽으로 움직여 진세가 변형을 꾀하는 것이다.

"저쪽으로 가십시오!"

무명노승의 전신이 피투성이인 것을 본 좌백이 소리쳤다.

흑의인들이 파도처럼 덮쳐 왔다.

펑! 퍼펑!

좌백이 손 안의 검을 휩쓸어내자 굉음이 터져 나왔다.

바위라도 두 동강이 나면서 피보라가 일어야 할 텐데 흑의인들은 주춤하더니 그대로 다시 좌백을 덮쳐 왔다.

"그놈들이구나!"

좌백의 눈에 은은한 공포가 떠올랐다.

화산에서 만났던 그 무서운 놈들!

그 기억을 어찌 잊을 수 있겠는가. 검을 휘둘러도 암기를 박아 넣어도 끄떡없던 괴물들…… 바로 강령루의 괴인들인 것이다.

'눈을 노려!'

전음이 들려왔다.

일시 주춤 물러났던 좌백은 빙글 몸을 돌려 그들의 공세에서 벗어나면서 자신을 향해 몸을 돌리는 자들에게 연달아 삼검을 퍼부었다.

콰콰!

폭음과 함께 그들의 손에 들렸던 도와 검이 부서져 나갔다. 그들의 신형이 충격으로 주춤거렸다.

동시에 좌백은 손을 쳐냈다.

쐐애앵!

"크악!"

"크아악!"

괴인들이 얼굴을 감싸 쥐고 나가떨어졌다.

좌백이 쏘아낸 암기가 그들의 눈을 꿰뚫고 아예 뒤통수로 튀어 나가 버렸으니 어찌 견뎌낼 것인가.

'저, 정말 대단하군……'

좌백이 신음을 흘렸다.

자신이 한 일을 자신이 믿을 수 없었다.

그만큼 그가 보인 위력은 초인적이었다. 보고 감탄했던 한효월이 보였던 그 신위(神威)! 이제 강시가 되어버린 세상에서 가장 존경했던 사부가 보였던 그 신위를 그가 보여주고 있는 것이다. 물론 거기에 비해서 손색이 있었지만 상상도 할 수 없었던 그 일이 자신의 손에서 이루어지고 있었다.

'무리하지 말고 어서 돌아와!'

한효월의 전음지성이 다시 들려왔다.

보니 무명노승은 이미 한효월이 있는 진세에 가까이 다가가 있었다.

그제서야 힘의 배분을 신경 쓰라는 한효월의 당부가 생각난 좌백은 노승의 뒤를 따라 몸을 날렸다.

단독으로 그를 막을 사람은 장내에 아무도 없었다.

"상처가 심하군요……."

한효월이 군은 얼굴로 말했다.

진세 안으로 들어온 무명노승의 상세는 생각보다 훨씬 심각했다. 한쪽 팔은 팔뚝에서부터 잘려 있었고 대강 지혈을 했던 것 같은데 다시 터져 피가 멈추질 않았다. 그 외에도 몇 군데 깊은 상처를 입어 그런 몸으로 이처럼 적진을 돌파하여 이곳까지 올 수 있었음은 그의 본신 무공이 어느 정도인지 알고도 남음이 있었다.

"나무아미타불…… 삶과 죽음이 하나인데 이런 상처야 무슨 의미가 있겠소? 죽기 전에 소시주를 보게 되었으니 짐을 하나 덜 수 있겠구료……."

무명노승은 자애한 웃음을 머금었다.

"대체 누가 이런……."

"노납이 스스로 팔을 잘랐소."

"스스로?"

"맞소. 독왕의 무형지독에 당해 독기를 팔에 몰아넣고는 노납이 그 팔을 잘랐소이다. 그 정도로 다행이지……."

"독왕이 그곳에 갔었습니까?"

"독왕뿐 아니라 고려검왕과 요동권왕 등 천하십왕 중 다섯이 일제히 모습을 드러냈었소. 그들 모두는 봉신지약을 노리고 싸웠으니 근년에 이르러 아마도 가장 격렬했던 천하무림의 최고 성회(盛會)라 해도 과장이 아닐 것이오."

"결과가 쉽게 나지 않았을 텐데 그곳을 떠나온 걸 보면 뜻밖의 사태라도 일어난 것인지……?"

"독왕이 암중에서 독을 푸는 바람에 모두가 중독을 면치 못했소이다. 노납이 가장 가까운 곳에 있어 그와 충돌하다가 이 모양이 되었고 나머지 사람들은 그 바람에 경각하게 되어 깊은 중독은 피할 수가 있었을 것이오."

"그럼 그들은 지금 어디에?"

"처음 남해용왕의 손에 들었던 봉신지약이 고려검왕의 공격을 받고 떨어뜨리게 되자 틈을 노린 노납의 사제에게 들어갔는데 다른 사람들의 집중 공격을 받았소. 그런 상태에서 독왕이 나타나 모두 그 자리를 떠나게 되면서 노납만 시주와의 약속대로 이쪽으로 오게 되었으니 그 뒤로는 어찌 되었는지 모르겠소……."

"그렇게 되었군요……."

한효월이 깊은 한숨을 내쉬었다.

원래 그는 떠나오면서 지난날 용문에서의 일에 대한 것을 물었었고 상황이 바뀌어 떠나게 되면 이쪽으로 오도록 방향을 알려주었었다. 그렇기에 노승은 이쪽으로 달려와서 그와 만나게 된 것이다.

"저로 인해서 쉬지 못하고 오히려 강적들과 싸워 이처럼 상처를 입으셨으니 죄송하기 이를 데 없습니다."

"허허…… 별말씀을. 노납이 맡은 물건은 원래 소시주에게 전해져야 하는 것이니 인연의 이어짐은 너무도 당연한 일. 더구나 노납의 지난날을 생각한다면 살아도 너무 오래 살았으니 무슨 여한이 있으리오?"

무명노승은 태연히 웃어 보였다.

그 웃음 속에는 이미 삶을 초월한 깨달음이 역력하다.

"대사께서는 이미 득도하신 상태인데, 이 정도 상처에 어찌 그리 쉽게 삶을 포기하십니까? 아직도 수많은 사람들을 제도(濟度)하실 수 있으실 텐데 이즈음에서 삶을 버리시려 하면……."

무명노승은 머리를 저어 한효월의 말을 만류했다.

"노납은 오래전에 많은 죄를 지었소. 그런 몸으로써 아직까지 살아 있었던 것은 노납의 뒤를 이은 사제의 업과(業果)가 아직 소진되지 않아 그 업장(業障)을 노납이 지고 있었기 때문이오. 이제 그가 중원에 들어와 세속에 휩쓸려 자신의 죄업을 돌려받을 터이니 노납이 굳이 세상에 남아 있을 까닭은 없다오. 가능하다면 서장으로 다시 돌아가 업(業)을 바로 세울 수 있다면 더 바랄 원(願)이 없겠지만…… 나무관세음보살…… 그 또한 욕심일 것이오."

그의 얼굴에 문득 쓸쓸함이 스쳐 갔다.

혈불(血佛) 찰도극(刹圖克).

그는 서장 천룡사의 제자였다.

그는 어릴 때부터 천룡사에 거두어져 그 뛰어남을 인정받아 천룡사의 절학을 전수받았다. 근 백 년 이래 그의 능력을 따를 사람은 아무도 없었고 하루가 다르게 그의 능력은 절대하게 커갔다. 하지만 그는 장문제자(掌門弟子)가 아니었다.

오래전부터 장문제자는 따로 있었고 그는 무승으로만 인정되었다.

찰도극은 그것을 인정할 수 없었다.

천재답게 모든 것을 완벽하게 꾸민 그는 반대파들을 모두 숙청하기 시작했다. 말이 숙청이지 실제로는 그의 무공으로 그들 모두를 죽여 없애는 일이었다.

서장 천룡사는 마의 집단이 아니다.

불(佛)을 숭상하고 법(法)을 지키는 라마들이라 이처럼 참혹한 일은 일찍이 한 번도 없었다. 수많은 라마들이 그로 인해 죽어갔지만 그에게 굴하지 않았고 그런 그들을 찰도극은 단 한 명도 용서하지 않고 모조리 다 죽였다.

피…….

그리고 또 피…….

그리하여 그는 서장 제일의 위치에 섰다.

사람들은 그를 혈불이라 불렀다.

누구도 그를 거역할 수 없고, 거스를 수 없었으며 그의 앞에서는 어떤 자라 할지라도 숨조차 크게 쉬지 못했다. 수백이 넘는 동료와 사형, 사제들을 죽여 없앤 그는 피의 절대자였다.

서역이 모두 숨을 죽였다.

그런데, 그 어느 날 혈불이 사라졌다.

그의 사제였던 타뢰(陀雷)존자가 그를 암습하여 죽여 버린 것이다. 타뢰존자는 혈불 찰도극의 오른팔과 같은 존재였다. 서역을 피로 쓸기 시작할 때부터 그는 찰도극과 함께 움직여 혈불 찰도극의 신임을 한 몸에 받았다.

그런 타뢰존자가 혈불을 암습했다.

새로운 신공을 참오하기 위해 혈불이 폐관에 들었을 때 그를 암습했고, 세상은 모두 그가 죽은 것으로 알았다.

하지만 그렇게 죽기에 혈불 찰도극의 무공은 너무 높았다.

그는 죽음의 순간에 사지를 빠져나왔다.

거우 목숨을 부지히기는 했지만 상처가 너무 깊어 원래의 무공을 회복하는 데에는 오랜 시일이 필요했다. 더구나 겨우 살아난 그가 서역을 전전하면서 알게 된 사실은 너무 참혹하였다.

처음부터 장문제자로 선택된 것이 그였으며, 그는 시일이 지나면 자연히 서역의 법통을 잇도록 되어 있었다. 그런데 그것을 비틀어 오해를 불러일으킨 것은 바로 사제인 혈뢰존자였다. 사형인 찰도극을 천하의 악마인 혈불로 만들고 그를 해치고서 그 자리에 자신이 올라가기 위한 계획을 짠 것이 바로 사제인 타뢰존자였음을 안 찰도극은 너무 어이가 없어 치가 떨렸다.

복수!

그날부터 그는 복수를 위해 천하를 전전했다.

서역에서는 그를 증오하는 서역인들로 인해 숨어 있을 수가 없어서 천하를 떠돌다 결국은 중원으로 들어오게 되었다.

무공은 쉽게 회복되지 않았다.

그리고 보잘것없는 행각승으로 이리저리 떠돌던 혈불은 어느 날 정말 뜻하지 않게 깨달음을 얻게 된다.

용문에서 도도히 흘러가는 물결을 바라보면서 참선에 들어 있던 그는 복수라는 것이 얼마나 하잘것없는가를 알게 된 것이다. 더불어 자신이 살아왔던 지난 세월이 이미 예정된 행로였다는 것도 꿰뚫어 알게 되었다.

그 숱한 고난이 바로 이 한순간의 깨달음을 위해 준비된 것임을.

그는 돈오(頓悟:한순간의 깨달음)! 라고 생각했었다.

그러나 그의 깨달음은 돈오가 아니라 점오(漸悟:천천히 깨달음)였다. 이 순간을 위해 그처럼 오랜 세월, 수많은 인과를 거쳐서 비로소 만들어낸 깨달음이었던 것이다.

그런 그이니 삶과 죽음에 아무런 미련도 남지 않았다.

"노납이 천기를 보건대 노납의 열반은 얼마 남지 않았소. 그 시간 내에 만날 수 있을는지 몰라 소시주가 원하는 것은 여기서 얼마 떨어지지 않은 천운사(天雲寺)에 놓아두었소."

"소생이 원하는 것이라면?"

"그때 용문에서 소시주가 찾던 것…… 그것 때문에 노납을 찾아온 것이 아니었소?"

"맞습니다. 정말 그때 얻으신 것이 있었습니까?"

"그렇소. 간단히 살펴본 결과, 한 건의 문서였는데 내용은 보지 않았소. 노납은 당시만 하더라도 사물을 꿰뚫어 볼 힘이 지금 같지 않아 소시주를 보면서도 물건을 건네지 못하였었오. 그날의 상황으로 보아 그것이 심상치 않은 내용을 담고 있으리라 생각했었는데, 우연히 노납의 사제가 중원으로 들어온다는 소식에 놀라 그곳을 떠나면서 그 문건도 같이 가져오게 되었었소……. 언젠가는 소시주가 그곳으로 찾아올 듯하여 맡겨둘까도 생각을 했었소만 천기를 짚어보니 소시주와 인연이 아직 다 하지 않은 듯하여 이곳까지 가져오게 되었구료……."

그때, 앞쪽에서 격렬한 고함 소리와 싸우는 소리가 났다.

제천교도들이 전열을 정비하여 밀려오고 있었다.

좌백과 유성, 심소옥과 좌백의 수하들까지 나서서 싸움을 시작하고 있었다. 대대적인 공세였다.

무명노승은 몸을 일으켰다.

"어쩌시려고?"

"저들은 쉽지 않은 상대들이오. 노납이 막을 터이니, 모두 이곳을 떠나도록 하시오."

"그럴 수는 없습니다. 같이 가시지요."

한효월의 말에 무명노승은 미미하게 웃었다.

"소시주의 명운(命運)이 그리 길지는 않으나 아직은 할 일이 남아 있을 터이니, 어찌 이곳에서 그 힘을 다 쓰려 하시오? 아미타불…… 앞을 보기보다 뒤를 조심함이 차후 닥칠 위험을 피할 수 있으리니 부디 잊지 마시오."

"성아! 수방(水方)을 목(木)으로 전도시킬 수 있겠느냐?"

한효월이 앞서 나간 유성에게 물었다.

"예! 할 수 있을 것 같아요."

"좋아. 지금 하거라."

한효월의 말에 유성은 옆에 있던 바위를 밀어냈다.

그것을 보자 한효월 또한 옆에 있던 바위를 옮겼다. 그가 바람처럼 몇 개의 바위를 옮기자 신기하게도 한 가닥 안개가 피어 오르면서 그들의 모습이 시야에서 사라졌다.

난석강으로 쳐들어온 흑의인들이 주위를 분간하지 못하고 어리둥절하다가 모두 쓰러졌다. 좌백의 무공은 그들이 당적할 수준이 아니었고 더더구나 한효월이 가세하자 견뎌낼 재간이 있을 리 없었다.

"진세는 파괴된 줄 알았는데……."

좌백이 돌아오면서 한효월을 보았다.

"마지막을 위한 변수가 있었지……."

한효월이 답했다.

그가 밖으로 나가 싸우지 않고 진세 안에 남아 있었던 것은 저들에게 이곳의 허실을 알려주지 않기 위해서이기도 하였지만 실제로는 진세를 변화시키는 시간이기도 하였다. 만약을 위해서 이곳을 다시 사용할 수 있도록 하기 위함이었던 것이다.

"이곳은 수기(水氣)가 접하는 곳인데 진세를 화(火)로 진행시키니 물과 불이 만나 안개가 피어나는구료. 정말 신묘하오. 이처럼 간단히 진세를 바꿀 수가 있다니…… 시주의 능력이 참으로 놀랍구료."

안개가 피어 오르는 것을 보고 있던 무명노승이 찬탄을 금치 못한다.

"과찬이십니다."

한효월은 우왕좌왕 움직이고 있는 흑의인들의 모습을 보고는 시선을 돌렸다.

"제가 여기에 다시 진세를 설(設)한 것은 이곳을 물러나기 위한 시간을 벌기 위해서입니다. 저들의 이목을 혼란하게 하면 이곳을 벗어나기가 좀 쉽게 되겠지요. 덜 싸워도 될 것이고……."

바깥을 건너보던 한효월이 쓴웃음을 짓는다.

"역시 머리를 쓸 줄 아는 사람들이로군요."

좌백 등이 보니 흑의인들이 퍼져서 동정호 쪽으로 가는 길목을 차단하고 있는 모습이 보였다. 북벌후의 지시에 따라 흑의인들이 여기저기로 움직이고 있었다.

"그럼 어떻게 해요? 여기 그냥 있을 거예요?"

그간 입을 닫고 있었던 심소옥이 물었다.

"잠시만…… 저들이 준비를 할 동안만 있으면 되겠지."

"준비를 할 동안 있다니?"

무슨 소리인지 이해가 가지 않는 듯 심소옥이 묘한 표정이 되어 되물었다.

누구라도 마찬가시였을 터였다.

적을 분쇄할 압도적인 전력이 아니라면 이곳을 뚫고 나가는 것이 최선일 것인데, 그러자면 적의 준비가 되지 않았을 때 가야 할 것이었다. 그런데 적이 준비를 할 동안 기다리라니 기가 막히는 소리였고 이해가 되지 않는 소리이기도 했다.

"때가 되면 알게 되겠지. 잠시만 기다리도록 하거라."

"도대체 무슨 소린지……."

심소옥은 난감한 듯 한효월의 얼굴을 쳐다보더니 문득 웃음 지었다.

"그러지 뭐. 기다리라면 언제까지라도……."

그녀는 한효월의 옆에 털썩, 주저앉더니 품에서 건량을 꺼내 질겅질경 씹기 시작했다.

"급하게 오느라고 아무것도 못 먹었더니 배가 고파 뒈질 거 같네……. 왜? 좀 줘?"

그녀는 못마땅한 표정인 유성에게 씹던 건포(乾脯)를 내밀었다.

"더럽게……."

"더럽다니, 백옥 같은 아가씨가 씹던 건데……."

그 모습에 미소를 지으며 한효월이 시선을 무명노승에게로 돌렸다.

"잠시의 시간을 이용해서 질문드릴 것이 하나 있습니다만……."

한효월의 기색에 무명노승은 담담히 말을 받았다.

"봉신에 관한 것이오?"

"맞습니다."

"이제 와서 무엇을 숨기겠소? 어쩌면 그 전설이 지금의 천하를 만들고 있는지도 모르고…… 또 앞으로의 무림에서도 영향을 미칠 터이니 소시주라면 알아야 할는지도 모르겠소이다."

"감사합니다."

"감사라니…… 하지만 노납이 아는 것은 한계가 있소. 노납은 활불의 지위에 제대로 올라가기 전에 사제에게 당해 쫓겨났기 때문에 대강의 사정만을 알고 있을 뿐이오. 그 봉신에 관한 것은 당금 천하에서는 천하십왕만이 그 사정(事情)을 가장 명확히 알고 있다고 보면 맞을 것이오."

"하지만 소생은 사부님으로부터 그 내용을 듣지 못했습니다."

좌백이 말을 꺼냈다.

"그럴 것이오. 그 일은 워낙 비밀하여 본인이 아니라면 누구에게도 말을 하지 않으니……."

백 년 이전.

천하에는 참으로 막강한 고수들이 있었다.

세상은 그들의 이름을 알기도 하고 혹은 모르기도 했다. 세상이 그들을 알든 모르든 간에 그들이 각기 천하제일이라는 점에서는 누구도 부인하지 못할 일이라는 것은 분명했다.

그런 그들을 일러 천하십성(天下十聖)이라 한다.

"십왕이 아니라, 십성이란 말입니까?"

"그렇소. 십성이라고 불린 그분들은 바로 천하십왕의 전배(前輩)로서 이미 전설로 화한 분들이오. 기록에 따르면 그분들의 능력은 이미 사람 이상이라 처음에는 관심을 가졌던 세상의 지배나 무림제패 등의 일에는 아예 신경조차 쓰지 않았다고 하오."

"그런……!"

모두가 놀라 눈이 휘둥그레셨나.

"세월이 흐르면서 천하십성은 하나둘 서로를 알게 되고 마침내는 모임까지 가지게 되었소. 그리고는 정말 소문대로 각자의 능력이 모두 경천위지하고 남을 정도임을 알게 되오……."

그렇게 만난 천하십성은 끊임없는 만남을 가지다가 장난 삼아 그들의 모임에 명칭을 부여하였다.

그 이름은 바로 용화회(龍華會)라고 하였다.

"용화회?"

"용화회라면 미륵보살이 성불한 다음에 중생을 위해서 용화수 아래
에서 설법을 한다…… 그거 아닌가요?"

심소옥이 눈을 반짝였다.

"맞다네. 어린 여시주가 불법을 많이 아는군……."

"하하…… 제가 좀 유식……."

심소옥은 말끝을 흐렸다.

유성이 사납게 쏘아보고 있었기 때문이다.

거기에.

"시간이 그리 많지 않다. 자꾸 말을 끊지 않는 게 좋겠다."

한효월까지 가세하니 심소옥은 완전히 찌그러지고 말았다.

"암 말도 안 하께요."

어쩌면 장난스럽게 출발한 용화회.

하지만 몇 번의 만남이 이루어지자 그들은 무엇인가를 하고 싶어졌
다.

세상을 뒤집는 일 따위는 그들의 성에 차지 않았다.

언제라도 한 사람만 하산하면 이룰 수 있는 일이기 때문이다.

그렇게 해서 세상을 뒤엎은들 무슨 의미가 있을 것인가. 다른 아홉
명이 건재함을 알고 있으니 그것이 아무런 의미가 없었던 것이다. 게
다가 그들의 깨달음 자체가 이미 높은 경지에 있어서 작은 것에 얽매
일 상태가 아니었다.

아무에게도 알리지 않았다.

하지만 그들은 너무 뛰어나 누가 원하지 않아도 그들을 추종하는 사람들이 생겨났다.

용화회는 세상에 알려지지 않았지만 그렇게 이루어졌다.

용화회의 주축인 천하십성은 사람들이 모여들어 자신들의 청정(淸淨)을 방해함을 저어하여 그들로부터 떠났고, 용화회를 이루었던 사람들은 천하를 헤맨 끝에 천하십성의 행방을 찾아냈다.

그리고 그들이 무엇을 원하는지도 알아냈다.

―봉신(封神)!

놀랍게도 사람이되, 이미 사람의 경지를 벗어난 그들은 산 채로 신(神)이 되고자 서원(誓願)하고 있었다.

그리고 그들 스스로는 신이 되기 위한 수련에 들어 있었다.

그런 그들의 맹서(盟誓)를 일러 봉신지서(封神之誓)라 이름하며, 그들이 신이 되고자 한 맹서를 남긴 곳을 일러 봉신방(封神榜)이라 한다.

"보, 봉신방…… 화, 정말 대단하……!"

부지간에 입을 연 심소옥이 급히 입을 틀어막았다.

당연히 그런 그녀를 유성은 죽일 듯 쏘아보고 있었다. 의형상인의 경지에 이르렀더라면 심소옥은 무사하지 못했을 눈빛이었다.

'봉신방이라면 강태공 나오는 옛날이야기 책인디……'

심소옥은 속으로 투덜거리면서 유성을 마주 째려보았다.

"천하십왕이 그 천하십성의 후예라…… 그렇군요. 그럼 봉신지약은 바로 그 봉신방과 관련이 있는 모양이군요?"

"그렇소. 봉신지약은 천하십성이 맹서한 곳, 봉신방에 이르는 지도 겸 열쇠라오. 봉신지약을 얻어 거기에 이른 사람은 천하십성이 남긴 모든 것을 얻을 수가 있게 된다는 전설이 남아 있소."

"천하십성이 남긴 모든 것……."

한효월이 부지중에 중얼거렸다.

다른 사람도 아닌, 천하십왕의 선대들.

그 천하십성이 남긴 모든 것을 한 사람이 얻는다면 과연 어떤 결과가 나올까?

물어보지 않아도 너무 뻔했다.

천하십왕들이 눈에 불을 켜는 것은 너무도 당연한 일이기도 했다.

"그런데 소생이 보기에 천하십왕은 뭔가 제약에 걸려 있는 듯하던데…… 지금 말씀대로면 별로 제약이 있을 것 같지 않은데……."

"제약이 있소."

무명노승은 간단히 말을 잘랐다.

"천하십왕은 봉신지비가 풀리기 전까지는 세상에 나서지 못하게 강요받고 있소. 그것이 선대의 약속이니까. 누구라도 봉신지비를 푼 사람에게 굴종해야 하며…… 사실, 이 부분은 어쩔 수 없는 일이오. 봉신지비를 푼 사람에게 대항할 방도가 없을 테니 어찌 반항할 수 있겠소? 당년의 천하십성은 오늘날 천하십왕과는 비교할 수 없는 경지의 거인들이라 하였으니……."

"비교할 수 없는 거인들이라구요?"

참지 못하고 유성이 물었다.

"그렇다고 들었지. 노납 또한 잠시나마 그 자리에 있었지만 천하십성의 능력은 그때 이미 인간의 경지를 벗어날 정도였다니…… 자연히 천하십왕과는 차이가 나지. 천하십왕은 그들이 남긴 유진(遺眞)을 얻었을 뿐, 그들의 진전(眞傳)을 이었다고 보기는 어려운 상태라……."

"세상에……."

유성이 입을 딱 벌렸다.

넌 왜 말을 해? 하고 따졌어야 할 심소옥조차도 따질 말을 잊어버렸다.

너무 엄청난 말이기 때문이다.

천하십왕!

당대의 전설.

그 절대한 존재들…….

그런 그들이 천하십성의 진전을 이은 것이 아니라니…….

인간이면서도 이미 인간의 경지를 벗어난 사람들, 그들이 정말 신이 되었다면, 신이 되고자 하여 수련했던 그 길을 알게 된다면, 그것을 얻을 수 있다면…….

한 권의 비급을 두고 세상이 각축을 벌인다.

그런데 어쩌면 세상을 마음대로 움직일 수 있는, 어쩌면 삶을 초월한 존재가 될 수 있을는지도 모르는 그러한 것이 실재한다면 어떤 사람이라도 마음이 동하지 않을 것인가.

한효월의 안색은 어두웠다.

이해하기 어려운 일이기 때문이다.

천하제일!

누가 원하지 않을 것인가.

그런데 그 절대의 비밀을 손에 쥐고서도 제천교주는 그 비밀을 아낌없이 내놓았다.

왜 그랬을까?

가짜라든가, 아니면 다른 것으로 속일 수는 없다.

한효월을 속일 수는 있을지라도 천하십왕마저 속일 수는 없기 때문이다.

"혹시 경월선인이란 분에 대해서 들어보신 적이 있으십니까?"

"경월?"

"예, 제 사부님이시고 중원무왕인 제 사형의 사부이시기도 합니다."

"아니오. 들어본 적이 없소."

한효월은 다시 미궁에 빠졌다.

천하십왕은 천하십성의 후예들이다.

그런데 사부는 천하십성의 후예가 아니었더란 말일까?

……그럼에도 이 사부는 봉신(封神)의 서약(誓約)에 의해 네게 아무것도 말해 줄 수가 없구나. 만에 하나라도 내가 봉신의 서약을 깨뜨린다면 천하는 즉각 회생 불능의 상황에 빠지고 말 터이니…….

사부가 남긴 글…….

그 글로 미루어 생각한다면 사부 또한 용화회와 관련이 있음은 분명하다.

한효월은 부지중에 자신의 목을 어루만진다.

거기에는 목걸이처럼 걸어놓은 것이 있었다. 바로 사부가 그에게 남긴 금낭이었다. 아직 그 금낭은 그의 목에 매달린 채였다.

자신의 생사에 의문이 생기면 물어보라고 하였었다.

그런데 경월선인에 대해서 아는 사람은 아무도 없었다.

과연 지금이 때일까, 아닐까?

그때였다.

갑자기 외곽에서 격렬한 싸움 소리가 들려왔다.

"뭐지?"

심소옥 등이 고개를 빼자 한효월이 몸을 일으켰다.

"갈 때가 된 것 같구나."

"누구? 누가 오기로 했었던 겁니까?"

유성이 고개를 빼고 두리번거리다가 물었다.

안개가 스멀거리며 피어 오르는 난석 바깥으로는 소리없이 흑의인들이 움직이고 있다. 좀 전까지의 모습이 아니라 어딘지 모르게 당황하는 빛이 역력하다.

"개방에서 왔을 것이다. 이런 난리가 났는데 그대로 있다면 개방의 명성에 먹칠을 하는 일이 되겠지……."

"뭐야? 그럼 개방에서 올 때까지 그냥 기다렸단 말이에요?"

"그럼 뭘 기다렸느냐?"

"난, 난……."

심소옥은 말을 더듬었다.

그냥 이 자리에서 사라진다던가…… 뭔가 기발난 것을 기대했었다고는 차마 말을 하기 어려웠다.

진세 뒤쪽으로 가던 한효월은 무명노승이 조용히 앉아 있음을 보자 물었다.

"같이 가지 않으시렵니까?"

"먼저 가시오. 노납은 따로 길을 가겠소."

"알겠습니다. 부디……."

한효월은 그에게 정중히 포권하고는 몸을 날렸다. 지금까지 적들과 싸우던 것과는 정반대. 바로 동정호가 있는 쪽이었다.

적의 진세는 혼란스러웠다.

비록 북벌후가 미리 경계하여 그쪽으로 흑의인들을 배치해 두었지만 한효월과 좌백이 앞장서서 뚫고 나가자 그들로서는 저지할 수가 없었다.

"가려면 우리 개방이 오는 쪽으로 가야지, 왜 반대쪽이에요?"

심소옥이 뒤따르면서 소리쳤다.

"넌 그럼 그쪽으로 가라!"

유성이 소리쳤다.

"저 물건은 정말……!"

심소옥이 사납게 유성을 노려보다가 혼비백산해서 달리기 시작했다.

진세 밖으로 나서서 진세를 벗어나자 물밀듯이 흑의인들이 달려오고 있어서 자칫 한순간만 늦으면 일행과 헤어져 혼자 떨어질 것 같았기 때문이다.

"망할, 좀 기다려 주면 어디 덧나나!"

팽팽히 당겨진 천을 찢듯 한효월과 좌백은 양날의 가위처럼 흑의인들을 돌파하여 동정호 쪽으로 내달렸다. 난석강은 동정호에서 그리 멀지 않아 그들과 같은 경공의 고수들이 내달리자 금세 눈앞으로 다가왔다.

날이 밝으려면 얼마 남지 않았다.

뿌연 안개가 동정호를 가득 메우고 있었다.

첨벙거리면서 갈대밭을 달려간 좌백과 일행이 주변을 두리번거리고 있는데 한효월은 반대로 돌아서서 쫓아오는 흑의인들을 상대했다.

"뭐예요? 어디로 가요?"

숨이 턱에 차서 쫓아온 심소옥이 갈 데가 없자 소리쳐 물었다.

"물에 뛰어 들어가서 헤엄쳐!"

유성이 소리치자 멈칫한 그녀는 인상을 쓴 채로 그를 노려보았다.

"장난하니?"

바로 그때다.

철썩거리는 소리가 들리더니 안개를 헤치고 배 한 척이 나타났다.

놀랍게도 그 배의 선수에는 감천형이 우뚝 서 있었다.

"사형!"

"무사하냐?"

감천형은 좌백을 발견하자 훌쩍 몸을 날려 그들의 옆으로 날아왔다.

"어떻게 된 일입니까? 어떻게 알고 여기에?"

"나도 어떻게 된 건지는 모르겠다만 사숙께서 이 시간에 맞춰서 배를 몰고 이곳으로 오라고 하셔서…… 오래 기다렸느냐?"

"아닙니다. 지금 왔습니다……."

좌백은 감천형의 물음에 대꾸를 했지만 놀람을 금할 수가 없었다. 한효월의 능력이 빼어남은 누구라도 다 알고 있었다. 언제라도 감탄을 금치 못했다. 그런데 어떻게 이렇게 모든 것을 꿰뚫어 보고 미리 안배를 할 수가 있었단 말인가?

설마 하니 그는 앞일을 모두 내다볼 수라도 있단 말일까?

장내의 모든 사람들이 다 그러했다.

좌백을 시켜서 이곳에다 미리 진세를 설치하여 둔 것도 그러했고, 감천형에게 일러 시간에 맞추어 배를 몰고 오게 한 것은 정말 신기막 측(神機莫測)이란 말 외는 다른 말로는 형언할 길이 없었다.

현세에 나타난 제갈무후를 보는 것 같았다.

아무렇지도 않은 사람은 유성뿐이었다.

第八首

봉황문주(鳳凰門主)

－신비인 나타나다
난세에는 늘 영웅(英雄)이 나타나니
언제라고 예외일 것인가

봉황문주(鳳凰門主)

한효월 등이 배를 타고 떠나는 모습을 바라보고 있는 천추성주와 북벌후는 벌린 입을 다물지 못했다.

오늘 제천교에서 참가한 고수의 숫자는 일이백이 아니었다.

그들 중 일부는 전적으로 한효월을 잡기 위해서 투입되었다 해도 과언이 아니었다. 그런데 한효월은 믿기지 않게도 미꾸라지처럼 그들의 그물을 빠져나가 버리고 말았다.

"무슨 이따위 일이……."

천추성주는 이를 갈며 발을 굴렀다.

한효월이 펼쳐 놓은 진세를 살피다 돌아온 북벌후는 굳은 얼굴로 입을 열지 못했다. 이미 실각한 적이 있는 그는 그저 천추성주의 명대로 따르는 신세에 불과했던 것이다.

"놈이 뒤로 빠져나가는 걸 왜 막지 못한 것이오?"

"이미 그 가능성을 염두에 두고 사람들을 파견하지 않았습니까? 그런데 한효월과 좌백의 무공이 너무 강해서 막을 수가 없었던 겁니다. 성주가 나에게 말하길, 한효월은 중상을 입어 힘을 쓸 수 없다고 하셨는데…… 상황이 전혀 달랐소이다. 그를 잡으려면 더 강력한 고수가 필요했고 독왕께서 그를 잡을 때까지 계셨어야 했소."

"지금 나를 질책하는 것이오?"

천추성주의 눈빛이 싸늘히 굳어졌다.

"전혀. 사실을 말하고 있는 겁니다. 뒤에 나타난 노승과 좌백의 무공은 우리의 상상 이상이었소이다. 특히 독고해의 세 제자 중 진공 실력은 가장 떨어진다고 알려진 좌백의 무공이 왜 그렇게 급증했는지는 전력을 다해 조사해야만 할 일입니다."

"도대체 이 일은……!"

천추성주가 다시 발을 굴렀다.

그는 강호에 나오면서 마음만 먹으면 천하를 휩쓸 수 있다고 자부했었다. 제천교의 힘을 생각할 때 그것은 어쩌면 당연한 일이었다. 그런데 이상하게 한효월을 만나면서 모든 것이 조금씩 틀어졌다. 놈이 나타나는 곳에서는 계획한 모든 것이 이루어지지 않았던 것이다.

이번에는 반드시 놈을…….

작정을 했음에도 또 실패를 했다.

놈은 저렇듯 유유히 자신의 눈앞에서 아침 안개 속으로 사라지고 있는 것이다.

"놈…… 그렇다고 끝난 것은 아니다!"

천추성주는 북벌후를 바라보았다.

"신호를 보내시오."

"알겠습니다!"

북벌후가 고개를 숙였다.

깍듯하기는 하지만 마음에 들지 않는 태도.

어쨌든 상관은 없다.

'왜 교주께서는 직접 오시지 않은 건가!'

원래는 교주가 직접 와서 모든 것을 지휘하기로 되어 있었다. 그런데 그는 오지 않았다. 대신 실패하면 신호를 보내라는 전언(傳言)만 보내왔을 뿐이다.

설마 실패할 것을 이미 예측이라도 하고 있었단 말인가?

그래서 직접 오지 않은 것일까.

와와─!

싸움 소리가 점점 가까워졌다.

적의 기세는 심상치 않을 정도로 강력한 듯했다. 이처럼 밀리는 것을 보면…….

'개방 따위가 이런 힘을 가졌단 말인가?'

믿기지 않는 듯 천추성주는 시선을 돌렸다.

*　　　　　*　　　　　*

아침 안개가 가득한 동정호.

그 동정호를 가르며 배 한 척이 조용히 전진하고 있었다.

작지 않은 그 배에는 적지 않은 사람들이 타고 있다. 한효월과 감천형과 좌백 등 십여 명이 거기에 타고 있는 것이다.

빠르게 호심으로 미끄러져 나온 배는 이제 방향을 잡고 물살을 헤치면서 나아가고 있는 중이었다.

자신들이 떠나온 곳을 깊은 생각에 잠긴 모습으로 바라보고 있는 한효월.

아침 바람이 그의 옷자락을 펄럭인다.

뒤에서는 좌백이 감천형에게 낮은 음성으로 지난 일을 이야기하고 있다. 말이 진행됨에 따라 감천형의 얼굴에는 놀란 빛이 역력히 떠오른다. 이따금 전음으로 말을 전달하기도 하여 말소리는 낮고 드문드문하다.

문득 한효월이 뒤를 돌아보았다.

"행적을 드러내지 않도록 조심하도록. 나는 여기서 헤어져야겠다."

"어, 어디로? 저는요?"

유성이 대뜸 고개를 디민다.

"가서 같이 있도록 해라. 물건을 찾아서 나도 바로 돌아갈 테니."

"좀 전에 노승이 말하셨던 그곳으로 가실 생각이십니까?"

좌백이 물었다.

"음. 상황이 급전하고 있으니 자칫 무슨 변화가 있을지 몰라. 일단 그것을 손에 넣는 것은 큰 의미가 있을 것 같아서. 별다른 일은 없을 테니 모두 돌아가 있도록 하지. 특히 좌백은 지금부터 섭생을 잘해야 할 거야."

"알겠습니다. 하지만 거기까지 다녀오는 거라면 소질도 같이 가겠습니다."

"같이?"

"예. 지금이라면 사숙께 짐이 되지 않을 겁니다. 지금의 상황에서 사숙 혼자라면 어떤 일이 있을지 모르니…… 제가 곁에 있다면 모든 일을 쉽게 풀어갈 수도 있겠지요."

"그럴 필요는 없다."

"사숙!"

"감 사질."

"예, 사숙."

"좌 사질을 잘 붙잡아두도록 해. 지금은 감상으로 움직일 때가 아니다. 제천교주는 멀지 않은 곳에 있는 것이 확실해. 천하십왕 중 다섯이 이곳에 있고 어쩌면 더 많은 수가 와 있을지도 몰라. 뭔가 우리가 알지 못하는 큰일이 진행되고 있어. 개방과 연락을 하면서 대체 무슨 일이 일어나고 있는지 알아내야만 해."

"뭔가 심상치 않은 움직임이 있음을 저도 감지하고 사람을 풀었습니다. 동정어은께서 수로(水路)의 사람들과 같이 움직여 정세를 탐문하고 있는 중입니다. 그렇지 않다면 그분께서 같이 오셨겠지요. 해서 그분의 조카뻘인 수교(水蛟) 정 형이 지금 배를 몰고 있습니다."

선미에서 묵묵히 배를 몰고 있던 대한이 비로소 한효월에게 고개를 숙여 보였다.

"한 대협을 이렇게 뵙게 되어 정말 영광입니다. 수교 정일로(丁一路)입니다."

탄탄한 체구에 얼굴이 햇볕에 탄 모습은 전형적인 뱃사람이다.

"폐를 끼쳤습니다."

"무슨 말씀을, 언제라도 필요하시면 말씀만 하십시오. 한 대협께서 필요하신 일이 있다면 동정호 내에서는 어디든 배를 몰겠습니다!"

그가 당황한 빛으로 고개를 숙여 보였다.

"정 형께선 이곳의 지리를 잘 아시겠군요?"

"샅샅이라고 장담은 하기 힘듭니다만 웬만한 곳이라면 거의 다 알고 있습니다."

말은 겸손하지만 표정에서는 어디든 모르는 곳이 없다! 라는 자신감이 역력히 묻어 나오고 있었다.

"혹시 여기서 멀지 않은 곳에 있다는 천운사라는 절을 아십니까?"

"천운…… 아, 압니다!"

그는 안개 속으로 가물거리는 호변을 보면서 말했다.

"저쪽으로 가서 갈대 숲을 지나 십여 리가량 뭍으로 올라가면 있습니다. 큰 절은 아니고 작은 절입니다. 향화객은 그리 많지 않고 절에 있는 중들도 다 해서 네다섯 명 정도일 겁니다."

"그렇군요. 정말 감사합니다."

한효월이 포권을 하자 그는 당황하여 노를 놓고 급히 마주 포권을 하였다. 그 바람에 하마터면 노가 호수에 빠질 뻔해서 심소옥이 참지 못하고 킥! 웃음을 터뜨렸다.

한효월이 그녀를 돌아보았다.

"넌 개방으로 돌아가서 상황을 알려드리도록 해라. 지금 저들과의 충돌이 어떻게 되었는지도 알아보고, 알겠지?"

"난……."

"또 따라올 생각은 하지 않으면 좋겠다."

"그……."

한효월은 미소 띤 얼굴로 말했지만 심소옥도 할 말이 있었다. 그러나 그걸 그냥 두고 볼 유성이 아니었다.

"너 때문에 하마터면 우리 모두가 죽을 뻔했어! 알아? 너만 아니었으면 우린 들키지 않고 놈들을 감시하면서 편하게 있을 수도 있었단 말이야. 만에 하나, 너를 구하려고 공자께서 잘못되시기라도 하면……
넌 죽어서도 죄를 씻지 못할 거야!"

유성의 비꼬는 말에 심소옥이 입을 삐죽였다.

그러나 다른 건 다 코웃음 치면서 받아주겠는데 자신으로 인해서 한
효월이 잘못된다면 그건 곤란했다.

한 가닥 바람이 일었다.

"한 대가!"

심소옥이 깜짝 놀라서 소리쳤다.

그 찰나간에 한효월의 신형이 그 자리에서 사라졌던 것이다.

안개가 희미하게 일렁이는 가운데 아직 동정호변임에도 불구하고
한효월은 그 자리에서 사라졌다. 등평도수의 절정경공으로 물을 밟으
면서 갈대밭으로 날아갔을 것이 분명했다.

그런 그의 모습을 좌백은 바라보고 있었다.

*   *   *

배를 떠난 한효월은 갈대밭을 밟고서 바람처럼 달렸다.

과연 십여 리를 지나지 않아 작은 야산이 있고 거기에 절 하나가 있
음을 발견할 수 있었다.

―천운사(天雲寺).

아직 아침 해는 찾아오지 않았다.

희미한 안개 속에 자리한 편액은 낡았지만 그가 제대로 찾아왔음을

말해 주고도 남았다.

문을 두드려 내가 찾아왔다는 소식을 전할 필요는 없었다.

무명노승은 천운사에 잠시 묵었지만 거기에다 물건을 맡긴 것은 아니었기 때문이다.

한효월은 소리도 없이 천운사의 담을 넘었고 기척도 없이 천운사의 후전으로 갔다. 어차피 그가 온 곳이 천운사의 뒤쪽이었기 때문에 그가 움직여야 할 거리는 그리 먼 것이 아니었다.

절에 있는 승려들은 대개 축시(丑時:새벽 1시~3시)에서 인시(寅時:새벽 3~5시) 사이에 일어나 조과(朝課)에 들어간다. 축시라면 그야말로 한밤중이고 인시라고 하면 승려들이 거의 일어날 시간이다. 굳이 그들을 경동시킬 이유가 없으니 그가 다녀간 흔적을 남길 필요가 없는 것이다.

그런데 막 대웅전 뒤로 해서 대웅전으로 들어가려던 한효월은 흠칫 뒤로 물러섰다.

"아아……"

한 사람.

육순은 되어 보이는 승려가 길게 기지개를 켜면서 대웅전으로 들어서고 있었던 것이다.

그는 대웅전에 모셔진 석가모니불에게 정성껏 합장을 하고는 그 앞에 꿇어앉아 촛불을 켠다. 그리고는 목탁을 찾는 모습이 대불정수능엄신주(大佛頂首楞嚴神呪)나 대비주(大悲呪)를 외우기 시작할 태세다. 막 목탁을 치켜들던 그 승려는 문득 그대로 굳어졌다.

눈은 졸려서 감겨드는 모습으로.

한효월은 그의 마혈과 수혈을 가볍게 짚어두고는 소리도 없이 대들보 위로 올랐다.

대들보 위로 오른 그는 주변을 살폈다.

과연 거기에 있었다.

기름종이로 싼 문건(文件) 하나가 대들보에 난 틈에 끼어져 있었던 것이다.

무명노승은 자신이 얻었던 것을 거기에 숨겨두었고, 한효월에게만 그 정확한 장소를 전음지성으로 알려주었었다.

문건을 꺼내 간직한 한효월은 지력을 날려 승려의 혈도를 풀어주고는 대웅전을 벗어났다.

혈도가 풀린 승려는 깜박 존 듯한 느낌에 괴이하였지만 고개를 갸웃거리고는 이내 아무 일도 없는 듯 조과를 시작했다.

똑똑! 또르르르…….

목탁 소리가 울리기 시작한다.

그 독경 소리를 뒤로하고 한효월은 천운사를 벗어났다.

동정호 일대는 이미 용담호혈로 화한 지 오래였다. 무림과 관계없는 곳에 오래 머물다가 자칫 적의 눈에 띠게 되면 애꿎은 사람에게 피해가 갈 수 있기 때문에 그는 될 수 있는 대로 한 장소에 오래 머물지 않으려고 했다.

천운사를 벗어난 그는 그 야산의 위쪽으로 올라갔다.

시야가 트인 곳에서 주위를 살피면서 마침내 얻어낸 문건을 살펴보려는 것이다. 그의 짐작이 맞다면, 이것이 신안금조 조건이 남긴 것이 분명하다면 이 문건에는 당세무림의 큰 비밀이 담겨 있을 것이 분명하였다.

그런데 야산의 정상에 오르던 한효월은 문득 걸음을 멈추어야 했다.

묘한 기운을 느꼈기 때문이다.

"누구요?"

그가 걸음을 멈춘 채 조용히 물었다.

…….

답이 없다.

갑자기 묘한 기운이 감돈다.

한효월은 한곳을 바라보았다.

아침의 기운이 야산을 감돌고 숲에 스며들고 있지만 고송이 잔뜩 밀집된 그곳에서 보이는 것은 어둠뿐.

그리고 한 사람이 모습을 드러냈다.

복부를 움켜잡은 손가락 사이로는 피가 흘러 굳었다. 일그러진 얼굴. 그처럼 당당했던 모습에서는 피폐한 모습이 역력하지만 아직도 그의 전신에서는 강력한 패기가 흘러넘친다.

'남해용왕…….'

그를 본 한효월이 속으로 중얼거렸다.

"봉신지약을 찾으러 왔느냐?"

남해용왕이 그를 쏘아보면서 사나운 기색으로 으르렁거렸다.

"가지고 있지 못한 것 같군요."

"맞다! 다른 자에게 넘어갔지……."

"당신의 능력으로 자신이 가진 물건을 남에게 빼앗기다니, 뜻밖이로군요."

"본왕이 독왕에게 중독되지 않았더라면 어찌 하잘것없는 잡배들이 본왕의 수중에서 물건을 빼앗아갈 수 있었을까! 흥! 비록 중독되었다고 할지라도 천하십왕 중 둘이 합공을 하지 않았다면…….."

남해용왕이 두 눈을 부릅뜨고서 이를 갈았다.

오만한 기색은 그 상태에서도 여전했다.

"당신이 입은 중독은 그리 간단하지 않은 듯하군요. 스스로를 다스리지 못하고 쓸데없이 기혈을 충동하면 돌이킬 수 없는 결과를 초래할런지도 모릅니다. 그만 돌아가서 조섭하는 것이 어떻겠습니까?"

"네놈이 감히, 감히 본왕을 훈계하려는 것이냐?"

그가 눈을 부릅떴다.

발동하지 않음에도 주변 기운이 격탕 치기 시작했다.

바닥에서 떨어진 나뭇잎들이 휙휙 날아올랐다.

"나 같으면 쓸데없는 위세를 보이기보다는 스스로를 돌보겠군요. 혹시, 누군가에게 쫓기고 있습니까?"

한효월의 말에 남해용왕은 안색이 굳어졌다.

그의 눈초리가 주위를 살피는 것을 본 한효월은 침착히 말했다.

"누군가에게 쫓기고 있었다면 당신은 실패한 것 같군요."

"무슨 소리냐? 그럼 놈들이 이미……."

그는 불안한 기색으로 주위를 두리번거렸다.

"하하…… 상갓집 개처럼 도주하더니 여기서 허장성세라? 어디 또 어디로 갈 것인지 말해 보시오."

낭랑한 웃음소리가 들려왔다.

동시에 반대쪽에서 한 사람이 나타났다.

와룡선(臥龍扇)을 휘적휘적 부치며 나타난 사람에게서는 남해용왕과는 달리 여유가 보였다.

"네놈이 감히 여기까지……."

"이빨 빠진 상어는 지나가던 개도 무서워하지 않는 법이오. 하물며 그 상어가 이미 뭍으로 올라와 힘을 쓰지 못하고 있다면 누가 두려워하리오?"

나타난 사람이 하하 웃었다.

동파건에 학창의, 너무도 익숙한 모습의 사람. 그는 바로 봉황문의 문곡이었다.

'저 사람이 어떻게?'

그의 출현에 한효월은 조금 안색이 달라졌다.

문곡의 비웃음에 남해용왕은 대노하여 발로 땅을 굴렀다. 그의 신분으로 어찌 이와 같은 비웃음을 생각이라도 해본 적이 있으랴.

"노옴! 감히……."

순간, 그의 신형은 바람을 가르며 문곡을 덮쳤다.

파파팡!

문곡의 좌우에서 십여 명의 그림자가 날아들어 남해용왕을 가로막았다.

"크핫하하하…… 감히 반딧불이 태양과 밝음을 비교하려 들다니!"

남해용왕은 크게 웃으면서 양손을 빗겨 쳐냈다.

광풍과도 같은 장세가 일었다.

폭음과 더불어 잇달아 신음이 일면서 늘 문곡의 주변을 맴도는 무영도객들이 튕겨져 나갔다. 그처럼 날카로운 그들의 도세도 압도적인 남해용왕의 기세 앞에서는 파도에 쓸린 모래성과 같았다.

과연 천하십왕은 불가일세였다. 그처럼 심한 상처를 입었음에도 여전히 그가 보여주는 위력은 절세했다. 그런 가공할 남해용왕의 기세 앞에서 문곡의 처지는 바람 앞의 등불과 같았다.

그럼에도 그는 태연자약했다.

그때 굉렬한 웃음소리가 들려왔다.

"와하하하하…… 꼬리를 말고 도주하더니, 여기에서 힘 자랑을 하고 있단 말인가?"

쾅!

강렬한 폭음이 터져 나왔다.

가공할 경기가 폭풍처럼 일어나 십여 장 일대를 마구 소용돌이쳤다. 아름드리 나무가 휘청거리고 작은 나뭇가지는 뚝뚝 꺾여서 날아갔다. 바위가 움찔거리다 굴러갔다.

엄청난 격돌이었다.

"크으으으……"

남해용왕이 충격을 견디지 못하고 뒤로 주춤거리면서 밀려났다.

그 광경을 한효월은 묵묵히 보고 있었다.

그는 휘몰아치는 경기에 옷자락을 펄럭이며 조용히 서 있다. 그는 별빛 같은 눈동자로 돌변하는 사태를 주시하고 있었다.

맞은편.

봉황문 문곡의 앞에는 한 사람이 나타나 있다.

당당한 체구에 고리눈. 장비의 환생을 보는 것 같은 30대 후반, 혹은 40대 초반의 사나이. 생김은 장비의 환생처럼 보이지만 눈빛은 날카롭기 이를 데 없어서 묘한 기풍을 가졌다.

황포(黃袍)를 두른 그는 다른 사람보다 커 보이는 두 손을 쥐락펴락하면서 웃고 있었다.

놀랍게도 그는 남해용왕을 힘으로 격퇴시키면서 나타난 것이다.

"……"

한효월은 말없이 그를 바라보았다.

평범한 기도의 사람이 아니었다. 하지만 그에 대해서 들은 기억은 아무래도 나지 않는다. 이런 정도의 사람에 대해서 아무런 소문도 나지 않았다면 무엇인가 이상한 일이다.

"좋군, 좋아! 세상이 한효월이 천하의 기남자라고 하더니 과연 헛소문이 아닌 것 같군……."

황포중년인은 그런 한효월을 바라보고 연신 고개를 끄덕이면서 껄껄 웃었다.

"네놈은……."

밀려난 남해용왕이 믿기지 않는 듯 상대를 쏘아보았다. 그 눈에는 경악과 당혹의 빛이 역력했다.

"그처럼 헐레벌떡 쫓기면서도 아직 나를 모르다니, 역시 물을 떠난 고기는 신선도를 잃어버리는 모양이군! 당신은 남해의 파도 속에서나 호가호위(狐假虎威)하였어야 했을 위인인데, 왜 욕되게 대륙으로 나왔단 말이오? 애석하군, 애석해……."

"그럼 본왕을 암습한 놈이 바로 네놈이란 말이냐?"

"암습?"

황포중년인은 코웃음을 쳤다.

"당신 정도의 능력을 가진 자를 내가 말인가? 난 이미 당신에게 흥미를 잃었다. 당신보다는 훨씬 더 흥미로운 상대가 나타났으니 말이지……. 문곡."

그의 부름에 문곡이 깍듯이 그에게 고개를 숙였다.

"예."

"남해용왕에게 기회를 줘라. 그래도 대접은 해야지."

"알겠습니다."

다시 고개를 숙여 보인 문곡은 남해용왕을 바라보았다.

"당신이 공연히 본 문에 시비를 걸고, 제자들을 상해하지 않았다면 우리도 당신과 싸우지 않았을 것이오. 본 문은 오늘부로 제천교와 상대하기로 작정을 한 상태이니 이 정도에서 싸움을 접는 것이 어떻겠소? 어차피 제천교는 공동의 적일 텐데."

"……."

그 말에 남해용왕은 눈매를 조금 가늘게 했다.

과연 무슨 생각인지 가늠하는 듯한 표정이었다.

"본인은 완일(阮日)이라 하오."

황포중년인은 이미 남해용왕에게 신경을 끊은 듯 그들의 말이 끝나지도 않았는데 성큼성큼 한효월에게로 다가오면서 말을 걸었다.

완일?

들어본 적이 없는 이름이다.

하지만 이런 정도의 사람이 무명일 리는 없다.

"들어보지 못한 것이 당연할 것이오. 나는 강호초출이니까! 핫하하하……!"

그가 다시금 크게 웃었다.

거리끼는 것이 없다. 눈앞에 사람이 보이지 않는 듯 방약무인한 모습이다. 얼핏 생각하면 꼴 보기 싫은 모습인데 실제로는 그렇지 않아 호탕하고 사내답기 그지없었다.

"나는 강호에 나오면서 줄곧 한효월이란 이름을 귀에 못이 박히게 들었소. 그래서 생각했었지…… 만에 하나 만나보고 헛된 소문이라면 말뚝에다 거꾸로 박아버릴 거라고 말이야. 핫하하하…… 그런데 척 보니 알겠소! 한효월에 대한 소문이 거짓이 아님을 말이오."

상대가 이렇게 나오는데 아니라고 하기도 그렇다고 맞장구를 치기도 난감하다.

한효월은 미미하게 웃음 지은 채로 그저 고개를 끄덕일 뿐이다.

그리고 입을 연 말.

"나와 하실 말씀이 있습니까?"

"음?"

그 말은 실제로는 거두절미한 정곡을 찌르는 질문이다.

한효월이 그렇듯 물어올 줄은 몰랐던 듯 완일이란 황포중년인은 눈을 크게 뜨고서 한효월을 바라보다가 박장대소했다.

"크핫하하…… 좋아! 이래야 이야기할 맛이 나지. 맞소, 맞아……. 나는 한 공자와 할 이야기가 있소. 여우들과는 할 이야기가 없으니 장소를 옮기는 것이 어떻겠소?"

그 말에 엉거주춤한 남해용왕은 썩은 감을 씹은 표정이 되었다.

살려줄 테니 가라고 한다고 그냥 가자니 모양이 말이 아니고, 그렇다고 남아 있자니 무슨 영화를 볼 것인가. 졸지에 한심하기 짝이 없는 신세가 되어버린 것이다.

어떻게 이런 대우를 받을 수가 있단 말인가.

그는 귓구멍에서 연기가 날 상태가 되어 이를 악물어야 했다.

"그보다 한 가지 묻고 싶은 것이 있는데, 괜찮겠습니까?"

"얼마든지."

"그간 봉황문에는 문주가 없었습니다. 아니, 있는데 나타나지 않아 실제로는 존재하지 않는 것이 아닌지 의심도 들었었습니다만…… 거기에 대해서 답변을 해주실 수 있겠습니까?"

"……?!"

완일이란 황포중년인은 묘한 표정으로 눈을 꿈벅이면서 한효월을 쳐다보았다.

그리곤 그는 피식, 웃었다.

"정말 멋진 물음이군. 난 말주변이 별로 좋지 않아 그렇게 고차원적으로 답변을 할 수 없으니 단순히 답을 하겠소. 맞소! 내가 바로 당대의 봉황문주요!"

그는 아무렇지도 않게 대답했다.

하지만 그 말을 듣는 사람은 누구라도 아무렇지 않을 수가 없었다.

한효월은 부지중에 다시 한 번 그를 바라보았다.

순간.

"쥐새끼가 있군!"

완일. 스스로를 봉황문주라 밝힌 그는 나오지 못할까! 호통을 치면서 큰 바위를 향해 일장을 날렸다.

쾅!

폭음과 함께 사람이 팔을 벌려서 안아야 할 큰 바위가 단 일 장에 산산조각 박살이 나서 흩어졌다.

한 사람이 거기에서 튀어나왔다.

"흥! 나의 용권풍(龍捲風)을 피하다니, 한 수가 있긴 하군! 어디 또 피할 수 있는가 볼까?"

봉황문주 완일은 재차 일장을 쳐내려 했다.

바로 그때, 그 앞을 한효월이 가로막았다.

"내 사질입니다."

"사질?"

봉황문주 완일이 손을 멈추었다.

나타난 사람, 그는 뜻밖에도 좌백이었다.

그가 봉황문주 완일의 공격을 피해 몸을 날려 한효월의 곁으로 내려서고 있었다.

"어떻게 된 거냐? 왜 여기에 있는 게냐?"

자신에게 포권하는 좌백을 보고 한효월이 미간을 찡그렸다.

"아무리 생각해도 사숙을 혼자 계시게 할 수가 없어서 따라왔습니다."

"넌……."

한효월은 난감한 표정으로 그를 바라보았다.

다른 사람 앞에서 좌백의 처한 상황을 말할 수도 없고, 그를 꾸짖을 수도 없었다. 말 그대로 난감할 따름.

"한 공자의 사질이라면 그렇군. 천수단혼 좌백, 좌 대협이겠군! 반갑소, 나는 완일이라고 하오!"

봉황문주 완일이 성큼성큼 걸어가 좌백에게 공수해 보였다.

그의 이런 태도는 가히 파격이라 좌백은 얼떨떨한 빛으로 같이 공수하여 예를 갖추었다.

"하하…… 내 평생에 가장 사나이답다고 생각했던 것이 바로 중원무왕 독고해, 독고 대협이었소. 그분을 살아 생전에 만나보지 못한 것이 평생의 유감인데, 그 제자를 만나는 것도 나쁘지 않지."

다시 한바탕 웃음을 터뜨린 그는 한효월을 돌아보았다.

"같이 가도록 합시다."

한효월은 암암리에 한숨을 내쉬었다.

"나는 문주와 잠시 이야기하고 갈 테니 먼저 가도록 하거라."

"옆에서 모시도록 하겠습니다."

좌백의 태도는 의외로 완강하다.

"좋다. 같이 가자."

한효월도 어쩔 수 없이 고개를 끄덕였다.

좌백에게는 시간이 그리 많이 남지 않았다. 하지만 그리 오래 걸리지는 않을 것이라 생각되어 어쩔 수 없이 승낙을 하고 만 것이다.

＊　　　＊　　　＊

금세 자리가 마련되고 술이 나왔다.

마치 오래전부터 그런 자리를 준비했던 것처럼 보일 지경이다.

커다란 바위 위에다 자리를 마련하고 보니 그들이 자리한 곳은 천하의 명당이라 할 만했다.

천천히 아침 해가 떠오르고 싱그러운 아침 공기가 가슴을 맑게 한다. 이슬이 나뭇잎에서 구르고 새소리가 여기저기에서 귀를 간질이며 들려오니 머리가 맑게 개이는 것 같았다. 더구나 눈을 들면 저 멀리 동정호가 보이고 뒤로는 숲이니 경치 또한 일품이었다.

"좋군!"

주위를 둘러본 봉황문주 완일이 고개를 끄덕였다.

그와 한효월, 그리고 좌백과 문곡. 이렇게 네 사람이 거기 있었다. 문곡은 아랫사람임을 자처하여 앉지 않으니 좌백도 앉기 거북했다. 해서 엉거주춤.

"대막(大漠)은 황량하지. 일 년 내내 물을 구경하기 힘들고 본다 할지라도 끝없는 모래바람 가운데 잠시 나타나는 물 웅덩이뿐이니, 누가 저 바다와 같은 호수를 상상이라도 할 수 있을까? 하하…… 하긴 천산

(天山)에 가면 또 다르지. 거대한 빙하(氷河)가 밀려가는 모습은 여기와
는 또 다른 장관이니까!"

그는 손에 들었던 술잔을 한 번에 훌쩍 마시고는 한효월에게 내밀었
다.

"한잔하시오."

"그럼."

한효월은 사양하지 않고 잔을 받았다.

묘한 매력이 있는 사나이였다.

그것은 좌백도 마찬가지인 듯했다. 그는 묘한 눈길로 봉황문주 완일
을 쳐다보고 있었다. 그의 태도는 방약무인한 듯하지만 사람을 끌어들
이는 힘을 가졌다. 바로 그의 사부인 건곤무적 독고해. 그를 보는 듯하
기에 좌백은 그에게서 눈을 뗄 수가 없는 것이다.

졸졸⋯⋯.

술이 술병에서 내려온다.

무림의 고수에게는 거의 불문율이 있다.

서로 술잔을 나눌 때는 힘 겨루기가 있다는. 그래서 밀고 밀리기도
하고 술잔은 깨지고 술만 남아서 공중에 떠 있기도 한다.

그런데 아니었다.

봉황문주 완일은 그냥 술을 따랐을 뿐이다.

그리고 한효월도 그냥 술을 받았을 뿐이다.

그것이 너무도 당연한 듯한 두 사람이었다.

한줄기 산들바람이 두 사람의 옷자락을 날린다. 저 멀리서 아침 해
가 붉게 타오르고 있었다.

"내가 한 공자를 초청한 것은 한 가지를 알려주기 위해서였소."

한효월이 술잔을 받음을 보고 봉황문주 완일이 입을 열었다.

"말씀하시지요."

"나는 오랫동안 대막에서 생활해 왔소. 해서 여러 번의 요청이 있었지만 굳이 중원으로 들어오지 않았었소. 그래야 할 만한 필요를 느끼지 못했기 때문이기도 했고, 또 한편으로는 본신의 무공을 완성하지 못했기 때문이기도 했소. 내가 이번에 중원으로 들어온 것은 본 문의 전대 문주의 사인에 대한 조사 결과가 나왔기 때문이오."

"전대 문주의 사인이라면?"

봉황문주 완일이 고개를 끄덕였다.

"그렇소. 나에게 봉황문을 물려주신 전대 문주 천기선생 공일도. 그분의 사인을 밝혀낸 것이오."

"그렇습니까?"

"그렇소. 당대 무림에서 누가 그런 일을 할 수 있었는가 하는 예측은 사실 어려운 것이 아니었지만 실제로 과연 그런가를 밝혀내는 것은 그리 쉬운 일이 아니었소. 더구나 왜 그런 일을 했는지도 알아내야 했기 때문에 그것이 명확해질 때까지 우리의 입장 표명은 유보될 수밖에 없는 일이기도 했었소."

봉황문주 완일은 문곡에게 눈짓을 했다.

"그간의 사정은 한 공자도 잘 알고 계실 테니 굳이 길게 말을 할 필요는 없을 듯하군요. 예측대로 전대 문주이신 천기선생을 모살한 자들은 바로 제천교였소."

문곡이 입을 열었지만 한효월은 간단히 고개를 끄덕여 보였다.

"그렇습니까?"

한효월의 밋밋한 대답에 봉황문주 완일은 쓴웃음을 지었다.

"전혀 놀라지 않는군. 하긴 뭐, 놀랄 일도 아니지……."

"그들이 전대 문주를 모해한 것은 호랑이는 산에 있어도 호랑이며, 만에 하나 호랑이가 산을 벗어나면 통제가 어려워지리라는 판단 때문이었던 것으로 조사되었소. 결국 독고 맹주가 사라지고 나면 그 뒤는 자연히 천기선생이 맡게 될 것으로 판단되어 화근을 미리 잘라내는 차원에서 시행되었고 제천교의 천마각에서 책임을 지고 일을 시행했었던 것이 확인되었소."

문곡의 말에 한효월은 봉황문주 완일을 바라보았다.

"이제부터 봉황문은 어떻게 하실 예정입니까?"

"독고 맹주의 부인이셨던 봉 공봉(鳳供奉)께서 본 문에 요청을 하신 바도 있지만, 아! 독고 부인께서는 임시로 본 문의 공봉으로 계시오. 어차피 저들이 본 문을 건드린 이상, 본 문도 그냥 있을 수는 없소. 더구나 내가 중원으로 들어온 이상 저들의 발호를 더 이상은 묵과하기 어렵기도 하고…… 해서 본 문은 전력을 다해 저들과 맞설 생각이오."

"다행입니다."

한효월이 말했다.

누가 보아도 진심이라는 표정, 자칫 잘못 말을 하면 묘한 느낌이 들수 있는 상태였지만 그의 얼굴을 보고 그렇게 말할 사람은 없을 터였다. 그렇게 되어서 정말 다행이라는 것을 진심으로 이야기하고 있는 것이다.

"기실 나는 잘 움직이지 않소."

봉황문주 완일이 입을 열었다.

그의 눈에서 강렬한 빛이 뿜어져 나왔다.

"하지만 일단 움직이면 절대로 다른 사람이 반격할 여지를 주지 않소. 완벽하다는 자신이 없다면 움직이지 않는다는 뜻이오."

"지금 모습을 드러낸 것은 단순히 조사가 끝나서가 아니라, 제천교를 부술 수 있는 자신이 있기 때문이라는 의미입니까?"

"그렇소."

봉황문주 완일은 조금도 망설이지 않았다.

말은 아주 간단하다.

하지만 그 말이 의미하는 바는 결코 간단하지 않았다.

당금 천하를 주름잡는 제천교.

대체 그 힘이 어디까지인지조차 가늠하기도 힘든 제천교. 그 제천교를 부술 수 있는 자신이 있다고 지금, 한효월의 앞에서 봉황문주 완일이 말을 하고 있는 것이다.

"믿기지 않소?"

봉황문주 완일이 씨익, 미소를 지으며 물었다.

"솔직히 말하면……."

한효월이 말꼬리를 흐렸다.

봉황문주 완일은 손에 든 잔을 바라보았다.

급히 마련해서 보통의 탁주일 것 같지만 실제로는 전혀 그렇지 않았다. 그 술은 푸른빛이 맑게 가라앉아 술이 있는 듯 없는 듯하여 보기 드문 명주임에 분명하였다.

그가 잔을 바라보자 술은 금방 아지랑이로 아른거리는 듯하더니 술잔에서 사라져 버렸다.

마술이 아니었다.

본신의 극고한 내가진력으로 술을 단숨에 기화시켜 버린 것이다.

그렇게 올라간 술이 변한 아지랑이는 아른거리면서 그의 눈앞에서

서서히 뭉치는 듯하더니 허공에서 다시 술이 되어 나타났다. 액체가 되었지만, 담는 그릇이 없지만 술은 쏟아지지 않았고 둥근 공처럼 뭉쳐서 빙글빙글 돌았다.

남의 일을 보듯이 봉황문주 완일은 그 광경을 바라보았다.

"아무리 잘 담근 술도 불순물은 섞여 있지. 그러나 진정한 명주는 그 불순물로 인해서 자신의 존재를 나타내기도 하오. 술을 이렇게 해서 마시면 모든 불순물이 사라져 버리지만 그 술 고유의 맛은 사라져 버리고 말게 되오. 그저 향기롭고 맑은 술 한 잔이 되어버리지. 그래도 가끔은 마실 만하긴 하지만……."

말과 함께 그는 입을 벌렸다.

허공에 뜬 채 빙글빙글 돌고 있던 술이 분수처럼 그의 입속으로 빨려 들어갔다.

그리고 그는 한효월을 바라보았다.

"적을 잡으려면 장수를 잡아야 싸움은 끝이 나는 법. 어떻소? 나와 함께 제천교의 교주를 잡으러 가보지 않겠소?"

그의 말에 한효월은 놀란 빛으로 그를 보았다.

좌백의 눈에서도 일순 긴장의 빛이 일었다.

"언제 말입니까?"

"지금!"

그가 말했다.

천외전신(天外傳訊)

―소식이 날아오다

봉황이 대막(大漠)에서 날아드니

그 이름을 대막사왕이라 하다

천외전신(天外傳訊)

일순 정적이 감돌았다.

긴장이라고 해도 좋았다. 아니면 말을 잃어버렸다고 해야 옳을까? 장내에서 누구도 입을 여는 사람은 없었다.

한효월은 조용히 그를 바라보고 있었다.

봉황문주 완일도 부리부리한 눈으로 그를 바라본다.

눈도 깜박이지 않았다.

억겁의 침묵이 영원이란 이름으로 찾아든 것만 같다.

"그가 어디 있는지 아십니까?"

한효월이 입을 열어 물었다.

"알고 있소."

봉황문주 완일은 서슴없이 머리를 끄덕였다.

그 무엇도 그에게는 장애가 될 수 없을 것처럼 보였다.

"그리 멀지 않은 곳에 있소. 자신의 수신호위들과 같이 있긴 하지만 그 정도라면 충분히 자웅을 겨뤄볼 만하오. 거기에 변수 하나가 끼어든다면."

"변수라면?"

"한 공자요."

"나?"

한효월이 그를 바라보았다.

"한 공자의 능력이라면 충분히 변수가 될 수 있소. 잘 알고 있듯이 보통의 고수들과 절세의 고수는 차원이 틀리오. 일반 고수라면 한 손으로 열 손을 막아낼 수 없다는 중과부적의 논리가 통하지만 절세의 고수라고 불리게 될 사람이라면 이미 그 범주를 벗어나서 한 사람이 만 명의 고수와도 상대할 수가 있게 될 것이오. 어차피 갓난아이가 십만 있어도 어른 하나를 상대할 수 없는 것과 마찬가지니. 그러니 한 공자의 가세는 천군만마의 가세와 같소."

그는 힘주어 말했다.

"한 공자가 가세한다면 나는 더 이상의 준비를 갖추지 않고 바로 그를 치러 떠나겠소!"

"지금 말입니까?"

"그렇소. 지금!"

그는 힘주어 말했다.

"공격의 기본은 적이 준비하기 전에 치는 것이오. 적이 모든 준비를 갖추어놓고 있는데 덤비는 것은 바보 짓이오. 피차간에 전면전으로 가면 수많은 희생을 각오해야 하고 이겨도 정말 큰 대가를 치러야만 가능한 일이 될 것이니…… 군사(軍師)나 장수된 자는 정말 불가피한 때가 아니라면 기병(奇兵)의 묘를 살리는 것이 최선이오."

"그가 어디 있습니까?"

"멀지 않은 곳에 있소."

"밝힐 수 없습니까?"

봉황문주 완일은 서슴없이 고개를 끄덕였다.

"그렇소. 바람에도 귀가 있는 법이오. 아는 사람이 적을수록 좋소. 한 공자가 참가하지 않는다면 알려드릴 수 없소."

잠시 물끄러미 그를 바라보던 한효월이 물었다.

"정말 자신은 있습니까?"

"으핫핫하하……!"

그가 크게 웃음을 터뜨렸다.

어깨를 들썩이는 그의 앙천대소는 실로 가공할 능력이 있어서 한효월의 앞에 있는 바위가 단숨에 쩡 하고 갈라졌다.

그런데 그뿐이었다.

주위에는 아무런 영향이 없었다.

이것은 사방을 음파로 뒤집어 버리는 것보다 훨씬 어려운 일이었다. 자신의 공력을 자유자재로 조절할 수 있어야 가능한 일이기 때문이다.

"맞소. 내가 봉황문주라는 이유만으로 무조건 나를 따라나서긴 어렵지. 그만한 능력을 보여줘야만 나를 믿겠다는 말이니…… 당연한 일이기도 하오. 하지만 어릿광대처럼 굳이 여기 한 공자의 앞에서 춤사위를 보여주는 것도 객쩍은 일이니 한 가지만 더 말하도록 합시다."

그는 한효월을 보면서 씨익, 웃었다.

"내겐 또 하나의 신분이 있소. 봉황문주를 맡기 전까지, 아니, 그분 천기선생이 내게 군이 그 자리를 물려주기 전부터 지금까지 내가 앞으로도 결코 버릴 수 없는 신분. 그건 바로 내가 대막의 절대자라는 것이오."

대막(大漠)의 절대자?

"설마?"

"맞소. 내가 천하십왕 중 하나인 대막사왕(大漠沙王)이오!"

너무 뜻밖의 말.

한효월은 그 말에 멍청해졌다.

봉황문주가 또 하나의 신분을 가졌고 그것이 다름 아닌 천하십왕 중 하나인 대막사왕이라니!

…….

한효월이 묵묵히 있자 봉황문주 완일은 껄껄 웃었다.

"믿어지지 않소?"

"아닙니다. 이해가 가는군요. 그래서 남해용왕 부 선생이 그처럼 심하게 무너질 수가 있었군요. 그래서……."

한효월은 고개를 끄덕였다.

하긴 같은 천하십왕의 계열이 아니라면 누가 있어서 그를 그처럼 참혹하게 만들 수가 있었겠는가. 누구라도 일 대 일로는 서로를 이기기 쉽지 않지만 만에 하나 균형이 무너진다면 누구도 다른 천하십왕 중 하나를 상대할 수 없다.

그것이 천하십왕의 능력이고 위치였다.

하지만 그래도 봉황문주가 다른 사람이 아닌 대막사왕이었다니, 그것은 정말 상상도 하기 힘든 일이 아닐 수 없었다.

"나는 천하제패 따위 관심이 없소. 설사 제천교를 무너뜨린다고 해도 그 힘을 나를 위해 이용하거나 하는 따위의 일은 없을 것이니, 그런

부분에서 한 공자는 전혀 신경 쓸 일이 없소. 일이 끝나면 나는 다시 대막으로 돌아가서 내 할 일을 할 것이니까."

"한 가지만 물어도 되겠습니까?"

"해보시오."

"천기선생 공 선생과 문주와는 어떤 사이셨습니까?"

"그게 궁금한 게로군. 별로 복잡할 게 없는 관계요. 그분은 내게 삼촌이 되는 분이오."

"삼촌?"

"그렇소. 아버지의 동생이 아니라 어머님의 동생이라 오랫동안 연락이 없었는데 어느 날 내게 연락이 왔소. 봉황문을 나에게 맡기겠노라고, 그래서 그분에게 문제가 생긴 것을 알게 되긴 했지만 그래도 나는 중원에 들어오지 않았소. 대막에서 할 일도 많았지만 사실상, 문곡이 나보다 더 일을 잘하니까."

그의 추어주는 말에도 문곡의 표정에는 변함이 없다.

전혀 자신과 관계없는 남의 말을 듣는 듯한 그런 표정이었다.

대강 이해가 갔다.

주인이 없는 채로 지내왔으니 봉황문이 굳이 세상에 모습을 드러낼 필요노, 그럴 상태노 아니었으리라. 너구나 그 문주가 된 사람은 대막의 절대자. 이곳까지 오지 않아도 그곳에서 부족함이 없는 사람이었다.

그가 이곳에 온 것은 전대 봉황문주의 복수를 하기 위함일런지도 몰랐다.

'어쩌면 그것이 겉으로 드러낸 표면상의 이유일런지도 모르지……'

한효월은 내색하지 않고 생각을 굴렸다.

상대는 보통이 아니었다.

단순히 보통이 아니라는 정도가 아니라, 겉보기로는 호탕하여 작은 것은 신경도 쓰지 않는 것처럼 보이지만 실제로는 바늘 끝만큼의 잘못도 용납하지 않을 사람임을 그는 느끼고 있었다.

그런 사람이 이렇게 그의 앞에 나타났다는 것은 정말 상당한 자신이 있기 때문일 것이었다.

무엇이 어떻게 되든…….

그는 이번에 이곳으로 온 주목적.

제천교의 교주를 만날 수 있다는 목적을 이룰 수 있었다.

혹시나 했던 그 목적, 제천교의 교주를 제지하여 제천교의 뿌리를 뒤흔들어 버릴 수 있는 가능성마저도 생긴 상태다. 마다할 이유가 없었다.

한효월은 손에 들었던 술잔을 바위에다 내려놓았다.

그가 손바닥으로 술잔을 누르자 술잔은 소리도 없이 고요히 바위 속으로 파묻혀 들어갔다.

그리고 그는 일어섰다.

"지금 가도 되겠습니까?"

미미한 웃음이 봉황문주 완일의 얼굴에 흘러갔다.

"물론이오."

그도 자리를 털고 일어섰다.

"좌백."

"예, 사백."

"이야기를 들었겠지?"

"예."

"난 제천교주를 만나보러 간다. 가서 감 사질에게 그렇게 전해라."

"사숙을 모시고 가겠습니다."

"시간이 안 된다."

"만에 하나, 사숙께 무슨 일이 생긴다면 저로서는 평생을 두고 후회하게 될 것입니다. 사부께서 영혼을 악마에게 팔아서까지, 자신의 시신을 버려서까지 제지하고자 했던 자를 찾으러 가는 길입니다. 부디 저를 제지하지 말아주십시오. 문제가 생기면 제 스스로 물러서겠습니다."

"……."

잠시 좌백의 눈을 바라보던 한효월은 길게 한숨을 내쉬었다.

도저히 꺾을 수 없는 고집을 읽은 탓이다.

평소 냉철한 그였기에 이런 고집을 부린다면 단순한 만용만은 아닐 것이니 제지하기 쉽지 않았다.

'좋다. 하지만 한 가지만 약속하자. 한 시진 이내에는 무리하면 안 되고 힘들면 바로 돌아가기다.'

한효월이 전음지성으로 말을 전달하자 좌백은 머리를 끄덕였다.

이 말을 전음으로 전달한 이유는 봉황분 쪽에다 이쪽의 허실을 보이지 않기 위함임을 그도 즉감했기 때문이다.

"의논이 끝났다면 지금 출발해도 되겠소?"

봉황문주가 물었다.

"그렇게 하지요."

한효월의 답에 문득 그의 얼굴에 급한 빛이 떠올랐다.

"그럼 갑시다. 그사이에 어디로 가버렸다면 다시는 이런 기회를 잡기 어려울런지도 모르니."

그가 앞장서 몸을 날렸다.

그는 자신의 능력을 과시하려는 듯 아니면 능력을 숨길 의도가 없는 듯 절세의 경공을 그대로 선보여 일단 발동하자 옷자락이 세차게 펄럭이는 가운데 단숨에 숲을 뚫고 사라졌다.

"한 공자를 시험해 보시려는 모양이오."

문곡이 말했다.

따라가라는 의미다.

쓴웃음을 머금은 한효월은 할 수 없는 듯 땅을 박찼다.

그의 신형이 찰나간에 한줄기 바람과 같이 봉황문주 완일의 뒤를 따라 사라져 갔다.

그 뒤를 좌백이 따랐다.

"뜻밖이군……."

그 광경을 바라보고 있던 문곡이 문득 눈을 크게 떴다.

좌백이 한효월에 별로 뒤지지 않는 경공을 발휘하여 사라지는 것을 보고 놀랐던 까닭이다.

"천수단혼 좌백의 무공이 저처럼 높았더란 말인가?"

그는 뜻밖인 듯 잠시 생각에 잠겨 있다가 그 자리에서 사라졌다.

*   *   *

세차게 내렸던 어젯밤의 비로 인해 동정호 전체는 온통 안개로 휘감겼다. 아침이 되는 듯하지만 그 짙은 안개로 인해서 언제 해가 뜨는지 알기 힘들다. 하지만 해는 떠오르고 누구라도 저 동녘이 밝아지고 있는 것이 떠오르는 해 때문임을 안다.

우윳빛 광채가 뿌옇게 동녘을 물들이고 있을 때 감천형은 초조한 빛으로 주위를 두리번거리고 있었다.

사제 좌백이 군이 고집을 부리고 사숙의 뒤를 따라나섰기 때문이다. 전과는 달리 그렇게 강력하게 이야기를 하여 막지 못했었다.

그러나 막상 좌백이 떠나고 나니 불안하기 그지없다.

지금 그의 상태가 어떤지 이미 들어 알고 있었기 때문이다.

유성은 운기조식에 들어가 있었다. 들어가면서 한 말, 운기조식을 끝내는 대로 찾아갈 거예요.

하긴 몸이 정상이라도 도움이 되기 힘든 판에 부상을 입은 몸으로 간다면 도움은커녕, 짐만 된다는 것을 누구보다 잘 아는 영악한 유성이니 당연한 일이다.

반면에 심소옥은 한효월이 떠나자마자 즉시 그 뒤를 따라 나갔다.

경공에 차이가 나서 뒤를 따라가지는 못하겠지만 어디로 갔는지 모를 일이다.

감천형은 일단 사람들을 풀었고 들려오는 소리에 촉각을 곤두세우고 있었다.

그는 바보가 아니었고, 멍청한 사람도 아니었다.

한효월이 워낙 뛰어나서 그렇지 그는 천하무림맹을 움직이던 실력자였다. 사람들을 조직하고 부리는 데에는 일가견이 있었고 사부인 독고해도 그것을 인정했었다.

무림맹에서부터 그를 따르던 사람들은 아직 백여 명이나 되었다.

그들 중 절반은 이 동정호 쪽으로 와 있었고 그들은 동정어은의 도움을 받아 동정수채의 수적(水賊)들과 연계하여 동정호 일대를 샅샅이 살피고 있는 중이었다.

　그 외 지금 그가 가장 중점 두고 있는 일은 바로 무림맹에서처럼 뜻을 같이하는 사람들을 모아 세를 불리는 일이었다.

　그 노력은 헛되지 않아 그의 주변으로는 계속해서 은밀히 고수가 모여들고 있었다.

　그 힘은 이미 일개 문파에 버금갈 정도였다.

　역시 사부 독고해의 후광이 컸고, 그의 살신성인은 사람들을 감동시키기에 족했다. 뿐만 아니라 그 뒤를 이은 사실상의 주인공인 한효월의 활약 또한 사람들에게 믿음을 주기에 충분했다.

　제천교는 단순히 무림맹을 쳐부수고 전통의 구대문파를 쳐부수어 악의 집단으로 매도당하는 것이 아니었다.

　기실 구대문파가 강호에 군림하고 있는 것은 매우 오래되었다.

　그 힘이나 뿌리가 너무 강해서 다른 문파가 커 나가는 것에 은연중에 방해가 됨은 피할 수 없는 일이었고 어디에서나처럼 기득권과 신흥세력 간에는 갈등과 마찰이 일어났다.

　그런 쪽에서는 구대문파의 어려움을 속으로는 기뻐했다.

　어느 놈이건 강한 놈이 이기면 된다…….

　네놈들만 강하란 법 있느냐는 것이 그들의 속내다.

　그런 면에서 사파라는 이름 하에 문파를 만든 자들은 은연중에 제천교를 종주(宗主)처럼 떠받들기도 했다.

　그런 상태에 제동을 건 것은 바로 제천교 자신이었다.

　그 가공할 능력.

　그 엄청난 힘을 가지고 바로 무림을 쓸어버리는 것이 아니라 특정 몇 군데를 아예 재기 불능으로 짓밟았다. 뿐만 아니라 전체 무림을 상대로 독을 퍼붓고 있었다.

이해할 수 없는 현상이었다.

단숨에 목숨을 빼앗아 버리는 독기에서 서서히 발작하는 독까지, 제천교에서 살포한 독의 종류는 시간이 갈수록 늘어나서 방비하기조차 어려웠다.

하긴 수원에다가 독을 풀어버리는데 누가 당할 것인가.

독에 의해 사람이 죽고, 사람이 죽으니 장례가 이루어지고 그것이 원활치 못하면 그로 인해서 전염병이 돌았다.

피해는 무림인들만 보는 것이 아니었다.

제천교의 등장은 놀람이었다.

그러나 지금의 제천교는 공포와 의혹으로 가득했다.

천하무림에 군림하고자 하는 시도는 정말 끊임없이 있었다. 그러나 그 어떤 시도도 무림을 말살하고자 하는 것처럼 보이지는 않았다. 하나 지금의 제천교는 무림 자체를 말살하고 말 것처럼 보였다.

대체 무슨 생각일까?

무림을 말살하고 무림을 새로 만들 작정일까?

아니면 무림에 무슨 원한이 있어서 아예 무림을 없애 버리려는 생각을 하고 있는 깃일까······.

추측은 무성해도 누구도 그 답을 알지 못했다.

지난번 화산 참사 이후 이루어진 일이다.

그로 인해 곤혹스러운 것은 감천형도 마찬가지였다.

지금 그가 있는 곳은 동정호의 한 어촌이다. 얼마 전까지 있었던 갈대 숲 은거지에서 이곳으로 옮겨왔지만 이곳도 내일이면 옮겨갈 곳이었다.

그렇게 움직이면서 그는 제천교가 뿌리는 독을 해독하기 위해 팔방으로 사람을 놓아 명의를 찾았다. 사천당가를 찾았고 해독성수들을 찾아 움직였다.

화산에서 벗어나면서 그는 예전의 감천형으로 돌아가는 듯 보였다.

비로소 자신의 능력을 제대로 발휘하기 시작한 것이다.

"무슨 짓인지…… 무엇을 원하는 것인지……."

잔잔히 밝아져 오는 동정호를 바라보던 감천형은 문득 중얼거렸다.

"천하를 적으로 삼고는 아무리 힘을 가졌다 할지라도 견디지 못할 것이다. 누구도 그렇게는 버틸 수 없지……."

문득 그의 눈빛이 조금 굳어졌다.

급하게 문을 향해 달려오는 발소리를 들었기 때문이다.

물론 고수의 발걸음이라 뛰어온다고 일반인들과 같을 수는 없다. 하나 저런 발걸음이라면 급한 일이 있다는 의미다.

"무슨 일인가?"

한 사람이 급히 문 앞에 나타남을 보고 그가 물었다. 30대 중반의 검수인데 이 일대의 경비 책임자 역할을 하는 옛날 호맹위대의 조장이었던 반룡검(盤龍劍) 위도라는 사람이었다.

"누군가가 나타나서 한 공자를 찾습니다."

"한 사숙을?"

"누군데?"

"모르겠습니다. 한 노인인데…… 빨리 한 공자를 만나야 한다고 합니다."

"그가 여기를 어떻게 알고?"

"그, 그건……."

"그가 어디 있소?"

"지금 밖에…… 엇!"

말을 하던 위도는 안색이 돌변했다.

감천형은 이 어촌의 가장 끝에 있는 집에 있었다. 그 집은 역삼각형의 형태로써 좌우의 두 채는 안쪽에 있는 집을 호위하는 형세라 감천형은 그 안쪽에 있는 집에 있었다. 반룡검 위도는 당연히 앞쪽에서 달려 들어왔다.

그런데 바로 자신의 뒤에 그 노인이 서 있음을 보았으니 어찌 말이 막히지 않겠는가.

"어, 어떻게 여기에? 기다리라고 하지 않았소? 경비대가 막았을 텐데? 그들을 어떻게 한 거요?"

반룡검 위도가 맹렬히 검을 뽑아냈다.

감천형은 그 노인을 보았다.

작달막한 키에 얼굴은 홍안(紅顔)이다.

나이가 칠순은 족히 되어 보이지만 얼굴에는 주름살도 잘 보이지 않는다. 머리는 백발이지만 실제로 머리카락은 몇 가닥 남아 있지 않고 겨우 그 몇 가닥으로 머리에 널어놓은 수준에 불과했다.

회색 옷을 입었는데 신발과 비선에 소복이 앉은 먼지로 보건대 먼 길을 달려온 것이 일견해 분명해 보였다.

게다가 그 얼굴에는 은연중에 다급한 빛이 보인다.

"난 자네와 장난할 시간이 없네. 그 아이들은 잠시 재웠으니 가서 깨우면 별 탈 없이 일어날 거야."

회의노인은 말하면서 감천형을 바라보았다.

"뉘신지 여쭤도 되겠습니까?"

"누구? 혹시 패도 감천형인가?"

회의노인이 물었다.

그를 향해 이런 식으로 말하는 사람은 만나기 쉽지 않다.

"당신은 감히……."

반룡검 위도가 노해 달려들려고 했다.

"위 대장은 물러가시오."

"당주님!"

"괜찮소. 가서 다른 사람들을 돌보고 주위 경계를 최대로 올리도록 하시오."

"알겠습니다."

어쩔 수 없음을 안 반룡검 위도가 물러났다.

"뉘신지 알지 못하여 감 모의 대접이 소홀했습니다. 뉘신지 알려주실 수 있겠습니까?"

당신이 누군지 알기 전에는 아무것도 확인해 줄 수 없다는 무언의 시위와 같은 물음이다.

노인은 머리를 흔들더니 한숨을 푹 내쉬었다.

"노부는 용화회에서 나온 사람이오."

"용…… 화회?"

감천형의 눈이 커졌다.

그도 이젠 그 의미가 무엇인지 안다.

좌백이 간단히 말했고, 그 뒤에 유성이 자신이 들었던 모든 것을 하나도 남김없이 알려주었기 때문이다.

그런데 난데없이 용화회에서 나온 사람이라니.

"노인께서 용화회에서 오셨단 말입니까?"

"그렇소. 그런데 용화회를 아시오?"

"조금 압니다."

"음……."

노인이 미간을 찡그렸다.

"한효월은 어디 있소?"

"잠시 볼일을 보러 갔습니다만."

"얼마나, 혹…… 다른 곳으로 간 것은 아니오?"

"아닙니다. 금방 이곳으로 돌아올 것입니다. 거의 올 시간이 되었을 것입니다만……."

"잠시 안으로 들어가도 되겠소?"

"물론입니다. 들어오십시오."

감천형이 옆으로 비켜 길을 만들었다.

회의노인은 서슴없이 안으로 들어섰다. 그는 초조한 듯 연신 주위를 두리번거리다가 다시 말했다.

"정말 한효월이 곧 돌아오는 것이오? 정확히 말하시오. 아니면 그는 죽음을 면치 못할 것이오."

"그게 무슨 소리입니까?"

감천형의 안색이 굳어졌다.

"더 이상 말할 수는 없소…… 노부는 용화회의 심부름으로 그를 만나러 왔소. 앞으로 반 각 이내에 그가 돌아오지 않는다면 이것을 그에게 전해주시오."

회의노인은 봉서 하나를 꺼내 감천형에게 주었다.

봉서는 얇았다.

그것은 안에 든 것이 긴 내용이 아니라는 의미다.

"가시려는 겁니까?"

"그렇소."

"사숙께서는 곧 돌아오실 겁니다."

"노부가 이곳에 온 것은 누구에게도 알려져서는 안 되는 일이오. 용화회는 세상에 알려질 필요가 없는 곳이니…… 후우, 이 모든 것이 다 하늘의 뜻일지니 초조한다고 하여 달라질 것인가!"

그가 발을 굴렀다.

그러자 그의 신형이 바람처럼 사라졌다.

"노선배!"

감천형은 다급히 그를 따랐다.

하지만 그의 모습은 이미 그곳을 떠난 다음이었다.

"삶과 죽음이 모두 인연에 따르니 어찌 억지로 그것을 좌우할 수 있을 것인가……."

알 수 없는 화두(話頭)와 같은 음성만이 노인의 흔적을 말한다.

"대체 이게……."

감천형은 귀신에 홀린 듯한 표정으로 손에 들린 봉서를 본다.

아무것도 적혀 있지 않은 봉서.

그것만 없다면 한바탕 꿈이라도 꾼 듯하지 않은가!

제천교주(齊天敎主)

－교주가 나타나다

마침내 천하대란(天下大亂)의 원흉을 만나다

제천교주(齊天敎主)

아침 해가 저 멀리 떠오름이 보인다.

한효월은 눈앞에 펼쳐지는 장관을 보면서 내심 감탄했다.

봉황문주 완일은 바람처럼 빨리 달려 그를 인도했고 그의 안내로 한효월과 좌백은 동정호를 끼고 달렸다.

동정호를 형용한 시는 수없이 많다.

그리고 그 어느 것 하나 절창(絶唱)이 아닌 것이 없다.

그러나 지금은 달랐다.

어떤 시인도 한효월과 같이 이런 시각에 이런 날씨에 이런 속도로 동정호변을 달려보지는 못하였을 것이었다.

두보(杜甫)가 말한 건곤일야부(乾坤日夜浮), 하늘과 땅이 밤낮으로 둥둥 떠 있는 것 같다라는 것 정도가 겨우 그 곁은 보았다고 할까?

하지만 그것도 잠시 한효월은 이내 바빠졌다.

물론 그 이유는 좌백 한 사람만 알았고 앞서 가는 봉황문주 완일조차 알지 못했다.

그가 달리면서 좌백에게 끊임없이 전음으로 무공을 구술(口述)해 주고 있음을 누가 상상이라도 할 수 있을 것인가. 내력이 달리면 상승무공을 전개함에 있어서는 치명적이다. 그리고 내력이 높아져도 상승의 무공을 알지 못한다면 의미가 없어진다.

그런 면에서 한효월은 정말 훌륭한 선생이었다.

불행히 그 시간이 그리 길지 않아서 문제였지만.

그가 이런 시간을 이용하여 좌백에게 무공을 전수하는 것은 어쩔 수 없는 선택이었다. 만에 하나 좌백에게 시간이 모자라게 된다면 최소한 자신을 그 자리에서 빼낼 시간은 필요할 것이기 때문이다.

그 무공 전수는 그들의 눈앞에 한 채의 장원(莊院)이 나타나면서 끝났다.

"제천교주는 이곳에 있소."

그곳을 보면서 봉황문주 완일이 말했다.

아침 안개와 희미한 아침 해에 드러난 장원은 거대하다.

단순히 건물이 거대하다는 의미가 아니다.

이런 곳에서의 장원은 한 채의 건물을 의미하지 않는다. 성채처럼 담을 쌓는다. 그리고 그 성채 안으로는 집도 있고 들도 있고 논도 있다. 말 그대로 작은 성과 같은 곳이 이런 곳에 있는 장원이다.

예전에는 이런 곳에서의 힘을 기반으로 지방의 호족(豪族)이 일어나고 또 그 힘을 빌미로 지방 호족에서 나라의 귀족으로, 더 나아가서 아예 자신이 황제가 된 경우까지도 있었다.

"전체가 제천교도와 관련된 것은 아니고 내부의 집 몇 군데가 제천교의 거점인 것으로 밝혀졌소. 제천교주는 바로 저기에 머물고 있소."

그처럼 담대한 그임에도 이젠 음성에 조금의 긴장이 묻어난다.

"우리만 갑니까?"

한효월이 물었다.

좌백까지 모두 해서 셋이다.

봉황문주 완일은 웃음을 머금었다.

"이 인원으로 일 대 일로 제천교주만 상대한다면 몰라도 그렇지 않다면 제천교주에게 조금 미안하지 않겠소? 이미 백여 명 정도의 인원이 주변에 매복하고 있소. 그들은 문곡이 지휘하게 될 거요."

"그럼 이 일에 봉황문의……."

"정예가 모두 참가하고 있소. 내가 대막에서 데려온 광사삼십육타(狂沙三十六駝)까지 왔으니 이 정도의 전력이라면 누구라도 피해낼 수 없을 것이오. 하지만……."

그는 천천히 머리를 저었다.

"어쩌면 그들은 출동하지 않을는지도 모르오."

"어떻게?"

"아니, 출동하지 않는다면 말이 이상하군. 아마 우리가 제천교주와 부딪치거나 아니면 그를 잡고 난 뒤에 그들이 출동한다는 말이 좀 더 정확하겠소."

듣자니 점점 요령부득이다.

"제천교주가 수신호위들만 데리고 이곳에 있는 것은 일대 비밀이라고 할 수 있소. 문곡의 능력이 아무리 놀라워도 사실 운이 닿지 않았다면 결코 알아낼 수 없었을 테니까. 제천교 내부에서도 그가 여기 있음을 아는 사람은 거의 없을 거요. 이유는 간단하오. 여기에 그의 여자가 있는 모양이오."

"여자?"

"그렇소. 그는 뭔가 정리를 할 때는 여인과 함께한다고 하오. 그리고 남에게 간섭받기를 극단적으로 싫어해서 주위를 모두 물린다고 하지. 여자 하나만 곁에 두고. 그게 그의 불행이 될 것이오만."

"지금이 그때라는 겁니까?"

"맞소."

말대로라면 정말 호기였다.

어쩌면 정말 뜻밖에도 대어를 낚게 될런지도 몰랐다.

신비에 쌓인 제천교주.

그를 잡게만 된다면 모든 것을 반전시킬 수 있는 정말 획기적인 전기를 마련해 낼 수가 있을 터였다.

"그래서 나와 비슷한 능력을 지닌 고수가 필요했소. 불행히…… 나와 비슷한 고수를 찾기는 쉽지 않았소. 더구나 믿을 만한 사람은 더 더욱 쉽지 않지."

그의 말대로라면 제천교주와 일 대 일로 맞설 상황이 될 수도 있었다. 그의 수신호위들이 달려들기 전에 그를 제압하는 그런 상황. 봉황문주 완일의 말대로 그렇게 된다면 그들이 제천교주를 공격하는 순간에 수신호위들이 출동하게 되고 그들을 봉황문의 고수들이 막는 참으로 믿기 힘든 상황이 연출되는 것이다.

"독고 부인은 오늘……."

한효월의 말에 봉황문주 완일은 머리를 저었다.

"봉공봉은 이곳에 오지 않습니다. 그렇게 한가로운 상황이 아니오. 신속한 행동이 요구되는 상황이라."

봉황문주 완일의 말은 단호했다.

그리고 그는 좌백을 바라보았다.

"한 공자의 사질께서도 밖에 같이 있어주면 좋겠소."

"소생도 같이 가겠습니다."

"그건……."

"걱정하지 않으셔도 됩니다. 쓸데없는 호승심으로 상황을 그르치게 만들 사람은 아닙니다. 폐가 되지는 않고 충분히 망을 볼 실력은 될 겁니다."

좌백의 말에 봉황문주 완일은 한효월을 바라보았다.

"믿으셔도 될 겁니다. 좌 사질의 지금 무공은 저에 비해서 별로 약하지 않습니다."

한효월의 말에 봉황문주 완일은 놀란 빛으로 좌백을 다시 보았다.

"과연 중원무왕의 고제(高弟)답구료……."

하지만 그 말뿐 더 이상은 묻지 않았다.

그런 한 기지를 뵈도 그는 역시 평범한 사람이 아니있다.

그들의 앞으로 한 사람이 모습을 드러냈다. 40대 후반. 날카로운 눈빛에 한 자루의 검을 등에 메고 있어 상승검도를 연수한 것으로 보이는 자였다.

그는 봉황문주를 향해서 허리를 굽혀 보였다.

"안내해라."

봉황문주 완일의 말에 그는 다시 허리를 굽혀 보이고는 앞서기 시작했다.

그들은 이미 주위에 대해서 철저히 조사를 해둔 듯 앞선 자의 움직임에는 거침이 없었다. 그렇다고 해서 쭉쭉 앞으로 나가는 것이 아니라 지형지물을 이용해서 절묘하게 침투를 하고 있었다.

그가 펼치는 경공만 봐도 그의 무공이 상승의 경지에 있다는 것을 한눈에 알 수 있을 정도로 그의 경공술은 표홀(飄忽)했다.

측면 야산으로 돌면서 장원으로 들어갔는데 너무 이른 아침이라 그런지 아직 일어난 사람은 거의 없는 듯 보였다. 하긴 한밤보다 오히려 이런 첫새벽이 더 깊게 잠이 드는 법이기도 했다.

십여 개의 집을 옆으로 돌아가면서 안으로 들어가자 담장을 두른 집이 하나 모습을 드러냈다.

전원과 후원으로 구분된 그 집은 앞에는 정원이 꾸며져 있고 뒤로는 숲을 등져 경관이 훌륭했고 후원에 마련된 가산에는 인공 연못과 폭포까지 흘러 누가 봐도 이 장원 세력가의 집임이 분명해 보였다.

중년검수가 뭐라고 하는 듯하자 봉황문주 완일이 한효월을 돌아보았다. 전음지성이 들려왔다.

'이곳이오. 전원과 후원 가산 쪽으로 수신호위들이 진을 치고 있고 제천교주는 저기 후원 내에 있는 모양이오. 저쪽과 이쪽 외곽으로 일차 우리 매복이 준비하고 있고 신호가 떨어지는 순간에 나머지 매복이 공격을 시작하게 될 거요. 우리는 그전에 후원으로 잠입해서 교주를 공격해야 하오.'

'들키지 않고 들어갈 수가 있겠습니까? 아무리 떨어져 있다고 하더라도 잠입할 수 있는 경로는 모두 감시되고 있을 텐데?'

'가능할 거요. 그걸 위해서 우리 같은 사람이 필요한 게 아니겠소? 감시하는 자가 우리보다 뛰어나다면 저기서 감시를 하고 있지 않을 테니 말이오. 하하……'

낮은 웃음소리가 전음으로 들려왔다.

그의 자신만만함에 한효월은 쓴웃음을 머금었다.

'자, 가봅시다. 여기서부터는 우리끼리 가야 할 테니.'

'소생이 잠시 주위를 살펴봐도 되겠습니까?'

뜻밖인 한효월의 말에 봉황문주 완일은 멈칫, 그를 보더니 고개를 끄덕였다.

시간이 생명과도 같은 것이 지금의 일이다.

제천교주가 자고 있다면 가장 좋은 일이고 아니라 할지라도 다른 변동이 없을 때 덮쳐야만 한다. 이곳은 행소(行所)에 불과하다. 행소란 잠시 머무는 곳이라는 의미다. 그런 만큼 언제 떠날지도 모르기 때문에 한순간이 그만큼 중요하다는 의미인 것이다.

그런 것을 모를 리 없음에도 한효월이 살펴보겠다는 것은 무엇인가 의미가 있을 것이 분명했다.

그렇기에 봉황문주 완일은 아무런 이의를 달지 않았다.

문득 한효월의 주위로 뭔가 고요한 분위기가 가라앉았다.

그리고 그의 눈에서 맑은 빛이 쏟아져 주위를 살피기 시작했다.

'천조신안이군!'

그것을 알아본 봉황문주 완일이 놀란 빛을 떠올렸다.

천조신안은 단순히 공력이 높다고 시전할 수 있는 무공이 아니었다. 깨달음이 높아야만 가능한 무공이 바로 천조신안으로 불가의 천안통(天眼通)과도 같이 깊은 성찰에 의한 깨달음, 시전자의 정신이 높은 경지에 이르지 않으면 시전할 수 없는 것임을 알기에 그는 다시금 한효월을 보게 된다.

한효월의 나이로 보자면 믿기 힘든 깨달음이기에.

그때 한효월이 미미하게 숨을 고르더니 시선을 돌렸다.

'정말 매복이 없군요. 제천교주의 처소에는 두 사람이 있습니다. 한 사람의 호흡을 보건대 초절정의 고수는 아닌 듯하고 여자인 것 같기도 합니다. 나머지 한 사람이 제천교주라면 그는 잠들지 않은 것 같군요. 깨어 있습니다.'

'세상에 이르기를 늘 소문은 과장되어 믿을 것이 못 된다고 하더니…… 과연 그렇소! 어떤 놈들이 한 공자에 대한 소문을 그렇게 폄하하여 퍼뜨린 것인지 내 놈들을 찾아서…… 아니군! 우리 문상도 한 공자를…… 아니군, 아니야! 그리고 보니 문상이 올린 평가를 내가 폄하하여 받아들였던 것 같소. 이런, 이런!'

봉황문주 완일의 전음에 한효월은 쓴웃음을 지었다.

그는 도무지 거침이 없다.

말을 함에도 아무것도 가리지 않고 자신이 생각한 바를 그냥 쏟아내 놓는 것 같다. 그런데도 괴이하게 그것이 불쾌하거나 가식으로 들리기보다는 듣는 사람을 흔쾌(欣快)하게 한다. 그의 말이 진심임을 믿게 하는 힘이 있는 까닭이다.

그는 분명히 평범하지 않았다.

'그 여자로 보이는 자와 교주로 생각되는 자가 같이 있소?'

'그런 것 같지는 않군요. 방 하나 정도의 차이가 있었는데 금세 멀어지더니 방 두 개 정도의 공간이 된 듯합니다. 아마 여자는 침실에 있고 남자는 거실로 간 듯하군요.'

'흠, 일을 끝낸 건가?'

봉황문주 완일의 말에 한효월은 잠시 무슨 소린가 하여 그를 보다가 이내 의미를 깨닫고는 쓰게 웃고 말았다.

다른 곳이었다면 봉황문주 완일은 박장대소하고 말았으리라.

'자, 그럼 가봅시다!'

세 사람은 그림자처럼 소리없이 장원으로 스며들었다.

그처럼 냉철했던 좌백의 얼굴마저도 상기되어 있었다. 그러나 워낙 침착한 성격이니 겉으로 크게 드러나지는 않았다.

고수(高手).

그것도 그냥 고수가 아니라 절세고수 셋.

좌백의 능력이 조금 떨어지지만 지금 상태로는 사실 크게 떨어지지도 않는 상태. 그런 고수 셋이 움직이니 그 움직임은 은밀하고도 신속하기 이를 데 없어서 바로 옆을 지나가도 그 기척을 느낄 수 없을 정도였다.

그들은 장원을 바로 통과하여 전원을 지나 후원으로 스며들었다.

후원으로 접어들자 담장 하나도 소주 등지에서 주로 사용하는 누전 장(漏磚牆)의 형식으로 지어져 있어 이 집이 겉보기는 평범하지만 실제로는 상당히 공을 들인 곳임을 알 수 있었다. 거기에 담 안쪽으로 통하는 길도 난석로(亂石路)의 포지법(鋪地法)으로 나 있으니 어떻게 된 집이 후원으로 길수록 명공(名工)이 손을 낸 흔적이 역력하나.

하나 설마 이렇게 정면으로 통과할 사람이 있으리라고는 생각하지 못한 듯 은밀한 매복은 정면이 오히려 약하고 좌우와 후면이 가장 강력했다. 그중 후면은 난석과 후원 가산 등에 있지만 한효월 등은 아예 집 안으로 침투할 예정이었으므로 그 매복들은 속수무책일 터였다.

'서재!'

한효월과 봉황문주 완일이 서로를 마주 보았다.

그들은 이미 후원으로 들어와 있었다.

너무 쉽게 모든 것이 풀려서 정말 저기에 제천교주가 있을는지 의문조차 들었다.

그 신비에 찬 제천교주.

그가 이렇듯 쉽게 그의 앞에 나타날 수 있을 것을 누가 상상이라도 했을까.

그처럼 침착한 한효월도 가슴이 뛰었다.

제천교주가 자신을 이곳으로 유인하려는 것을 알면서도 한효월이 만사를 젖혀두고 이곳까지 온 것도 바로 제천교주를 만나기 위해서였었다. 그를 두고는 도저히 이 일을 풀 수가 없었기에.

그런데 그가 여기 있는 것이다.

'나는 창 쪽으로 접근하겠소.'

봉황문주 완일의 말이 들려왔다.

'창?'

'그렇소. 도주하면 막을 수가 없을 테니 그게 옳을 거요. 한 공자는 문으로 해서 들어가시오. 사질을 시켜 배후를 보도록 하고…… 그렇게 하면 거의 성공했다고 할 수 있을 것이오.'

그의 말대로라면 포위를 한 형국이 될 것이다.

'그럼!'

봉황문주 완일의 모습이 사라졌다.

중국의 건축은 조금 다르다.

건물과 건물이 뚝 떨어져 있는 경우는 그리 많지 않다. 특히 잘 사는 곳이라면 거의 모든 건물들은 회랑(回廊)으로 연결이 되어 있다. 이곳도 다르지 않아서 후원은 방과 회랑을 통해서 이어져 있었고 한효월은 좌백과 함께 후원으로 스며들었다.

길게 복도가 보였다.

보통의 큰 집이라면 칠가량(七架樑)의 형태로써 집을 이어가는데 이

집은 구가량(九架樑)에 다 오주(五柱)의 형식을 취했다. 자연히 방이 많은 형태일 수밖에 없다.

두 번째 방에서 무슨 기척이 들린다.

누군가가 있는 듯했다.

아마 한효월이 들었던 여인인 듯한 기척이 있던 방인 듯싶었다. 아니면 정말 제천교주가 여인과 같이 있었던 침실이었는지도 몰랐다. 복도의 끝은 대청이다. 크지는 않지만 후원을 볼 수 있는 전형적인 생김이다.

5개의 기둥이 버티고 서서 매화형으로 대청을 지탱했다.

대청 가운데에는 어항 형태의 너비 일 장가량의 연못이 있었고 연못에는 정교한 솜씨로 깎은 대리석 용이 똬리를 틀고서 승천하려는 형상을 보인다. 그 용의 입에서 물줄기가 졸졸 흘러 연못을 이리저리 감돈다.

낮게 감도는 물소리…….

한효월이 한쪽을 가리켰다.

방문이 있었다.

가운데 내정이 있고 ㄱ 좌우로 대청과 침실이 같이 있는 형태인 듯 보였다.

그들이 생각했던 서재는 바로 거기에 있었다.

좌백이 소리없이 몸을 날려 서재의 문 곁에 서서 한효월을 향해 고개를 끄덕여 보였다.

약속한 대로 뒤를 보고 그 문으로 한효월은 당당히 들어설 것이다.

한효월은 암암리에 길고도 깊게 한입 진기를 들이마셨다.

안으로 들어서는 순간, 격렬한, 참으로 격렬하고도 무서운 싸움이 시작될 터였다. 그 싸움으로 그는 죽을 수도 있고 아니면 의도한 대로 목적을 달성할 수도 있으리라. 하나 그 무엇이든 간에, 저 안에 제천교주가 있다면 그는 전력을 다할 것이었다.

그것은 실로 건곤일척(乾坤一擲)의 격전일 것이다.

좌백과 눈길을 교환한 한효월은 천천히 문을 열고 안으로 들어섰다.

"누구냐?"

나직이 꾸짖는 음성이 들려왔다.

문을 열고 들어선다면 누구라도 그 기척을 느낄 수 있게 된다.

물론 평범한 사람이 있는 곳으로 절세고수가 들어간다면 이야기가 다르겠지만 그렇지 않은 경우는 그것이 당연했다.

들려온 소리는 너무 당연한 것이지만 한효월은 가슴이 철렁했다.

"……."

그는 대답 대신 번개처럼 주위를 쓸어보았다.

예측대로 서재였다.

어스름한 빛이 조금 남아 있지만 대황초 하나가 밝혀져 있다. 그리고는 창문을 통해서 아침이 밀려들고 있어서 서재는 환하고 바깥은 오히려 어두운 상황이었다. 그 창은 일반 서재의 것보다 매우 커서 양쪽으로 열 수 있을 뿐더러 그 창문을 통해 후원으로 나갈 수 있게 되어 있었다.

그 창문에는 커다란 태사의 하나가 놓여 있고 거기에 한 사람이 등을 보인 채로 앉아 있는 듯했다.

고서가 가득한 책장이 그 좌우로 놓여 있었다.

벽에는 고인의 서화(書畵)가 몇 점 걸려 품격을 높였다. 그렇게 해서 서재는 너비가 2장, 길이가 3장가량의 길죽한 형상을 하고 있다.

예측대로 다른 사람은 아무도 없었다.

이제 남은 것은 하나뿐이었다.

예정한 대로 저 태사의에 앉은 자를 덮치는 것.

바로 그 순간이었다.

한효월로 하여금 감히, 앞으로 덮쳐 가지 못하게 만든 소리가 들려온 것은.

"이제 왔나, 한효월?"

태사의에 앉은 사람이 한 말.

그 말은 한효월로 하여금 그를 덮쳐 가지 못하게 하고 남음이 있었다.

"누……?"

한효월의 신형이 일순간 그 자리에 굳어졌다.

격렬한 생각의 실타래가 그의 머리 속에서 순식간에 수십 수백, 아니, 수천 개가 한꺼번에 풀렸다가 감겼다. 그리고 그 모든 실타래는 단한 순간에 모두 타 재가 되어버리고 말았다.

"예상보다 조금 빠르군. 과연 대단해……."

등을 보인 사람이 다시 말했다.

높고 넓은 의자는 그의 머리만을 보이게 한다.

그는 머리에 신비들이 많이 쓰는 동파선을 쓴 듯 보인다. 그뿐, 의자가 가리고 있어서 보이는 것은 아무것도 없었다.

마치 잡아당긴 활과 같이 전신에 힘을 주고 있던 한효월은 천천히 숨을 내쉬었다.

힘을 푸는 것이다.

그리고 말.

"나를 기다리고 있었던 모양이오?"

"물론이지."

그는 서슴없이 대답했다.

"혹, 우린 전에 만난 적이 있지 않소?"

"글쎄?"

한효월의 물음에 그는 말꼬리를 흐렸다.

'그냥 있어.'

한효월은 좌백에게 머리를 저었다.

그의 뒤를 따라 스며든 좌백이 덮치려는 기색을 보이자 고개를 흔들며 전음을 보낸 것이다.

"왜 우리가 전에 만났다고 생각하지?"

그가 등을 보인 채 물었다.

"그럴 것 같아서."

"그럴 것 같다? 하하하하……."

그가 나직이 웃음을 터뜨렸다.

"그럴런지도 모르지. 그럴런지도 몰라."

말과 함께 그는 의자를 빙글 돌렸다.

순간.

"으음……."

어지간한 한효월의 입에서 신음이 흘러나왔다.

한 사람이 그를 보고 있었다.

한 사람이 의자에 앉은 채 그를 보면서 웃고 있었다.

동파건을 쓰고 소매가 넓은 유삼(儒衫)을 입은 50대 후반의 노인. 조금 마른 얼굴에 눈꼬리가 조금 올라간 눈빛은 깊고 날카로워 한번 본 사람은 그를 쉽게 잊기 어려웠다.

한효월이 그런 사람을 쉽게 잊을 리가 없다.

아무런 적의를 보이지 않고서 그를 보면서 웃는 그 얼굴은 아무리 보아도 모르는 얼굴이 아니었다.

그럴 수밖에 없는 것이 그는 바로 천,기,선,생이었기 때문이다.

천기선생 공일도!

한효월이 강호에 나와 처음 만났던 그 사람.
건곤무적 독고해의 의형이었던 그 사람, 한효월의 눈앞에서 죽었던
천기선생 공일도가 바로 거기에 앉아 있었다.

"놀랐나?"
그가 물었다.
"조금."
한효월이 답했다.
"조금? 겨우 조금이란 말인가?"
그가 미간을 찡그렸다.
"흐음……."
그는 수중에 들었던 섭선을 접었다 폈다 하면서 묘한 표정이 되었다.
"내가 살아 있는 것이 뜻밖이 아니라는 표정이군."
"죽은 것을 본 적이 없었으니까."
"죽은 것을 보지 못했다고?"
"불탄 시체는 누구라도 알아볼 수 없지……."
"하하하……."
그가 크게 웃었다.
"그렇긴 하군. 불에 태운 것이 잘못이었단 말이지……."
갑자기 그가 정색을 했다. 눈빛이 칼날과도 같이 날카롭게 변했다.

"그럼 지금까지 내가 죽었다고 믿지 않았더란 말인가?"

"반신반의라고 하는 게 옳겠지. 때론 의심도 하고 때론 믿기도 했소. 당신이 영원히 나타나지 않았다면 물론 당신이 죽었다고 믿었겠지만……."

그는, 천기선생 공일도는 미미하게 웃었다.

"영원히 나타나지 않을 수도 있었지. 하지만 그건 너에 대한 예의가 아닌 듯하여 너의 마지막에는 나타나기로 처음부터 생각하고 있었다. 너의 마지막은 내가 보는 것이 옳을 듯했으니까."

"영광이군."

남의 말을 하듯 그 말을 받던 한효월이 문득 미간을 찡그렸다.

"당신이 이렇게 나타난 걸 보니…… 나의 마지막이 다가온 모양이군?"

"맞다! 이 자리가 너의 최후가 될 곳이지."

"좋소……."

한효월은 천천히 머리를 끄덕였다.

"그럼 그전에 한 가지만 물어보겠소."

"뭔가?"

"제천교의 교주. 당신이 맞소?"

"맞다."

천기선생 공일도는 조금도 망설이지 않고 고개를 끄덕였다.

"내가 바로 제천교주다."

『대풍운연의』 제9권으로…